游荡者

LIFE SUSPENSION

悬命时刻

梁柯 著

长江出版传媒　长江文艺出版社

果然杰作　非同凡响

北京长江新世纪文化传媒有限公司
www.cjxinshiji.com
出品

献给黑夜里每一个
负重前行的孤独灵魂

目
contents
录

楔

子

我突然意识到自己大概活不过今晚了。

天气预报说今天最高气温二十九度，我觉得不止。外面二十多条壮汉也持同样观点。他们剃着近乎光头的短寸，个个都光着膀子，汗津津的皮肤在街灯下跟脖子上的金链子交相辉映。目测这些人每个都吃了一百串以上的羊肉串，喝了五杯以上啤酒。他们嬉笑怒骂，推杯换盏，嗓门比牛都大，在烧烤摊周围形成了一个直径至少有五米的无人区。不管是行人还是汽车，都识趣地绕着走。在这个圆形中央，坐着一个沉默的中年人，手里的酒杯慢慢拿起来，一口气喝干，再慢慢放下。从来没人敢跟他劝酒。

他就是这帮人的头儿——刘辉。

我今晚的目标。

为什么要派我来对付刘辉，杨叔没有详细解释。但我能猜出来，我不傻。12岁开始跟他干活，这么多年了，我们团伙的活动模式都差不多。在一个城市经营几年，引起警察注意了，就集体迁走，换一个城市做生意。这听起来简单，但是其中一个环节非常麻烦：每个城市，都有地头蛇。一般来说，他们不欢迎外来帮派。

这种时候，就需要我这样的人去跟他们谈一谈。

只是我没想到，他会带这么多人。

铮的一声，手中的硬币被弹上天，又落了下来。

大凶。

再扔几次，还是一样。换了其他人，这种情况下似乎应该取消计划。

但我不是其他人，我是最好的。

"猛子是我手里最快的刀！"

杨叔曾多次拍着我的肩膀这样说过。

我从来没有让他失望过，这辈子也绝对不会。哪怕是死，我也要把刀子扎进刘辉身体里。

手指间夹着的三根香烟被点燃，我深吸了一口。烟雾被吐出来，我用左手轻轻把它朝外扇，让它像酒精掺入纯水，把周围的空气变成香烟。

"别来害我，别来害我，这是要紧事……"

我喃喃自语。

我的计划非常简单。烧烤店的洗手间只有两个隔间。我在其中一个等着。我确定刘辉一定会来。他的手下可能会在街边解决，他不会。杨叔说过，他是九安市黑道上少有的念完高中的流氓。他是个要脸的人。

左边墙壁上肮脏的窗户里，刘辉忽然晃晃悠悠站起身，朝这边走来，身边只跟着两个人。我把身体贴在墙上，控制呼吸，开始默数。之前无数次的踩点告诉我，从外面走到这里，我这个身高的人平均需要 57 步。而更以前的无数次的作业经验告诉我，刘辉比我矮一点，按 65 步算就可以。

皮鞋踩在瓷砖上咔咔作响，越来越近。我用手缓缓把隔间门上的插销拨开，同时把刀从怀里抽出来。这是一把好刀，日本产的，13 岁那年杨叔送给我的。这是我这辈子收到的第一件生日礼物。虽说生日是他瞎猜的。

这不能怨我粗心，也不能怨他敷衍。

毕竟当年我妈把我卖掉换毒资的时候，没注明出厂日期。

"甭……扶我，没事……"听起来刘辉舌头都大了。门缝里，我看到他把两个手下甩开，自己走到小便池前。他背对着我。我跟他，只有不到两米的距离。

周围忽然变得那么静，所有的喧哗都像电视机被静了音一样。我甚至能听到自己的血被心脏有条不紊地泵出来，缓缓流动。我知道，一秒钟之后，这一切将被惨叫、鲜血、怒吼和厮杀打破。我也很清楚，外边的二十多人将一起来追杀我，我很有可能跑不掉。那样的话，我会被他们砍成肉酱。但是我的心跳依然连80次都不到。杨叔夸我说这是天赋，但我知道这不是的。从那个扒手兼乞丐团伙跑出来之后，在街头为了争一块烧饼、一块毯子，我都跟人动过刀子。对我来说，生死相搏，像吃饭一样平常。

那真不是人过的日子啊……没有杨叔，我恐怕早就饿死或者冻死了。

我活的每一天，都是赚的。

我的命，就是他的！

我忽地推开门，低着头两步跨出去，整个人撞在刘辉身上。

"操！"他骂了一个字，就意识到不对。一低头，他看到血从大腿上喷涌而出。

他惨叫着摔倒在地。

"你……"两个跟班围了上来，然后被我横空一刀，双双捂着脸蹲在地上号叫。

我像兔子一样冲进厨房，在老板娘和帮工的尖叫声中打开那扇窗，一脚踹开早就被我锯断了大半的铁窗棂，跳了出去。我扑通落地，就地一滚又站起来，继续跑。前方，就是我逃生的希望。

我的车，正在等着我。

手触到车门把手的那一刻，我的汗水好像刚刚开闸的水库，倾泻而下，流遍全身。

又挺过去一次……

从这里起步，只要十几秒就能开到几步一个摄像头的主干道。没人敢在那里胡来。

我的心脏狂跳，呼吸急促。全身每一根汗毛、每一块肌肉都紧绷着。

我终于又在完成任务之后恢复成了一个正常人类。

我紧张，我害怕，我庆幸，我只想赶紧逃走……

钥匙转动，车身开始震动，然而一阵干涩的轰鸣过后，它又静了下来。

没发动起来。

我的心跟发动机一起沉入了无声的深海。

"他在那呢！"

"砍死他！"

刘辉的手下追来了。他们看到了我！

钥匙又是一转，发动机再次无力地呻吟。

"快！走啊！走！"我捶着方向盘骂道。

然而它还是没有动。

我汗如雨下。一阵轮胎摩擦地面的声音。刘辉的手下开着车追上来了。

"操！！！"我嘶吼着，拼命一次次地转动钥匙，一次次捶打着方向盘，然而这辆破车却死活不肯动。

我走不了了……

我只能眼睁睁看着，这群凶神恶煞的人朝我冲来，他们手中的长刀如林，在幽暗的街灯下闪着鬼火般的光辉，像是勾魂的无常，离我越来越近……

第一章

陌生人

～

他深呼吸了几次，然后慢慢抬起了头，脸一点一点出现在镜子里。

最终，他看到了一个不认识的男人。

～

　　徐猛叼着烟，坐在绿化带旁，愣愣地看着一个来历不明的塑料袋被困在马路中间，任由车流抛来抛去。八月底的傍晚，风是那么湿热，像一条浸了开水的床单把他捆住，令他周身不自在。四月减刑出狱以来，这种感觉一直如影随形，挥之不去，使得整个夏天都在六神无主、浑浑噩噩中度过。他只能每天在这里抽烟、愣神，默默怀念以前的日子。

　　以前不是这样的。以前坐牢对他来说不过是一件穿衣吃饭似的平常事。从12岁起，次数多到他自己都记不住。一开始年龄太小，只是批评教育，后来开始拘留，再后来就是有限刑事责任、半年、一年……差不多每次进去之前，杨叔都会热热闹闹地摆酒送行。每次出来，杨叔又会早早派人在监狱门口恭候，把他接回去重操旧业。总之，那时候的人生简单而规律。

　　然而这次，一切都改变了。

　　这回刑期不算长，才一年。杨叔赔钱很大方，刘辉谈判之后也没报案。监狱里，他的沉默和配合又使得刑期缩短了俩月。一切似乎都很顺利。可是一踏出监狱的大门，他就发现有些不对劲。没有人来迎接。他狐疑地回到九安市里，发现所有的据点都人去楼空，杨叔的号码也打不通。他开始有种不祥的预感：就算紧急转移，也会留个信息或者暗号才对。他用尽了一切手段去寻找，甚至铤而走险，通过各种关系找刘辉了解情况，然而他也不见了。

不光是刘辉，整个九安的江湖，都换了一茬人。以往叱咤风云的大哥和他们的团伙都不知所终。就好像曾有怪兽光顾，大家都抛下家逃命，再也没有回来……

徐猛把烟头弹了出去，茫然地看着它在水泥地上挣扎、冒烟。端起了酒瓶摇了摇，发现已经空了，无明业火登时上了头，他一把把酒瓶子扔到人行道上。玻璃碴四散纷飞，成了毫无实用价值的垃圾。就像他现在一样。

入狱前带的那一点钱很快就花光了，目前徐猛面对的最大的问题变成了怎么吃饭。他不得不踏上一条从未走过的路，那就是自食其力。他没想到做起来会那么难。他没有任何文凭，没有一技之长，只有犯罪记录，因此连个看大门的工作都找不到。非法的工作他当然也考虑过，但是却意外地发现自己都做不来。首先，掏包、盗窃、诈骗这类技术性活计他统统不会。徐猛有些惊讶地意识到，自己所有的江湖经验不过是每天在秘密的小屋里看那台只能看到购物广告的电视，等待杨叔的电话，然后根据电话里交代的长相、住址、生活习惯进行策划、埋伏、动手。接着就是逃跑、躲藏、继续一个人看购物电视……

至于对技术要求不是那么高的活，比如说扒车、碰瓷，他又撕不下脸去做。剩下难度适中又不那么猥琐的活基本就剩劫道了。可是试了一次之后发现，这两年世道变得厉害。大家别说现金，连银行卡都不带，全靠一个值不了多少钱的奇怪手机买卖东西……

他第一次明白，自己不过是一把刀。一旦没有了持刀的手，就毫无用处。

最终，他开始做一些不需要身份证的工作。他洗过碗，干过装卸工，当过建筑工地临时工。这些活没有一样他能干长。他这人不但没有多少江湖经验，社会经验也基本为零。他似乎不知道怎么跟别人和平相处，总是能从别人的话语甚至目光里找到他们瞧不起自己的铁证，然后打架被开除。

考虑到他现在的形象——身上的衣服起码几个月没洗过，面黄肌瘦，头发凌乱，发出令人作呕的气味——这些人的鄙视可能是真的。而其他大家都一样脏的工作，比如建筑工地小工，比如垃圾场捡垃圾，比如要饭，他又不肯干。要不是靠着找到了卖血和药品人体试验员这两个无本生意，他根本坚持不到现在。

他的自尊心就像心跳，氧气越是缺乏，就闹腾得越欢。

又是一根烟抽完，碾灭。四溅的火星是那么清晰，好像在提醒他该回去了，明天还要找活干。他现在住在三元人才市场。这是他经过一段时间的摔打才发现的福地。这里聚集着来自五湖四海的各色人等，大家的共同特征就是已经穷到卖了身份证。2 块钱一大瓶水，5 块钱一份炒饼，10 块一个铺位。在卖血和吃药的间歇，他白天跟其他人一样蹲在人才市场门口，等着日结 100 块的零工。有活他就干，拿到工钱回来喝个烂醉。如果找不到，他就继续蹲着愣神，等待下一次招工……

这样的生活没有未来，没有丝毫稳定可言。然而他不在乎。

他就像一块石头，每天用一成不变的姿势感受着时间从身边汹涌而过，不打算改变心里坚定的信念：

"杨叔一定会回来找我。我们一定会一起再干一番大事业！"

一阵咳嗽声惊醒了他。回头一看，一个戴红箍的人站在身边。

"您今儿个意思意思就行了，有领导要来检查，得多扫几遍……"

看得出这人在极力忍住怒火，要不是徐猛的面相吓人，恐怕早骂上了。然而徐猛并不领情。他一句话也不说，又点着一根烟，同时伸出五根手指。

"九安城那么大，您怎么就非跟我过不去……"清洁工无奈地叹着气走开了，"马路有啥好看的……"

徐猛并不是成心跟他作对。他没活干的时候，转的地方很多。这里只是他的例行最后一站而已。更何况他看的不是马路，而是对面。

那里是省人民医院。

他经常想起那天晚上的事情。就在他以为自己要被刘辉的手下砍成肉酱的时候，车子忽然奇迹般地发动了。车子风驰电掣般驶上工人新村东路，跟身后追来的三辆车玩起了竞速游戏。十字路口一闪而过，工人新村西路到了。这里有监控，有派出所，安全了。

"我赢了！"

他回头嘲讽地看了一眼追兵，哈哈大笑。

"啊！"

一声刺耳的尖叫忽然从天而降。他死死踩下刹车，但是已经来不及了。前车灯耀眼的光芒里，一个人形轮廓在飞速逼近……

安全气囊蒙在脸上，黄色的灯光一明一暗，好像小时候赖床时隔着被单看到的周日阳光。不同之处只是在于这次不会有母亲来把自己叫醒。再次醒来时，他脖子上套着颈托，脑袋一动也不能动，只能任头顶锃亮的大灯直射在脸上。

"我在哪？让我起来！"他烦躁地大叫。

然而却没有人理他。

急救人员都在旁边忙活着，对话清晰可辨。

"被车直接撞击，多处骨折，出血性休克，呼吸严重衰竭……"

"赶紧送手术室！患者年龄？"

"16！"

……

"行走江湖，哪有不脏鞋的……再说我也不是故意的……"

"比我缺德的，多了……"

"深更半夜，小孩没事儿去那里干吗？不是自找的吗？"

在监狱里，他曾无数次地为自己开脱。有时候这样反复说服自己，也真觉得自己没犯太大的错，头晕脑涨地沉沉睡去。然而出狱以来，没有酒精的麻醉，他简直没法睡觉。白天在城市里游荡的时候，省医院就像一块磁石，总能把他在无意识中吸引过来。他像着了魔，一开始在外边打转，后来去门诊溜达，几个礼拜之后终于壮起胆子混进了ICU。来得太勤，引起了注意，他就开始假装是来看病的、陪床的、献血的。他甚至真的献过血，还被当场用在一个老头身上，救了他一命。

然而他真正关心的生命，却没有答案。

他知道，她在这里治疗。那是法庭鉴定书上写的。

"脑外伤昏迷，颅内出血，左肘关节骨折，多发肋骨骨折，双肺感染，左肾摘除……"

"你是哪个病人的家属？"

徐猛被问话惊醒。他惊讶地发现自己不知什么时候已经走进了省医，来到了深切治疗住院部。

徐猛意识到，自己其实对她的现状并不是那么一无所知。他知道她的血型，知道她对花生过敏，知道她以前患过贫血，他甚至知道她的病房号。这是因为他曾假装病人或者病人家属，从她病房门口路过了好多回。但是他没有哪怕是一次能够鼓起勇气，把这些已知情况在脑子里捋一遍。他不敢仔细想她还活着，以及怎么活着这件事。

"我是……我是……"徐猛支支吾吾地应付着问话的护士，眼睛却在看着ICU的门。他蓦然发现，这是他第一次离这扇门这么近。今天明明是平常无奇的一天，体内却似乎有种前所未有的冲动和勇气，催着他不断逼近答案。

哪怕是为了做一个了结。

"哦，那小孩啊，早出院了……"

"醒了？"徐猛瞪大了眼睛。

"没有。一直深度昏迷……可能家属放弃了吧……"

徐猛行尸走肉般走出医院大门。九安最后一个认识的人，也消失了。

一如其他徐猛曾经爱过的和伤害过的人。

天上开始下雨，路上在堵车，双闪灯在雾霾中一明一暗，像是上千只萤火虫聚在一起。鸣笛声阵阵，他充耳不闻，只是机械地迈动双腿，同时感到恶心想吐——四月减刑出狱，到现在八月底，这种感觉整个夏天都在陪伴着他。可能是长时间高强度劳动，又饥一顿饱一顿，他的身体每况愈下，经常头晕耳鸣，眼前发黑。而这次尤其严重。眼皮像是千斤重闸，撑开了又重重合上。脑子像是成了一个旋涡，不停吞噬着所有思绪。他的眼前不再是路况，而是一些毫无意义的画面。母亲的背影，父亲的照片。第一次捅人的刀，上次睡过的监号。鲜血，烟头，电视购物广告。那支拯救过自己无数次的霰弹枪，还有她在灯光下惊恐的双眼……

徐猛猛地坐起来，大口喘息着，浑身都是汗。眼前一片血红，眼皮像是粘住了，不管怎么睁都睁不开。他抬起胳膊想揉揉眼睛，手却不受控制一样猛地打在了眼眶上。他左手捂着眼睛揉了好长时间，开始试图回忆昨晚是怎么回到旅店，又是怎么睡过去的。

努力了半天，只得出一个结论，那就是昨晚这酒喝得有点骇人听闻。以前虽说天天断片儿，但一觉起来总还能想起一点喝酒的细节。然而今天，别说喝了多少，就连在哪喝的、喝的什么，统统一无所知……

脑子转着，身体的感觉也回来了。他觉得浑身不得劲，不是疼也不是痒，而是像腿坐麻了的感觉，越使劲越难受，不使劲又像是四肢百骸都在往地底下陷。他心烦意乱，想坐起来，结果稍微一用力，上下半身像老鼠夹子一样折了起来。一吃惊，平衡没掌握好，又仰面倒了下来，后脑勺狠狠砸在没有枕头的硬床板上。

真是奇怪的感觉，就好像自己忘了怎么控制肌肉的力度一样……

呻吟了几声之后，红色渐渐褪去，他终于又能看见东西了。他惊讶地发现，自己居然不是在三元旅馆的通铺上。伸手一摸，枕头下的刀也不知去向。

砰的一声，他触电般跳了起来，双拳紧握，野兽般环视四周。白色的天花板、墙角的蜘蛛网和龟裂的涂料告诉他，这是一间旧民宅。房间不大，除了床没有任何家具，地面是水泥抹的，到处龟裂。

"这是哪里？"徐猛蒙了，"我在哪里？"

等了好久，没有人闯进来开枪。侧耳倾听，外面也没有什么可疑的声响。窗户就在床头，窗棂锈漆斑斓。透过布满污渍的玻璃朝外望去，他确定自己大概是在五楼。下面的草坪绿黄相间，私家车停得七歪八扭，电线杆下扔着两辆已经零散的自行车。一个普通得不能再普通的小区。但是以前从来没来过。

我为什么会在这里？

左思右想，没有答案，他的目光落在房间门上。这扇木门刷着淡黄色的漆，斑驳破旧，平平无奇。但是它的后面，不知隐藏着什么秘密……

徐猛朝着门迈开步子，然而只走了两步就一个趔趄摔在地上。腿上的肌肉好像不听使唤，连迈步的幅度都掌握不好。突如其来的疼痛和混着灰尘的鼻血让他恼怒起来，心情就像当年第一次被张哑巴打了一耳光。他赌气一样站起来，一脚踹开了房门。

眼前出现的场景依然是水泥地板、破败的白墙、黄色的门。门对面是一个洗手间，洗手间左边有个大概三米长两米宽的小门厅。

除此之外，什么都没有。

徐猛回到卧室，蹲在床边苦苦思索，越发觉得这事说不通。过了许久，他忽然一拍脑门，站起来走到门边。轻轻一拨，门后挂着的外衣露了出来。他一边摇头骂自己喝坏了脑子一边翻口袋，果然找到了手机。

接下来就好办了……

他松了一口气。旅店老板娘的电话他还是有的。这是住进"三元大酒店"的前提条件——方便她催交房租。

只要问问她……

徐猛就是在这个时候意识到真的有什么不对。这是一部山寨机，没有手机套。解锁屏幕需要密码。很平常的手机，很平常的外观。一切都很合理，没有什么异常之处。

只有一点除外：这个手机不是他的。

触屏手机是他的噩梦，他到现在都只会用那部入狱时带在身上的诺基亚。

有人换了我的手机？

背后好像开始长出软刺，慢慢朝着头顶的巨大气球扎过去。他正要跳起来，忽然又有了新的发现。他慢慢低下头，用手揉了揉眼睛，然后仔细盯着裤子看了半响，终于等到了那声注定的炸雷：裤子的颜色，跟昨天不一样！

衬衫也不一样。

袜子、手表、鞋子……全都不一样！

"这是怎么……什么时……谁……"

徐猛浑身的汗毛开始竖起来。

不管这有多么难以置信，但是证据铁一般摆在眼前：有人趁他不省人事，给他换了衣服！

对于睡觉从来脸朝着门的徐猛来说，这不啻是一种濒死体验。

是谁？

到底是怎么回事？

头又开始疼了，他用双手捂着脸，把头埋在双膝中间。片刻之后，一种更加不祥的预感破土而出——手感为什么这么陌生呢？

心跳像战鼓一样令他焦躁不安，使他缓缓起身，以梦游般的表情和步伐走到卧室对面的洗手间门口，用颤抖的手犹豫再三，才打开洗手间的门。

他深呼吸了几次，然后慢慢抬起了头，脸一点一点出现在镜子里。

最终，他看到了一个不认识的男人。

"这不可能，这不可能……"

他愣了半晌，然后猛醒，拼命用手搓自己的双眼。然而再照镜子，看到的脸依然如故：长方脸型，蜡黄的皮肤，狭长的双眼……

"这不是我，绝对不是我……"他喃喃自语着，中了邪似的把手抬起来，慢慢伸向镜子。指尖轻轻触碰在镜面上，搭在里边的人的眼睛上。一丝冰凉传来，他像触了电一样把手猛地缩回来，然后不由自主地弯下腰，大口喘着粗气。

冷静，冷静。

他像个溺水者一样喘不上气来，但仍然给自己打气。

没什么好怕的，想想当年，你一刀捅了老南的亲弟弟，被他手下那么多人追，你不一样活下来了？

还有那年，你埋伏赵瘸子的小舅子，结果情报有误，里边有二十多个人。你一个人，不照样活下来了？

你给我坚强！有什么可怕的！你不会死！你不是人！

"这一定有什么不对，一定有个解释……"徐猛撑着膝盖，久久不动，像个跳大神的老太太一样念念有词。忽然，他冲到洗手盆边上，打开水龙头，拼命用凉水洗脸，然后左右开弓抽了自己几个大嘴巴。

"醒醒！醒过来！"他直起腰的速度慢得好像背上压着千斤巨石，"一定是碰见了贩毒的，有人给了我冰！对，是毒品！毒品造成的幻觉！"

然而奇迹没有出现。

出现在镜子里的，依然是那张陌生的脸。

"我……"他抬起头来，声音里带着哭腔，"我到底去哪了？"

徐猛的手颤抖着指着镜子，两眼被难以置信的烈火烧得通红，他像中风一样哆嗦着往后退，不停摇头，好像对面有什么怪物。洗手间的门槛不出所料地绊住了他的脚后跟。他哎呀一声仰面摔倒。揣在口袋里的手机蹿了出来，贴着地滑行，撞到墙上，又弹回到他眼前。

就在这时，他发现手机在振动。

屏幕上亮了，出现了一条信息。

"过来吧。"

徐猛愣了一下，然后弹簧一样蹦了起来。他双手捧起那个手机，好像原始人第一次见到火。他手忙脚乱地想解锁屏幕，想回复询问，然而按下了解锁键才想起自己不知道密码。

无比重要的信息，就这么永远消失不见。

"来信！来信！你还会来信的！"徐猛捧着手机，用杀人的目光盯着屏幕，额头上全是汗。一个念头像针线般在心里反复穿梭：也许，他知道我是谁？也许，他知道这是怎么回事？这怎么可能，神仙都解释不了的事，怎么会有人知道？

手机在沉默着。他的呼吸也一样。

终于，好像过了一辈子，手机再次振动了。

"工人新村西路 129 号。人在 532 房间。"

九安市刑警队的会议室挤得满满当当。屋子里充满了烟味、嗡嗡的交头接耳声，以及醋的味道。同往常一样，人称老四的叶四明又是最后一个走进来。他打着哈欠，步履蹒跚，好像没睡醒。好些人跟他打招呼，他点点头，就算回应。

"才来啊……"高雷往右挤了挤，给他腾了个座。

"谁熏的？"老四坐下，皱着眉头问。

"感冒的人多，熏点保险。"张晋咳嗽了两声，"熊队也病了，差不多轮一遍了。"

"我就烦这味。"老四不耐烦地摇头，"对了，熊队去医院之前，没嘱咐点什么？河南人那个案子了了，我可没啥事干了……"

"好像还真没什么……"高雷在一旁插话，掰着手指头数着，"黑狗进去了，老南干掉了，彭彭跑了……"

"哎哟，天下太平啊，我操，太难得了……"张晋鼓起掌来，"来来来，猜拳，谁输了请客啊……"

一片起哄的声音。不一会儿，胜负已定。

"你们这帮孙子啊，"老四嘴里骂着，但是脸上还是挂着笑容，拆开一包烟发着，"我攒点钱容易吗……"

"操，"有人分到一根，想再要，被断然拒绝，"抠抠唆唆，你怎么跟李经武似的……"

"拉倒吧，换他一根你都没份，你知道吗……"

话一出口，老四好像忽然想起点什么。

"他还忙活那事呢？"

一阵咳嗽声，大家都静了下来。熊队走了进来，身后跟着几个不认识的人。

"今天啥会啊？"老四低声问。

"好像是个总结会…………"

话音刚落，前边投影仪在屏幕上打出了主题。

"11·30"大案经验报告会。

"'11·30'是哪个案子？"

"杨千里！"老四琢磨了一会儿，恍然大悟，"就是前一阵子，被武警包围，点燃炸药，把自己整个团伙加上老婆孩子一起炸死的那个……"

门在背后关上。眼前是一条破旧的走廊。水泥地上遍布灰尘，两边的白墙上，脚印和其他看不出来路的污迹层层叠叠。厨房的窗朝走廊开着，绿色的纱窗上都挂满了黄褐色的油烟陈迹。邻居们显然不放过利用这块宽达两米的空间的机会，在门口堆放了坛坛罐罐、礼品盒装的八宝粥、大葱白菜。徐猛竖起领子，低头朝前走去。

离开房间之前，他犹豫了很长时间。这是可以理解的，因为目前这是他唯一了解的地方。至于奔赴工人新村西路 129 号，则需要更大的勇气。毕竟从江湖经验来讲，贸然去一个别人给的地址是很危险的。更何况这个人是谁你都不知道。

然而他没有别的选择。他发现自己的情况没有任何合理解释。不光模样不一样，身高也高了将近十厘米，不可能是在不省人事的情况下做了个整容手术那么简单。房间里也没有什么线索。所有能找到的东西如下：几枚硬币，一把车钥匙，几片碎纸。还有一张收费单，上面有个签名，看了半天，好像是段河……也许是"何"……

抬头被撕掉了，也不知道是哪里收费。

想要搞清楚怎么回事，只有出去。

徐猛低着头，在杂乱的小区里缓缓游荡，手在裤兜里不停地按车钥匙的开锁键。绕着附近几座楼转了几圈，毫无收获。他若有所思地点点头，朝着小区的出口走去。果然，几经尝试，一辆出租车涂装的破捷达开锁灯亮了，车门发出啪的一声。车身上出租车公司的字样被磨掉了。

徐猛点点头，这验证了他对目前这具躯体的身份推测——身上有案子的逃犯，或者躲债的，否则不会特意把自己的住处布置成随时逃跑也不会心疼或者留下线索的样子，并且把车停在离出口最近的地方。上了车，他搜了一阵，还是没搜出驾照之类的证件，只好摇摇头，发动了汽车。

车子开出小区，徐猛才明白自己的大概位置——回民小区附近。但是具体哪一片他也说不清楚——回民小区的江湖跟外边井水不犯河水，他很少往这边跑。搞清楚方位后，他干的第一件事就是在路边找了个手机店，买了部古老的诺基亚直板手机，心里感到无比踏实。然后他开上二环，跑了十几分钟，拐下来往北直开，没多久就到了工人新村西路。

徐猛在街口停了下来。这是九安市最长的公路之一，好像永远看不到尽头。徐猛盯着乌黑的路面，觉得像看着一片凶险无垠的海域，过了好久才下了起航的决心，踩下油门。车子不紧不慢地行进着，他一家家看门牌号。如同内心深处惧怕的那样，129 号遥遥无期，但是当年的撞车地点却越来越近。徐猛心里烦躁得要命，却无可奈何。

最终，建业路的路牌清晰可辨——出事地点到了。

他这才发现，原来 129 号就在对面。

那是一座贴满琉璃瓦的六层高楼，大门上方，硕大的红色字体用两种语言表明了自己的身份。

九安市安仁医院。

对于徐猛这种身份的人来说，私立医院是个陌生的存在。原因很简单，太贵，更何况这里的医生还有小伤大治、不让你出院的倾向。对于干这一行的人来说，这有点危险。砍你的人要是来补刀那可不是闹着玩的。因此，对于徐猛来说，这里的一切都是那么新鲜，尤其是跟公立医院的对比起来。挂号处没有熙熙攘攘的长队，没有板着脸呵斥病人的护士，没有面无表情匆匆忙忙的医生。相反，从一进门起，就有个小护士缠住了他，问他得了什么病。徐猛支支吾吾说不清，她就推荐他做个全套体检。徐猛说不需要，她就说那验个血也行啊。最后他烦不胜烦，瞪了她一眼："我今天早上醒过来，发现自己不认识自己了。你觉得我该验什么？"

徐猛的眼神，一般人瞪一眼也就够了，然而对于小护士却毫无作用。她热情地给徐猛推荐了三楼。

他瞟了一眼墙上的科室介绍，发现那是精神康复科。

"您先去财务交费吧……"小护士熟练地给徐猛打了一张单子。他一瞅，五百多块钱。她本来还要领着徐猛去，结果这时候感应门开了，进来两个满脸横肉的中年妇女。

"哎呀李太太、张太太，我都不敢认了，这么年轻了？"她毫不犹豫地扔下徐猛迎了上去，"上个疗程真是管用啊……"

徐猛逃命般地逃离现场。走廊一拐弯，财务科的牌子赫然在目。一个中年妇女在玻璃窗后边打盹。徐猛观察了一下，轻轻溜进了旁边的杂物间。再出来时，他身穿一身浅蓝色内勤制服，手里拿着一沓空白病历，大摇大摆地进了电梯。

他以前从来不知道私立医院还有这么多人。五层楼，每层都会停，医生护士和病人进进出出。好在他低着头，又穿着这么一身衣服，也没人问他。

五楼到了，长长的走廊空空如也。他边走边看门牌，一直数到 532。手掌接触到门板的那一瞬，他停了下来。哪怕是当年第一次面对五个手持长刀的对头，他也没这么紧张过。

"不行，不行……"徐猛喃喃自语，退开两步，想了一会儿，从口袋里掏出硬币，蹲在地上朝上抛去。硬币带着清脆的响声，落地、旋转、静止。徐猛观察着硬币的阴阳面，换算着卦象。

大凶。进是凶，退也是凶。

"去你妈的……"徐猛摇着头站起身来，"逗我玩吗……"

他一把推开病房门。

迎面两扇硕大玻璃窗透过来的光如此强烈，使徐猛双眼一下子眯了起来。在这有限的一瞬间，他看到了以下要点：

房间的墙壁上白下蓝，窗前有张病床。床头贴着一张男女莫辨的偶像海报，几张奖状，还有一张满是方块的奇怪表格。吊瓶架下面，有人平躺着，被子蒙着半边脸。徐猛歪着头努力了半天，还是看不清那人的脸，只好再走近一点。手一松，门在背后关闭。轴承似乎缺乏润滑，发出了不小的声响，把他吓了一跳。他赶紧伸手抓住门板，控制合上的速度，然而这只使得轴承的噪音变得更加绵长。徐猛皱着眉头，硬着头皮把门关上，然后提心吊胆地望向病床。

床上的人还是没有动。

要知道真相，只能再往前走。

然而徐猛发现自己连步子都迈不动。

去他妈的！他能把我怎样？

徐猛在心里骂自己。不过他马上就发现，自己怕的并不是这个人，而是一种可能的结果。

假如他也不知道怎么回事，我该怎么办？

空旷的病房里，别无选择的徐猛慢慢向前挪动脚步。心越跳越快，越跳越沉重，然而泵出的血却只让他觉得越来越冷。他觉得自己仿佛又变成了那个手持尖刀的少年，正在黑暗里走向那个恐怖的角落，走向命运的审判台……

终于，他走到了床边。

然后，他看到了一张熟悉的脸。

徐猛是在被提审的时候才知道她的具体情况。

"叫李若颜，16 岁。才上高一。"警察冷冷地看着他。

长久以来没发生过的事发生了。他的心颤抖了一下。

"没撞死吧？"他马上装作不在乎的样子。

一杯茶泼在他脸上。

"哟，不好意思，手滑了……"一个警察满脸都是蔑视痛恨。

他被同事劝出去之后，主审的警察告诉徐猛，女孩已经成植物人了。

"这个属于致人重伤，虽说你小子没酒驾、没毒驾、没逃逸，但……"

主审警官滔滔不绝，他一个字都没听见。哪怕香烟燃尽，烧痛了他的手指，他一声都没出。

徐猛本来以为自己是什么都不怕的。毕竟他曾经一对十，衬衫被砍成血染的拖把也没有退却，最后把对方吓得全体溃逃；他曾经揣着一把斧子在雪夜里蹲守了三个小时，最后把小弟簇拥下的昆明某老大砸成重伤；他还曾经被枪顶着头，被逼下跪，结果他用脑门顶着枪口，生生把对方逼到墙角也没敢开枪，扬长而去……然而庭审前那一天他才发现自己还是有害怕的东西的。

他第一次害怕开庭，害怕见到受害人的家人。

"不可能……不可能……"徐猛连连后退，像是看到了鬼怪，"她……她不是被接回家了吗？"

就在这时，更加诡异的状况出现了。

那双眼睛——那双他一直像气球躲避针一样躲避的眼睛，猛地睁开！

出于无法解释的原因，他偷了卷宗上那张照片。在看守所和监狱里，睡不着的时候就拿出来对着灯光看。有人曾对此发表了一些下流的戏谑之言，结果被他打得住了院。他还因此被关了好一阵禁闭。可以说，他对于她的长相了然于胸。然而此刻，眼睁睁看着这个原本只在二维世界里存在的人，慢慢睁开眼睛，挑起眉毛，瞳仁里两束淡淡的光投射在自己脸上，那感觉就像看到贞子从电视机里爬出来一般恐怖。

徐猛"啊"的一声倒退几步，猛地撞上带轮子的床头橱柜，上面的东西撒了一地。

"她不是深度昏迷吗？难道是我的幻觉？"

他瞳孔放大，喉咙发紧，肌肉紧绷，不知道自己是该出击，还是逃跑。

然后，她说话了。第一句就把他吓得半死。

"你来了……"

她，认识我？

"行啦，你就说实话吧，是不是有人卖了我的资料？"

徐猛瞠目结舌地傻站在那里，脑子一片空白。他从未想到自己有一天会跟她面对面，更别提说话。

女孩按下一个按钮，病床的上半部分慢慢升了起来。头发垂落，遮住了额头。徐猛愣愣地看着她，得以再次确认：脸型、发色、眼睛的形状、嘴唇的厚薄……她跟照片上长得有点不一样，但是又那么相似，一眼就能看出，是那个孩子长大了一些。

"我醒过来才几个月，来了十几拨推销的。别人也就算了，我用手机每天才浏览几个网站，资料就被卖了？你别为难，也别害怕，我不是要报警，我就是纯属好奇……"

她愤愤不平地说着。徐猛发现这小姑娘说话的语气圆滑老练，完全不似照片上看起来那么稚气未脱。让人感觉她要不是下半身没法动，随时会把腿盘起来跟你唠嗑。

他甚至开始怀疑自己是不是认错了人。

"怎么不说话啊？"她抱怨完了，歪着头看着他，似乎开始感到奇怪，"我跟你说，你们公司培训不行啊——人家别的公司的来了，都特亲热，最起码也得来句'李小姐，很高兴见到你'，你看看……你倒好……你倒是把地上的东西捡捡啊……"

"很……"徐猛恍然大悟般蹲下捡东西，同时努力让自己显得正常一点，"很高兴……认识你……"

"这就对了嘛……"李若颜笑嘻嘻地看着他。徐猛忽然意识到，这是第一次见到她的笑容。

"说吧，你是卖什么的？轮椅？假肢？双拐……"她的声音很含糊，似乎是不想提到这些东西，"还是什么神奇膏药、理疗仪？"

"理疗仪？"徐猛茫然地重复着。

"好吧，"李若颜嗤笑了一声，无奈地摇摇头，"理疗仪就理疗仪，你说说你们的产品吧……"

"嗯？"

"介绍一下，能治什么，有什么神奇功效……"

"什么？"

"……你到底是干什么的？"少女终于觉得有点不对劲，手伸向红色按钮。徐猛当然知道那是呼叫护士的。以往他去医院补刀，总是先留意不让目标按这玩意。

"众所周知，"徐猛忽然像井喷一样开了口，滔滔不绝，"航天温度低至 −200 摄氏度，甚至 −300 摄氏度，一杯水在航天中不到 30 分钟就可以冻成冰块，宇航员却能出舱行走，秘密就在高科技航天服上。航天服由 5 层特殊面料组成，其中最核心的技术就是航天热频丝……"

这是哪段广告词？什么时候看的？徐猛也记不清了。反正是某个充满烟气的小屋，满地是酒瓶，窗帘拉着，分不清白天黑夜。每个都一样，每天都一样。像鼹鼠一样躲避着，躲避着警察的追捕，躲避着对头的耳目，躲避着光线，躲避着时间。事态严重时，手机都不能开。唯一陪伴自己的，只有那台除了购物频道其他台都是雪花的破电视机……

"……独创三层宇航复合材料，集活性炭、纳米银离子、火山岩提取锗离子、航天热频能量丝、远红外托玛琳、莱卡抗菌纤维八种科技为一体，镶嵌了 2000 个热频发射点，可以直接作用于皮下 10 厘米，具有远红外、生物电、热灸、磁疗四合一的功效，能改善血液循环，促进新陈代谢，疏通经络，祛风除湿，镇痛驱寒，增强机体抗病能力……"

徐猛把脑子里的台词一口气说完，耳边响起了掌声。

"厉害！服了！"李若颜脸上带着由衷的敬佩，"你是说相声转行的吧？"

"哦，那个……"徐猛终于稳住了自己，开始编瞎话，"还行吧，基本功……"

"你们的产品那么厉害，挺好。可惜啊，"她礼貌地微笑着，拍了拍自己的大腿，"我是截瘫，虽然不是高位的，但你们的产品我是用不上了……"

"哦……"徐猛自己都觉得自己的回应听起来像个傻子，可又想不出该说什么。

"行，那么，您就……"李若颜礼貌地指了指门口，"难道你们公司还有别的产品给我？"

徐猛脑子里一片混乱，知道自己不能走，但是又害怕留下。一片混乱中，听到"给我"两个字，条件反射般从口袋里抓了个东西就伸了出去。

等到回过神来，他才发现那是个计算器。

大概是财务用的。

李若颜一声不吭接过来，放在眼前默默端详，很久没有说话。徐猛不知道是怎么回事，也不敢问。两个人就这么慢慢让一屋子空气都沉淀了下来。

"你谁啊？"

门忽然被推开，一声喝问吓了徐猛一跳。循声望去，一个护士叉着腰站在门口，很不友善地看过来。徐猛不是个反应很快的人，再加上刚才受到点冲击，现在更是什么托词都想不出来。他的手开始攥成拳头，准备对付待会进来的保安。

"郑虹姐，他是……社区中心派来的护工，来当志愿者锻炼锻炼，"李若颜倒是爽快地开口，说完冲徐猛一笑，"是吧？"

"对，"徐猛不明白她为什么要替自己撒谎，只能连连点头，"对对……"

"怎么没见过你……"被称为郑虹的护士打量着他，"你叫什么？"

"赶紧吧，上轮椅，"李若颜打断了她，转头对徐猛说，"要迟到了。"

徐猛看到了床头的轮椅，知道自己应该表现出一个护工应有的素养，把女孩弄到轮椅上去。但是这里有一个障碍。

他不会。

徐猛文化水平不高，脑子也不是很灵，但是对于一个动作能引发什么后果，却有着天生的敏感。比如说，一刀出去，别人可能会怎么躲，可能怎么反击，到时候怎么化解，他出手前都会在一瞬间就心中有数——没这个本事他大概也活不到现在。因此，他瞥了一眼就发现，把人从床上弄到轮椅上这个看上去很简单的事，其实很有技术含量。

横着抱？架胳膊？搂腰？

抱人他没专门练过，但是摔跤他懂，深知把人搬起来需要多大劲。专业的动作不可能只依靠蛮力，毕竟整天把人往轮椅上放的不是他这样的彪形大汉，而是娇小的女护士。你用蛮力，一眼就能看出是外行。

正犹豫着，李若颜的话给他解了围："我自己就可以了。"

说着，她按动按钮把病床放平。

"留点劲训练吧……"郑虹欲言又止。

"不能惯着自己，以后出去了，可没有这种床了，再说我现在可厉害了，"李若颜整理了两下头发，转过头来吩咐徐猛，"把被子掀了。"

被子下露出一个纤瘦的穿着病号服的身体。她仰面躺平，表情严肃地呼吸了几次，然后猛地把躯干还能动的部分卷曲起来，双手朝脚的方向伸去。徐猛不明白她要干什么——不可能是仰卧起坐吧……

她的手第一次抓了个空，躺下深呼吸了一口，又抓了一次。这次她抓住了裤腿，开始拼命往回拉。

"你别干看着啊……"郑虹对袖手旁观的徐猛实在忍不了了。

"别！"若颜好不容易匀出气息叫了一声。

说话间，她那两条提线木偶零件一样的腿被拖动了，大腿和小腿折叠起来，双脚靠着床单的摩擦成了支点，跟床面构成一个三角形。右手一推膝盖，双腿像灾难片里的金门大桥一样倒向一边。上身跟着滚动，她顺势把姿势换成了侧躺。她像个气功大师似的运了一会儿气，调整了几次双手的位置，最终闷叫一声，开始了一个复杂的运动过程：左手把自己的身体往上撑，右手扯着裤腿把腿向床边拉。

徐猛看到，她的腰胯完全不听使唤，就像是一个松松垮垮的枕头，这导致她在起来一半的时候格外费劲。力竭的嘶嘶声从她的喉咙传出来。徐猛伸手想扶她，却被她瞪了回来。终于，双脚蹭过床沿，自然垂了下去，身躯借着这股力量坐了起来。

"耶！"李若颜的脸都累红了，得意地噘嘴吹动着刘海，像个奥运冠军一样高举双手，"天才少女！"

徐猛看着这个过程，就像看到了史前的造山运动一般震撼。

"过来吧。"他发现她在朝自己招手。

"膝盖对准了吗？"她把双手搭在徐猛的脖子上。他心领神会，立刻照办。

两人的双膝紧紧顶在一起。

"拉吧。"

甫一用力，徐猛就明白了，果然是用巧劲：膝盖是支点，大腿是杠杆。她的身体直立起来。然后下一步徐猛自己悟出来了。转身，弯腰。两人配合得像是一对娴熟的舞伴。

李若颜稳稳坐在了轮椅里。

徐猛用余光看到，门口的郑虹把嘴一撇，微微点了点头。他的心里忽然充满了成就感。虽说仔细想想，这根本是一件不值一提的事。

"走吧！"

复健室在楼的另一边。徐猛推着李若颜，一路上长了不少见识。

"郑虹姐你这指甲油挺好看啊……新买的？"

"香奈儿的，"郑虹得意地端详着自己的左手，"明天给你拿来试试……"

"好啊好啊——哎，口红也是新的？是不是纪梵希的？哎呀老刘对你真好……"

"切，好什么啊，"郑虹埋怨的时候嘴角却不住往上翘，"颜色都买错了，不是 302 的……"

"哎哟哟，你看看甜蜜的诶，不要给我啊？我单身狗颜色不挑……"

"你这小丫头片子怎么这么贪呢，都快把我化妆台搬空了……不过说真的，我明天也拿来你试试。老刘买的那个颜色还挺合适你的，你皮肤比我白……"

"我白什么啊，我这是两年没出门捂的……他买成什么了？我跟你说，我觉得你的肤色 202、315 也挺合适的……"

"买的 307。"

"唉呀妈呀……"

两个女人叽叽喳喳了一路，吵得徐猛头疼。不过心情倒是有所好转。李若颜没有像他想象中那样以泪洗面，寻死觅活，使他得到莫大安慰。她乐观开朗，外向健谈，给人感觉是那么坚强，坚强得有点没心没肺。两人在复健室门口告别。开门进去，里边两个医生正在谈话。其中一个身穿白大褂，看到李若颜进来，朝她招手。

"老刘！"她嬉皮笑脸地摇着轮椅凑上去，"我也想要口红。"

"郑虹这就跟你说了？"被称为老刘的医生一愣，随即露出笑容，压低嗓门，"她喜不喜欢？"

"总的来说呢，"李若颜摆出一副指点江山的派头，"还是满意的。但是——口红色系选择的水平，有待提高……"

"又买错了？"

"你怎么不问我呢，"她一脸恨铁不成钢，"刘兴继同志，教训呐……"

"得得得，下次一定请教你……"

"对，先送我一套，要不跟你瞎说一色……"

"这孩子你就作吧……训练完了来复诊啊……"

刘兴继离开了复健室。李若颜被复健教练推走。徐猛百无聊赖地坐在墙边的长凳上。琢磨下一步该怎么办。

目前的形势是这样的。

鬼上身的症状无法解释。

李若颜有可能是知情人，但看着更有可能不是。

除此之外，没有任何线索了……

"喂！你！这里不能抽烟！"

徐猛回过神来，猛然发现手里刚刚点着的烟，和不远处正在对自己怒吼的复健师。他把烟灭掉，招招手表示歉意。心烦意乱中，他的目光落在李若颜身上。她正在操练各种器械……或者说被各种器械折腾。他看到她拿着两个电熨斗一样的东西撑在地上，慢慢移动。她撑着双杠吃力地用双臂行走。她利用一个长凳练习坐上坐下。她摇着轮椅来到一堆软垫前，开始练习上下轮椅。他看到她抓住自己的裤腿，像扔一根木头一样把一条腿扔到床上，然后是另一条。最后，她撑着轮椅扶手把自己的身体撑起来。

"不错不错，加油加油。"复健师在旁边鼓励她。

她咬着嘴唇，身体前后微微荡了几下，好像是在瞄准，然后双臂猛地发力，把自己整个朝垫子抛了过去。

徐猛愣了。

他没想到原来专业办法里还有这么野蛮的招数。

李若颜稳稳落在了垫子之上的时候，他像个孩子一样跳了起来，差点大声给她鼓掌。

他没这么做是因为忽然想到了一件事。那就是她今后每一次上床下床，都要像表演杂技一样折腾自己。

就在这时，李若颜撑在床沿上的右手一滑，整个人朝后翻了下来，狠狠摔在轮椅里。

"啊呀"一声，徐猛跳了起来。

结果发现自己是唯一大惊小怪的人。

她正躺着跟复健师聊天。

"差了一点……"她笑嘻嘻地仰着头，好像是刚才发生了什么好玩的事。

"已经做得很好了，"那人丝毫没有要上去帮忙的意思，"运气问题……"

每一天每一夜。

每一次上床下床。

每一次起身躺下。

……

都要碰运气？

再次抬起头时，李若颜已经坐在了垫子上。

"成功！"她举着双臂夸张地欢呼。

她的笑脸比刚才在病房、在走廊还要灿烂。可徐猛却笑不出来了。他的脑子又模糊起来，直到康复课结束，病人纷纷往外走，他才如梦初醒。

李若颜满脸通红，额头上遍布汗珠，兴奋地摇着轮椅过来，高高伸出右手。

"你配合一下，"她对徐猛的毫无反应很不满，"HIGH FIVE 一下。"

"啥？"徐猛满脸迷茫。

"击掌嘛……算了算了……"她连连摇头。

徐猛如蒙大赦般推着轮椅急匆匆往外走。

"等等。"复健师忽然喊住了他们。

两人停下来，回头望去。

复健师看着他们，反而又没词了。

最终，他只是挥了挥手。

"加油啊，小姑娘！"

房门关上了，房间里终于只剩下两个人。李若颜指挥着徐猛帮自己找毛巾、擦汗、喝水。徐猛心里有一千个问题，但是始终没想好该怎么问，只好像个小太监一样任由她驱使。等一切都忙完，运动带来的兴奋劲稍稍过去，她开始沉稳下来，话也不多说，拿起徐猛给她的计算器不停把玩。

"不好意思啊，让你受累了。可我舍不得你走。因为这个……"

"这个……怎么了？"徐猛一脸茫然。

"这玩意儿是我们上学的时候用的……七中管得严，上课的时候不让用手机，我们就用这玩意来传递消息。就跟以前的学生传纸条一样，不过更安全。老师发现了，我们就说在借计算器……你上学的时候也玩过吗？"

徐猛忍住一句"我没上过学"没说，只是摇了摇头。

"过来，我教你……"李若颜招了招手，徐猛像被线牵着一样走到她的身边。

"你猜这是什么意思？"她在键盘上按出一串古怪的数字和字母，故作神秘地问道。

接过来一看，荧幕上的内容是 n 3>117 1。

对徐猛来说鬼画符也比这好猜。

"哎呀倒过来就行啦，"李若颜得意地揭开谜底，"就是 I LIKE U 嘛 。"

徐猛茫然地摇摇头。

"你不懂英文啊？"她有点尴尬地问道。

徐猛茫然地点了点头。

"不懂也好……"她又把头转过去，语速缓了下来，"第一次收到这条短信我也看不懂，因为别人只会用数字，然后反过来看，可是他就不一样……他那么聪明，干什么都能干好……"

说着说着，她一个人傻笑起来，好像浸入了某种甜蜜的液体。

"你又不是故意的……那是为了救杨叔……谁还没个失手的时候……这不算什么……"

他一遍遍劝慰着自己，然而心里却愈加烦乱。

"他打篮球也很好，特帅，爱扎一个耐克的发带，结果比赛的时候被人犯规，揪烂了……我第二天就给他买了一个。我特尿，买了之后过了好几天才鼓起勇气。我就去教学楼天桥底下的小门等他。那里走的人很少，只有篮球队的人去体育馆时能路过，可我还是做贼一样，听见脚步声就吓得要犯心脏病了……等啊，等啊，他没来。我就往里走，进了体育馆。门口挂满了校服、训练服，我想塞到他口袋里。结果去了发现邪门了，那里一件衣服都没有，里边却有打球的声音。我一推门，就被他看见了……"

李若颜看着窗外的景色，嘴里絮絮不止，好像是那种爱回忆往事的老人："那天训练取消了，我问他怎么没回家。他说他要趁着没人干一件早就想干但是教练从来不允许的坏事。我问什么坏事，他让我坐在板凳上看着，回身穿着校服和皮鞋就扣了篮。太帅了……然后他又带我从宿舍区边上爬树翻墙出去，喝冷饮……我就想，也许，这算我们的第一次约会吧……"

远处的夕阳终究还是落下了地平线。天色变了，连着她的声音。

"没想到……没过几天，我就被车撞了……"

徐猛忽然前所未有地丧失了顾全大局的能力。在那一瞬间，他是那么地想要夺门而逃，什么谜底都去他妈的。就算以后变成猪，也不管了。

然而李若颜还是没有停下。

"我听虹姐说，我昏迷的时候，他每周都来看我，可是我醒了之后，他倒不常来了。想想也不奇怪。我现在 18，可是昏迷了那么久，头脑还是 16。我们可以谈的东西越来越少。他的生活，大家的生活，都在一直变化、前进。只有我，被抛下了……"

她的声音很轻，然而在徐猛听来，却像决堤的洪水、奔腾的马群，吵得难以忍受。

"他那天来的时候……跟我说，他要到北京上大学去了。我知道这是什么意思……我知道……我们再也不是一个世界的人了……"

大学？我撞他的时候，她明明只上高一啊……

一种不祥的预感促使他拿出手机，解锁屏幕，查看日期。

一般来说，看日期是不用看年份的。但是这次他觉得很有必要。

2014 年。

徐猛觉得像是当胸中了一颗霰弹，心脏霎时被千百颗钢珠洞穿。他再也管不了其他，跌跌撞撞开门走了出去。他像个酒鬼，在走廊里蹒跚，脑子里只剩一个声音。

我这一觉，竟然睡了一年？

徐猛坐在车里抽着烟。他不知道自己该去哪里，该怎么办，也不知道自己已经这么呆坐了多久，还要坐多久。所有发生的一切，让他不知所措，不想动弹，只想这么坐着，能挨一秒是一秒。

眼前的谜团越来越大，一丝光都不透，但他却觉得自己已经参透了谜底。

"伤害无辜，伤害妇孺，是江湖上一等一的缺德事，是要遭报应的……"

报应……难道，这就是我的报应？

"后备箱开一下。"有人忽然敲了敲车窗，吓了他一跳。砰的一声，后门被打开。他这才意识到自己开的是出租车，忘了把空车灯按灭。他回过头去，正准备说不拉，然后却又像触电一样把头回了过来。驾驶座后边坐着的，不是别人，正是李若颜。

把李若颜抱上车的是个光头男子，年纪不小，手脚倒是挺麻利的，说完一个人跑到后边把轮椅折叠起来塞进后备箱，又飞速跳上了车。

"去湖滨西路。"

车子在车流里穿行。徐猛不时看着后视镜里的两人。李若颜面无表情，男人却不时看表。他越发感到可疑：在医院里的时候，不管是郑虹，还是刘兴继，还是李若颜本人，都从未提过她今天要出院。这是怎么回事？

"赶时间啊？"徐猛压着嗓子问道，"您这是送您的……"

"我是她爸。"男人看了他一眼，敷衍地答道。

徐猛不停端详着两人的长相，看不出有什么相似。不过旋即又想到，刚才她被自己惹得情绪崩溃，说不定临时让家里人接她。

他开始庆幸李若颜没有看到自己的脸。

然而马上脑子里就闪过一道闪电：计算器落在后座了……

接下来的十分钟，徐猛开车开得提心吊胆。他又想看看计算器有没有被李若颜发现，又不敢回头。他怕被她认出来，怕自己的谎言被揭穿。他自己也不明白有什么好怕的。就算现在他站在她面前承认自己是肇事者，她也不会信——长得都不一样嘛。

然而他还是止不住地害怕，像惧怕雪崩的滑雪者看到又一片雪花落下那样害怕。

"就停这儿吧……"光头男子的话像是一道赦令，令徐猛松了一口气。他付了车钱，去后边取了轮椅，撑开，把李若颜抱了下去。徐猛没开车内灯，把脸隐藏在黑影里，一言不发，看着他们朝着黑灯瞎火的老城区走去。

两人的背影消失在拐角。徐猛把帽子一扔，下车打开后车门，在座椅上摸着。果然，那个倒霉玩意就在那里。

真是侥幸，李若颜居然没发现……

他的思绪停在了半截。就着路灯，他发现计算器的屏幕上写着一行字。

徐猛跳下车，像个疯狂找烟蒂的烟鬼一样，满地摸索。终于，他摸到了一颗小石子，然后把计算器凑到眼睛前，一个符号一个符号地把上面的内容临摹到马路上。

刚刚写完，计算器自动关机了。

徐猛擦了一把汗，站起身来，看着自己刚才记录下的宝贵信息。

cl73I-I

啥意思呢？

徐猛摸着脑袋，百思不得其解。他掏出手机，把这行符号拍下来，然后钻进车里，反复研究。

"她说，英文字母和数字……倒着看……妈的正着看我也不认识啊……"

忽然，一阵敲窗户的声音把他吓了一跳。徐猛意识到自己又忘了把空车灯按灭了。

"不拉……"他回头说了半句，忽然停了口。上车的是两个提着书包的青年男女。

"你们……学生是吧？"徐猛回过头来，尽量让自己的笑容看起来不是那么吓人。

但是从两人的表情来看，还是有点不到位。他们谨慎地互相对视了一眼，点了点头。

"那你帮找看看，这是什么意思……"徐猛赶紧把手机递给他们，同时还夹着二十块钱，"就这行字……"

"这不是英文啊……"两人皱着眉头，不停摇头。

"倒过来呢？您试试倒过来……"

两人互相看了一眼。女生似乎是在冲着男生使眼色，想下车，但是男生死活没看出来。他认真地把屏幕倒转，看了一会儿，忽然一拍脑门。

"这不是 HELP 吗？"

徐猛疯狂奔跑在老城区里最古老的石板路上。

意思是救命……

这个他这辈子第一个认识的英文单词像一把钥匙，解开了那条哑谜似的短信的恐怖答案：有人要她死！

到底是谁，会想要一个孩子死？

到底为什么，他连一个瘫痪的女孩都不放过？

徐猛庆幸自己没有浪费太多时间，这两人不可能走远；更庆幸自己看了一眼他们离去的方向。钉子胡同，如雷贯耳。这是老城区里的老城区，无数头面人物从这里崛起，也在这里陨落。胡同很长，岔路不多，但是曲折逼仄的拐角、隔几米就坏一个的路灯，使得道上的人非常喜欢在这里了却一些恩怨。徐猛自己就在这里阴过好几个人。冬夜在拐角里一站半宿，浑身上下只有怀里焐热的短刀还留着温热的感觉，就好像是在昨天……

他的脚步急刹车似的停了下来。眼前的分岔路，必须选择一个。徐猛犹豫了一下，奔向左边。他已经想明白那人为什么要在这里下车。这里是监控盲区，而北边的和义路和城东巷的交界是另一个。那里的城中村是九安的另一个黑洞……

果然，左转跑了没多久，他就看到了推着轮椅的人！

那人听到了脚步声，回头看了一眼，然后马上推着轮椅拔足狂奔。

"还跑！"徐猛几步就追上了他，飞起一脚踹在他背上。那人"哎哟"一声，滚出去几米。徐猛也摔倒了，但他马上爬起来，狮子一样朝着对手扑过去。

他的鼻子忽然闻到一股熟悉的味道，带着土腥气、怪异的微酸和一种令人警惕的火辣辣。

电光石火的一瞬，徐猛拼命把头低下，紧闭双眼。

果然，当头而来的就是一把生石灰。

烧灼皮肤的感觉和后怕让徐猛暴怒起来，就地一滚脱下外衣，站起来时刀子已经抓在手里。什么法律，什么后果，此时对他的大脑已经没意义。他只要干掉这个胆敢暗算自己的小人！

"救我！"身后传来的呼救声像一盆凉水浇下来。徐猛的怒火像淬火的水汽一样消散。他回过头，发现李若颜不知什么时候从轮椅上摔下来了。一犹豫，中年男人拐过了转角。几秒钟之后，响起了摩托车发动的声音。

果然有人接应……

徐猛摇了摇头，把刀收起，跑回去把李若颜扶起来。

"谢谢……"她头发散乱，声音发抖，"你到底是谁？"

"不……不客气……"徐猛尽量放松，"走吧，找个说话的地方。"

第二章

第一次

第一次，有人在意我的委屈，为了我出气；还是第一次，有人拿我的意见
当真……这辈子，我一定不会忘记你。

~

"你说有人要杀我？"坐在副驾驶上的李若颜扭头问道。徐猛左手扶着方向盘，一边点头一边骂骂咧咧地用右手清理着头发里残余的石灰。

"你怎么知道的？你是干什么的？你为什么要保护我？"

"你别光问我，现在的关键在你这儿，"三个问题徐猛没有一个能回答，于是只好以攻为守，"抓你那个人是谁？"

"不认识。"她答得非常干脆，"……对了，你叫什么？"

徐猛留了个心眼，没有回答。

"李若颜，"她伸出手，"多谢大侠的救命之恩！你到底是干什么的？"

"我……我真是推销东西的……"徐猛犹豫着跟她握了一下手，"你再仔细想想，这个人不一定跟你说过话，他可能一直在暗中观察你。你回忆一下，有没有在哪里瞥见一眼啊，或者他说话的口音，你在哪里听过啊……"

"他用一个手绢捂着我的嘴，我就什么都不知道了，迷迷糊糊地，就上了车。幸好司机是你……其他确实没别的了……真的没见过……"李若颜回忆了一会儿，还是摇头，然后她又兴致盎然地追问，"那你为什么要救我？"

"我……路见不平嘛……"徐猛挠着头皮敷衍着。

"你骗我吧？这年头，哪有一个愿意多管闲事的？"李若颜用手指刮了刮鼻梁，"我就是觉得你不像个普通之辈，才放手一搏，给你留个暗号碰碰运气。你不愿说实话啊？"

"哪有的事……"徐猛被问得烦不胜烦，又不知怎么摆脱，只好生硬地把话题再绕回去，"奇了怪了，你说你一个小姑娘，怎么会有人要害你……"

"对啊，我也奇怪。劫我图什么呢？图财？没几个钱。要命？我又跟他没仇没怨。图色？这玩笑开大了吧……"她把头靠在椅背上，表情似笑非笑，话锋一转，又转过头来看着徐猛，语气满是戏谑，"所以呢，这位不愿透露姓名的大侠，看在救命之恩的分上，你不愿坦白交代，我就不逼你了。反正我也不怕你骗我——我实在榨不出什么油水……"

徐猛被调戏得没了脾气，不敢轻易开口。但李若颜还是不肯放过他。

"咱们这是去哪？"

"哦，回……"徐猛发现自己莫名地开始有点结巴，"回医院……"

"这就回去？"李若颜一下子瞪起了眼。

"啊？"徐猛被她质问得莫名其妙，"不回医院回哪？"

"我在那待了两年，两年啊，"她的双手在空中比画着，充满控诉感，"先是省医，省医不要了安仁，深切完了理疗，两年没出过大门，闻了两年的消毒水味！坐牢也不过如此吧？好不容易出来，不到半个钟头，你又让我回去？你这人怎么这么狠哪你……"

"那……那你想去哪？"

"哎呀，出都出来了，你就带我到处玩玩嘛……"

"不行啊，"徐猛结结巴巴地劝她，"咱……咱们到……到现在还不知道那人为什么要……"

"这有什么好怕的，"她不屑地一摆手，"等他下次来问问他不就得了……"

"不行，人家在……在暗，咱们在明……"

"那就更要待在外边啊，"李若颜瞪大了眼睛，"他只认识医院，对不对？"

"但是……医院人多，只要跟他们说一声发生了什么……"

"有你保护我还不是一样？"

"我就一个人，万一有个闪失……"

"就这么定了，反正我不回去……"李若颜抱起双臂，扭过头去。

"这是你自己的命啊，"由于缺乏睡眠和连连的挫折，徐猛的脾气一时没控制住，"你这孩子怎么这么不上心呢？"

话一出口，他也有点后悔，怕吓着女孩。毕竟他知道自己生气起来是个什么嘴脸。

可是对方却丝毫没有这样的反应。

"我就剩半条命了，所以我觉得不用太上心……"她似笑非笑地拍了拍大腿，"再说，要是两年前我就死了该多好……"

李若颜云淡风轻地转过头来看了他一眼。徐猛忽然意识到，这是两人目光的第一次相碰。混凝土般的心在一瞬间被摧毁到了粉末状态。负疚感像阳光中的灰尘一样在四散纷飞，不可收拾，不可捕捉。

写着"安仁医院"的路牌已经开始进入视野。他的手却还是没有打转向灯。一种非理性的情绪让他没法轻易下这个决心。

"我想起来了！我知道谁要杀我了！"

她这话像一根棍子抽过来。徐猛的手一哆嗦，方向盘一拐，错过了通向医院的路口。

"谁？"徐猛的声音压过了发动机的轰鸣声。

"我不想说。"

吱的一声，车子停靠在了马路边上，打开了双闪。徐猛拼命控制着自己的情绪。搁在以前，对付敢说这话的人，他的态度很简单：不说就让你出不了这个门。不过稍一寻思他就发现这回不适用：李若颜这辈子没人帮忙的话出任何一扇门都够呛。

他的气一下子泄了。

他真的不知道该怎么办才好。

"你真想知道？"她忽然问。

"想！"徐猛感觉自己像是抓住了救命稻草，双眼都亮了起来：很可能就是这人给自己发了短信。很可能也只有这人，能够揭开自己的身世之谜。

她有点意外地看了他一眼，然后双眉微皱，下颌往后一收，嘴瘪了起来，一个只有少女小孩才会做的鬼脸一闪而过。

"有代价的啊……"

"你说！"

"什么你都愿做？"她玩着自己的发梢。

"愿意！"

"真的愿意？"

徐猛伸手给她整理了一下领子，然后用刚才忍住没掐死她需要的同样的力量一字一顿地重复着："愿意！"

灯火辉煌的银座商厦顶层，每个电梯门前都堵得水泄不通。人们三个一群五个一伙，紧张地看着不断上升的楼层数，不时用冷峻的眼神警告一下身边同样跃跃欲试的个人或者小团体，只有偶尔看一下手机、互相交流一下新段子的时候才会笑一下。气氛可谓团结紧张严肃活泼。

叮的一声，随着F号电梯一响，门前顿时万马齐喑，空气中充斥着火山爆发、大坝崩塌、钱塘江大潮之前常见的那种一触即发的静谧。

然而当门缓缓打开，所有正在准备拔腿冲刺的人都同时一愣，然后缓缓让出一条路来。

"你玩个游戏，居然要来这？"徐猛抬起头四处张望。这里他只来过一次，那是杨叔跟一个什么头面人物的谈判。从云南到九安，这是他见到的最金碧辉煌的场所，再次走进来，还是觉得大理石天花板上嵌的灯太多，晃得眼晕。

他的身后，人群已经像泥石流一样灌进电梯。

"我乐意嘛，"李若颜不停用手势催促徐猛快走，"就那。"

徐猛摇着头，走进了电子游戏城。他们的样子毫不意外地吸引了不少目光。徐猛阴沉着脸，与每一道目光的主人对视。那些半大孩子几乎都在第一时间忙不迭转过头去。不过李若颜倒是毫不介意的样子。

"太过瘾了……"她看着几十台各式各样的街机，夸张地活动手指，"代币在哪买？"

"三块钱一个？"徐猛指着墙上的价目表失声叫了出来，"不都一块钱俩吗这玩意？"

"小点声，小点声……"李若颜表情尴尬地"嘘"了半天，"你嚷嚷什么啊？"

"贵啊……"

"我又没让你掏钱，" 李若颜翻了个白眼，无奈地掏出钱包，"只要不是一百块一个，都玩得起啊……"

"那个那个，"沉甸甸的代币装满了衣袋，李若颜高兴得像个孩子，"推我过去，开飞机那个……"

"到那边去，抓娃娃……"

"那个那个，推金币……"

徐猛鞍前马后地推着她在机器间穿梭了好久。她嘴上吵吵着要玩个够，然而到了每台机器跟前，看上两眼，摸几下按钮，却又咋咋呼呼地要求试试别的。几次之后，徐猛终于恍然大悟：她要找个适合自己玩的还真不容易。这里一小半是模拟驾驶类游戏，得踩油门，坐驾驶舱，她不行。剩下的要么是格斗，要么是射击，显然不适合女孩子的口味。

"这个怎么样？"转了好几圈之后，徐猛终于忍不住给她推荐了抓娃娃机。李若颜的表情看上去也如释重负，笑着点了点头。

"你这个玩法不行……"看她几次颗粒无收之后，徐猛忍不住插嘴提醒。本来他满脑子想的就是她赶紧玩过瘾了好走，但是看了半天这种业余的玩法，他终于忍不住了。

"真的？"李若颜丝毫没有为自己技术羞愧的样子，"你也会玩？"

徐猛点了点头。以前的众多藏身之处中，游戏机室也有几个。跟网吧相比，这里不查身份证，安全很多。他在那里消磨过很多时光。

"你得抓最上面的，洞口旁边的……夹子你得想办法让它甩起来，或者转起来……"

徐猛指点了半天，结果李若颜还是不得要领。

"要不我帮你一下？"她点点头，徐猛立刻接手。他用手指推了推机器，看了看爪子的摇晃程度，然后摇了摇头。换了几台机器，才满意地投币。

启动，运转，就位。他看着爪子在空中摇晃，不停调整摇杆将其稳定，按下按钮。爪子缓缓下降，徐猛目测着它跟目标的距离，抓住时机，猛地拍了第二次。

旗开得胜。他抓起一只玩具熊。

徐猛兴奋地狠狠拍了一下机器。倒不是一只玩具熊有什么珍贵的——他高兴的是其他方面。皮肤的触感，肌肉的经验，在这个机器上全找回来了。这一刻起，他才敢说自己对这个身体的操控达到游刃有余的程度。

"哇，厉害啊，"李若颜的眼睛瞪得比灯泡还大，"快，再抓几只！"

大概十分钟之后，旁边的群众看着李若颜开怀大笑的样子，纷纷有点羡慕她有个轮椅可以装那么多毛绒玩具。

"那个那个！"李若颜又兴奋地叫起来，"打僵尸的那个！推我过去！"

"来来，露两手瞧瞧……"徐猛摘下枪递给她。然后两人蓦然发现这个游戏也不合适。换弹夹是要踩脚踏板的。

"你打我看吧……"李若颜倒是没有觉得扫兴，说话还是笑嘻嘻的。

"那有什么意思，"徐猛连忙摇头，"你打，我给你换。"

李若颜点了点头。游戏开始了，她开始朝着各种隔着屏幕扑过来的怪兽开枪。徐猛根本不屑于看屏幕，数着开枪数踩踏板换弹夹，一次都没错过。

基本功也捡起来了……

他暗自得意起来。这具躯体，终于从头脑到肌肉，都操纵自如。他甚至还发现了一些好处：跟自己原来的身体比起来，这个人要高一些，壮很多……

想着想着，他又感到一阵哀伤。因为他忽然想起，这个本事是杨叔教的。

杨叔，你到底在哪里啊……

然而有李若颜在身边，感怀多长时间显然不可能让他自己说了算。她打游戏的时候嘴比手还要忙很多。

"哎呀没打中！"

"怎么还没死！"

"啊啊啊啊吓死了吓死了！"

徐猛终于被她的大呼小叫所吸引，开始看屏幕，并且在很短的时间内就开始指导她瞄准技术。

"打头！你打头！打头一下就……哎呀你抬高点！抬高点容易打头！"

"左边那个！左边……对对对对！躲！"

"跳！在空中开……这一枪……哎哟我操……"

屏幕闪烁着，照耀着面前两张年轻的脸。他们忽然忘记了现实世界里自己的难处，忘情地喊着，叫着，开怀大笑。徐猛忽然觉得若颜不再是以前脑海里那个令自己难以面对的符号。她成了三维世界中一个有血有肉的人。

"行了吧？要不咱们……"过了好一阵子，看她的样子应该是过足瘾了，徐猛小心翼翼地提醒道。

"好，我玩累了，"李若颜点了点头，然后打了个响指，"咱们去喝两杯。"

"你还会喝酒呢？"

"不会，"她满不在乎地挥了挥手，"可以学嘛……"

"你别嫌我事多啊，"人民体育场旁边的金洋酒吧里，李若颜审视地打量着酒吧的装潢，"你就不认识个高级点的？"

"这个还不行？"刚得知她是有钱人家孩子的时候，徐猛发现自己心里居然好受了一点——残废归残废，最起码她这辈子衣食无忧。然而现在，他开始暗暗叫苦——有钱人家的大小姐实在不是自己这种人伺候得了的。他一直坚信这是九安最高档的酒吧，因为杨叔经常来这里谈事情。那种时候，他总是自豪而警惕地站在杨叔身后担任保镖，从不喝酒，从不走神。不管谁，甚至杨叔本人，要他喝点酒，他都拒绝。因为他必须保持清醒，不让任何人有可乘之机……

"你看，座椅不是真皮的，也不是木地板。灯多少年没换了，都不亮了……连个驻唱都没有，放的音乐可够老的……"

她林林总总说了十几条，说得徐猛也开始怀疑自己的品味。

"你不是刚满 18 岁吗？怎么对酒吧这么熟？"他无奈地问。

"我是没去过，但是我爸常去，我见过几次……"

她终于停止了抱怨，用吸管轻轻搅拌着面前的 Sling。

"你知道吗？这是我第一次来酒吧，是为了自己喝酒，而不是劝我爸少喝点早点回家……"

徐猛点点头。他有点意外。他听说过的富二代似乎都早早接触酒吧。

"这也是我两年来第一次出医院的门……不可思议吧……"

"是挺操……"徐猛及时切换了措辞，"是挺不好受的……"

伏特加带来的炭火般的热度在体内横冲直撞，让他的自制力开始有点松动。

"你……记不记得……你是怎么……怎么被……"

"当然记得。我晚上过马路，有人车速过快，把我撞了。我昏迷了两年，人人都以为我植物人了，结果我醒了……"

李若颜耸了耸肩膀。

"那你记不记得……那个……开车的人……"他终于忍不住问起了这事。

"当然记得了。我看过报道，也问过当年的警察。车牌我记得，至于那人……好像姓徐吧……不知道长什么样子，警察没给我照片……判了一年。现在……大概早出来了吧？"

她冷笑了一声："毁人一辈子，真是不用付出代价啊……"

"你知道得还挺详细的……"徐猛心虚地干笑了一声。

"我这辈子最痛恨的人，怎么能不了解呢？"她轻轻叹了口气，"对了，你到底叫什么？"

"我叫段河。"

"你两年来一直在安仁医院？"沉默了一会儿，徐猛终于有了再次开口的勇气。

"不是。他们跟我说一直在省医。后来省医说没希望了，别的医院又都不要我，这时候，安仁医院的老刘挺身而出，"李若颜夸张地发出"当当当当"的声音，好像在介绍超级英雄登场，"把我要了过来，说进行实验性治疗。结果我就醒了……"

"那你……"灵光一闪，徐猛忽然想起一件事，"是不是醒来后接触的人不多啊？"

"当然不多了，"她认真地扳着手指头，"天天见的也就是虹姐、老刘，还有几个老病人……"

前两个显然可以排除——想弄死她一针就够了。

"什么病人？在哪呢？"徐猛来了兴趣，"我去问问他们，说不定……"

"早出院啦，"李若颜很不耐烦，"快半年了，就剩我自己了……"

"怎么就你没出院呢？"

"我爸有钱啊，长期住院加复健，这个罪也不是谁想受就受得起的……"

徐猛不说话了。

"我爸有钱归有钱，就是管得太多这点不好。"她看着玻璃上映出的蜡烛，"除了学习什么都不让干，必须考前十才能玩手机。刚才那个游戏城，离七中那么近，我们同学都来过，就我没来过，一次都没有……"

李若颜絮絮叨叨讲了很多她爸管她的事，徐猛听得烦不胜烦。父亲这个词对他来说既陌生又不陌生。那个男人早就从自己的生命里消失了，连他的长相都忘得一干二净。记忆中总是重放的镜头里，那个把母亲一次次用耳光抽倒的男人，是不是他呢？

"哎！想什么呢？"徐猛回过神来，发现李若颜在看着自己。

"哦，没什么，有点累……"他强笑了一下。这也不是谎话，他已经经历了高强度的十多个小时，"那什么，你爸对你挺上心啊……"

"是啊，"若颜一愣，然后马上绽开笑容，"他就那样。他老说自己没文化，有钱也是个暴发户，就逼我学习，说成绩不好没法把家里公司做大。我说爸，现在这就不小了，让我享受一下青春多好。他不但不听，还跟我急……"

有钱人家。

徐猛在心里再次用这个理由拼命宽慰着自己：你自己有什么资格同情人家？

"我就这么被管着，听话，两耳不闻窗外事，拼死学习。物理奥赛获奖，化学奥赛获奖，生物、计算机也都是尖子，每次考试年级前十……"她不停摇着头，"我长这么大，什么都没玩过，过年也得学习，连烟花他都不让我放，说什么怕我分心……结果，我什么都没来得及体验，就瘫痪了……"

她的声音像是秋天落叶着地时的叹息。

"对了，你爸……他知道咱们在这吗？"徐猛过了好久才能开口说话。

"他知道了那还得了，"李若颜吐了下舌头，"他活活打死我你信不信？别说酒吧了，那回我们班的人要去个KTV，是那谁——赵凯——过生日，我拿零花钱凑了份子，去了，他知道了直接给我一巴掌，把我所有零花钱、所有卡都停了，手机也没收了，还骂我不要脸。你评评理，我那时候都快十六了，还是全班一起去，我怎么就不要脸了？"

徐猛面无表情的样子使她有点失望。她并不知道，徐猛的脑子里正在回放母亲满脸泪水的诅咒："你爸爸？他不是人！他是个王八蛋！"

"又走神了？"她打了个响指。

"哦，没有，"徐猛赶紧松开攥得生疼的拳头，"那什么……你还是……打个电话吧……"

"你说得轻巧，"她白了他一眼，"他打死我你管啊？"

"我管。"徐猛头一次答得这么干脆利落。

"我爸倔着呢，你劝没用……"

"劝没用我就换别的办法……"

"切，骗人，"徐猛发现这小姑娘冷笑的样子很伤人，"打自己的孩子，报案都没人管……"

"我又不是警察，"徐猛深吸一口气，"我的办法肯定管用……"

李若颜饶有兴趣地看了一会儿他认真的面容，笑容像金鱼尾巴忽然打破镜子似的水面，但又马上销声匿迹，只剩涟漪。

"是啊，你看我，好不容易来了，又把正事忘了，"李若颜的注意力终于转移回来，"别笑话我啊，我没喝过酒——就这么喝？"

"那还不就这么喝吗……"徐猛有点莫名其妙。

"哎呀，我是说，一大口？还是抿比较好？"

"这玩意，抿什么啊？"徐猛大摇其头，"大口喝。"

"不会呛吧？"

"不会，这个玩意度数不高……"

话音未落，他就被喷了一身。

"辣死了，辣死了……"李若颜不顾身上斑斑点点的红色酒迹，伸出舌头用手扇着，"你不是说不辣吗？"

徐猛赶紧拿着餐巾纸给她擦。

"这酒多少钱？"她一边拼命哈着气，好减轻嘴里的烧灼感，一边拿起价目表，"才一百八一杯？难怪！我爸说得对，便宜的酒不能点！"

擦着擦着，两人忽然一起笑起来。徐猛说不清这有什么好笑的，但却怎么也憋不住也停不下来。也许，弹簧一样紧绷了几天之后，自己真的需要笑一下。

然而笑声有的时候太多了也不是好事。徐猛听到背后传来的咪咪声，还有椅子被推开时在地上的摩擦声，以及拖沓的、由远而近的脚步声。他没有回头，但知道不是好事。因为李若颜把目光挪到了桌子上，脸色变了。

"行啊哥们，"一只戴着手链的手掌啪地拍在桌上，文满花纹的手臂无礼地把两人隔开，"玩得挺野啊……"

说话的人看样子二十来岁，包着头巾，一指粗的银色项链挂在运动服外边，挂坠比手机还大。他显然喝了不少，一说话酒气熏人。

"操，活久见啊——"他回头朝远处的同伴招了招手，"老妹啊，都这样了还来泡呢……"

徐猛听到背后传来一阵嬉笑起哄的声音。

一共四个人。

"不好意思，"李若颜保持着微笑，但是她显然没有应付这种事情的经验，神色中略有慌张，"我们这就走了……"

"别价……"那人一把抓住轮椅，"陪哥哥喝一个再走啊……"

"她不喝酒……"徐猛抓住那人的手腕。

"你也想残废啊？"那人回过头来，用力瞪着徐猛的手，充满威胁的目光慢慢移动到他的脸上。

"别别，那我喝一个再走……"李若颜马上反应过来，拉住那人的另一只胳膊，"他醉了，你别跟他一般见识……"

那人又瞪了徐猛一眼，然后回头看着她，喜笑颜开。

"满上满上，"他迈开裤裆几乎在脚踝的裤子，坐在李若颜旁边，伸手就要搂她肩膀，"我跟你说啊，这个酒吧、西港区，那就是哥的后花园，只有给哥面子的……"

就像风从耳边刮过，气流吹动着李若颜的额发。黑影从眼前掠过，她甚至来不及看清是怎么回事，那人已经飞在半空中。徐猛出手毫无征兆又快似闪电，隔着桌子抓着领子把他像个麻袋一样拎了起来。背部着地的巨大声响和惨叫声像投入池塘的巨石，激起一阵尖叫。

其中有一声是李若颜的。

"小心——"她看到了从背后砸向徐猛后脑勺的酒瓶。

徐猛转身啪地把拿着酒瓶的手打到一边，右手五指箕张，狠狠击中对方的下巴。"呜"的一声闷叫，被震得神志不清的对手门户大开，被欺身而上的徐猛一膝顶在裤裆里，倒在地上打滚。

"死去吧你！"一把匕首带着寒光捅了过来。徐猛侧身相让，左手倏地抓住对方手腕，右手狠狠一拳上去，砰地正中太阳穴，对手当即不省人事。肩膀忽然被一双手死死抓住。第三个同伙趁着他出拳的空赶了上来。徐猛双手抓住对方的右手一拧，然后身子一蹲一拽，利用巧劲和关节的剧痛把对方在空中掀了一个筋斗，狠狠拍在地上。

酒吧里的人都围了过来，又小心翼翼地让出距离，形成一个直径起码十米的圈子。圈子的中心，是拍打衣服的徐猛和目瞪口呆的李若颜。

"你……你……"这回换成了她开始结巴。

"换个地方喝？"一切都安静了，他俯身问道。

李若颜赶紧点头。

徐猛推着轮椅朝门口走去。最初来找事的那个醉汉有点清醒了，晃动着脑袋想坐起来。徐猛四下看了看，最终从桌上抄起一个酒瓶。

"喂……"李若颜忽然压住了轮椅的手刹，"我能不能……"

徐猛一愣，马上默契地把酒瓶子递给了她。

李若颜露出天真无邪的笑容，然后冲着那人脑袋砸了下去。

出酒吧门的时候，李若颜抓住了他推轮椅的手。

"怎么了？"徐猛想把手抽回来，又没敢。

"你不是想知道谁想害我吗？"她的声音似乎充满了激动，微微颤抖，"我告诉你！"

"你确定？"在那辆破出租车里，徐猛皱着眉头问。

"错不了。"

徐猛歪着头，犹豫了半天没说话。他真的想相信，可是她的话别说他一个江湖人，稍有生活经验的人也难以相信：她说，罪魁祸首是七中的同班同学蒋馨。动机也很简单：蒋馨当年跟男朋友分手，认为她是小三。

"怎么，你不信我？"李若颜有点不高兴，"你不是看到了吗？"

他的确看到了她手机上那条来自蒋馨的信息，发送日期在三天之前。

"贱货 9 月 23 号晚上十点之前到凌云夜总会来谈谈。不来我就派人请你来！"

但这事还是太离谱。

"你同学？"徐猛皱着眉头，"你同学，再坏，也是个小孩，对吧？还是个女孩，她哪有胆子雇人要你的命啊……再说你跟她的事，快三年了吧？还有这么大仇？这不正常啊……"

他自言自语分析了半天才发现她在瞪着自己。等到他的目光迎上去，她又简短地"哦"了一声，把眼眉低了下去。徐猛过了好一会儿才意识到她可能是不高兴。

"我没别的意思，"他赶紧解释，"我就是说啊，会不会……会不会还有别人呢？"

"没什么，你不用解释，"李若颜把头靠在椅背上，叹了口气，"……别说你，就是我亲爸又怎么样呢……我受了她的欺负，回家跟他说，他说让我自己检讨一下，'苍蝇不叮无缝的鸡蛋'……我习惯了，有谁拿我的委屈当回事呢……"

"你别急啊……"这大概是徐猛这辈子第一次对别人说这话，而不是相反。

"不正常？"她苦笑一声，"我也希望她能正常一点……"

她又叹了口气，停顿了好久才继续说下去。

"她们家是搞拆迁的……以前的班主任有一次说她说狠了，她回家说老师给她穿小鞋，她叔叔吧——好像是——带着人来把班主任打伤了……"

徐猛哦了一声。

"她朋友不少，在学校和社会上也挺能呼风唤雨的，但就是心比芝麻粒还小。有一次她买了双新鞋，颜色跟衣服不搭配。门口别的班的两个男生笑，她就非说人家是笑她。结果她自己叫人上门去堵那俩男生，打完第二天再换不同的人去堵，连着一个星期都是不一样的人，最后俩男生崩溃了，下跪才把这事了了……"

"还有一回，四班一个女生用手机拍照，"她不屑地一笑，"她非说人家故意把她拍进去，叫人把人家弄到操场，十五个人轮流扇耳光……"

"姓蒋？"他开始琢磨大概是谁家的孩子。

"……她男朋友叫赵凯，就是……就是我跟你说过的那个……打篮球的……"若颜不自在地转动了几下脖子，"他跟她谈过一阵，后来受不了她整天盯梢、耍性子，就分了。我喜欢赵凯，我承认，可我们俩第一次说话的时候，他们都分手好几个月了……"

"三年，我也觉得挺长的，"她花了一些时间平复情绪，"长到感情都能变淡，可是对她来说，恨一点都没有变淡……他到医院来看我的事被她知道了，所以又开始了……你自己看吧……"

李若颜在手机屏幕上划拨了几下，递给徐猛。徐猛看到那是一条条的聊天记录。内容浅显易懂，连他这种半文盲理解起来都毫无障碍。

"贱人，这下遭报应了吧？"

"臭婊子，在医院还不忘勾引人，骂你一辈子！"

"好好说你不听，非不要脸，你等着！"

"贱货，非弄死你！"

"我要你死！"

日期从若颜出车祸到上个礼拜。徐猛的脸上开始没有了表情。

"你觉得她不够狠？那你自己看看……"李若颜把手机要了回去，输入了一个网，"这是上次被她怀疑的女孩的下场……"

这次手机屏幕播放的是一段视频。里边有几个孩子，都穿着校服。他们围着的女生浑身瑟瑟发抖。

屏幕上一个女孩破口大骂着，抽了她两个耳光。然后其他人围了上来，他们有男有女，都穿着校服，对着她开始打、踹。她蜷缩在地上，紧紧抱着头，缩成一团，但还是被一个男孩揪着头发拽起来。

"死去吧你……"一拳打中了她的眼睛……

"我也被她打过一次，一个耳光，"李若颜的声音冷静得好像在讲述别人的故事，"大概是觉得不精彩，她没录下来传到网上炫耀。我也没敢跟我爸说。说了也没用。他肯定要说'小孩不好好学习，怎么整天卷进这种事'……我的事，从来没人在乎……"

徐猛的眼前慢慢变黑。他不知道什么时候回到了十几年前的街头，看着那个丧家之犬般的孩子，被张哑巴的手下团团围住。他们抽他耳光，朝他吐口水，用皮带抽他，用开水烫他。他们一边打，一边大声笑骂：

"敢不听我的？没人要的野种，我告诉你，打死你，就跟打死一条狗一样没人管……"

啪的一声，李若颜被吓了一跳。手机被徐猛一把拍在座位上。

"我找她谈谈。"

出租车在环路上飞驰，李若颜看着窗外疾驰而过的路灯，若有若无地吹着口哨。

"怎么了？"她留意到了徐猛在不时看自己，回过头来问。

"没什么，"徐猛干笑了一声，"你胆子还挺大的，一点不紧张。"

"有什么可紧张的，"李若颜大大咧咧地晃着脑袋，"你会保护我的，对吧？"

徐猛点了点头。

"那不就结了，"笑容在她脸上绽放开来，"你可真厉害，几下子就把那几个流氓打趴下了，全震住了，那么多人，没一个敢上来的……"

"那不算什么……"徐猛看着她大惊小怪的样子，微微摇头，"真不考虑我的计划了？"

徐猛刚才的提议听起来匪夷所思：在女厕所门口等，看见蒋馨，扛起来弄走。

"你疯了吧？"李若颜提出一个重要的疑问。

"你放心，她喊救命也没事：这年头就这样——绑个男的挺费事，绑个女的，只要说是男女朋友、夫妻打架，谁也不会插手……"

"不行，"李若颜再次摇头，"有点卑鄙……"

徐猛被这种直率噎得一时说不出话来。

"不好意思啊，"李若颜也意识到这话有点伤人，"我不是诚心要让你冒险……"

"不危险不危险，"徐猛反而被她逗乐了，"无非是稍微麻烦一点……"

"对啊，你是高手嘛，你的功夫跟谁学的？"她的语气十足像个娱记，就差手里拿个麦克风了。

"跟杨叔……"徐猛犹豫了一会儿之后说。

"他更厉害？"

"那是，"徐猛点了点头，"十年前，他打我这样的俩没问题。"

"哇哦……"李若颜带着匪夷所思的表情连连点头，好像是在换算两个徐猛的战斗力大概是个什么概念。

"杨叔是你的……"

"我也不知道算我什么，"徐猛摇了摇头，"我跟他吃饭，替他干活……"

"你到底是干吗的？"李若颜面带讥讽地问道，"恐怕不是推销员吧？"

徐猛没有回答，慢慢减速，把车停了下来。他推开车门下了车，李若颜这才发现他们已经进了山。

"你干吗去?"看到徐猛要扔下自己往林子里钻,她急忙问了一句。

"我一会儿就回来,"徐猛折回来,扒着车窗嘱咐,"你在这等着,别出声,别弄出亮光,手机也别用。最多二十分钟。"

话是这么说,他回来的时候已经过了半个小时。他满头大汗地把一个旅行包似的东西扔进后备箱,然后气喘吁吁地上了车。

"没害怕吧?"他发动车子,擦了擦额头的汗。

李若颜若有所思地看着他,摇了摇头。

"你这回没问我干什么去呢……"开了一会儿,徐猛看样子心情不错,回头跟她开玩笑。

"我想知道,但是你不说,我就不问,"她也狡黠地看了他一眼,"你今天救了我两次,所以我认定你是可以信赖的人……"

凌云大厦位于九安广场南侧,是一座包含酒吧、夜总会和酒店的高级会所。时至夜半,大厦灯火通明,玻璃大门后边传来的鼓点震荡着地面。一辆出租车从东边驶过来,缓缓停在门口。门童拉开车门,里边的女客却迟迟不下车,令他疑惑地皱了皱眉头。

"我不是拉客的,"徐猛摇开车窗玻璃,"我也是来玩的——停车场在地下对吧?"

音乐即使在地下停车场也听得一清二楚。

"待会该怎么说话就怎么说话……"徐猛下了车,把李若颜搬上轮椅。

"好,"她故作轻松地嚼着口香糖,"你说……她会带几个人来……"

"她那样的货色,"徐猛哑然失笑,"几个人都一样……"

徐猛推着轮椅来到电梯门口,然后抱臂在胸,仔细观察着两扇一模一样的电梯门,掏出个硬币扔了几下,然后才开口:"左边这个。"

"右边……有埋伏?"李若颜小声问。

"不,"徐猛摇摇头,"右边大凶,左边吉利。"

"好……吧……"李若颜迷惑地看着他,伸手要按上楼键,却又被他阻止。

徐猛从烟盒里拿出三支烟,一一点燃后抓在手里,转身朝着空无一人的车道拜了拜。然后把两根朝空中一扔,剩下的一根叼在嘴边。

"你干吗呢？"李若颜一边嫌弃地咳嗽一边真诚地请教。

"一些规矩……"徐猛慢悠悠地回答。

"你不是说没问题吗？"她显然有点不信任徐猛，"没问题你搞这些封建迷信干吗？"

"别瞎说，"徐猛赶紧制止她不虔诚的言论，"举头三尺有神明。人世间干净的、不干净的东西多了，你在人家地盘动手，哪怕再小的活，也要懂规矩，讲规矩。要不然一个招呼不到，那就要翻船……"

李若颜用难以置信的目光看着他，扑哧一声笑了。

"对不起对不起，"她强行把笑憋回去，结果不太成功，"你从哪学的这些？《盗墓笔记》吗？"

"啥？"

"没什么，我就是说啊……"李若颜捂着嘴，"我上回听到类似言论，还是我奶奶说的……"

"现在的小孩，什么都不懂……"徐猛当然听懂了她的嘲讽，不满地摇着头。

"你真的能打过他们吧？"电梯开了，李若颜好像还是有点不放心，"你保证？"

"放心吧，"徐猛自负地点头，"这套规矩走完，我还没有失手的时候……"

"那好，"李若颜双手交叉，舒展着手臂，"那我就尽情发挥了……"

电梯门开了，震耳欲聋的音乐像一个巨大的拳头一样迎头打了过来。徐猛推着捂着双耳的李若颜，沿着舞池的边缘慢慢走着。没走多久，他感到李若颜在拍自己的手。沿着她手指的方向，他看到了右前方透明包间里的一桌人——三男三女。

"中间那个？"徐猛把嘴贴在李若颜耳边问。

她点了点头。

桌上的人已经看到了他们，纷纷站了起来。徐猛发现李若颜在微微颤抖。他犹豫了一下，然后把手放在她的肩膀上。她的身体微微一震，然后呼吸开始放缓，最终慢慢恢复了正常。徐猛拍了拍她的肩膀，然后推着轮椅进了包间。

蒋馨是坐在中间沙发上的一个有点胖的女孩，头发染成紫色。她看到了徐猛，略带一丝惊讶地打量了两眼之后，不屑地看了看天花板。她的身边坐着两个差不多打扮的女孩，还有三个穿着无袖 T 恤的小伙子站在身前。

包间门关上，音乐声小了一些。虽然还是吵，但起码大家可以正常交谈了。

"你这个家伙还真难请啊，"蒋馨连看都不看徐猛一眼，"还得我派人去……"

"馨姐，好久不见……"李若颜没有立刻回答，笑了笑之后才开口。

"谁是你姐？"蒋馨吐了口烟，"你这人怎么这么贱呢？硬往上贴？不要脸习惯了吧？"

旁边的男孩们开始微笑，女孩们捂着嘴夸张地大笑。

"馨姐真会开玩笑，"李若颜的语气依旧云淡风轻，"你找我有什么事啊？"

"你装什么糊涂？"蒋馨的声音不高，语气平淡，但却透着一股阴狠，"赵凯去医院找你几回了？我上次揍你的时候就说了，你再纠缠赵凯一天，我就弄死你。你不信是吧？我不找你行吗？"

蒋馨把烟碾灭在茶几上。她身边的人齐齐怒目圆睁。

"就为了这个啊，"李若颜却丝毫不受影响，说话时眉眼含笑，"馨姐我觉得你可误会了。赵凯去看我，只是看在同学的分上……"

"你胡说！"听到这个名字从李若颜嘴里说出来，蒋馨终于火了，"你跟他说了什么？他为什么连自己上哪个大学都不告诉我？还把我微信都删了？我们俩当年谈得好好的，都是你！你把他勾引走了！不要脸的东西，遭了报应，现在还不老实……"

蒋馨站了起来。徐猛上前一步挡在中间。

"这是谁啊？"蒋馨装作刚看见他，"男朋友？"

李若颜微微一笑，摇了摇头。

"哦，我忘了，"蒋馨夸张地拍了一下脑门，"这是你客人啊？"

旁边的男女又是一阵哄笑。

"保镖。"李若颜似笑非笑地看着她，轻飘飘吐出一句。

"保镖？"蒋馨一愣，哈哈大笑起来，"你这穷逼哪来的钱雇保镖？"

"这你别管，"李若颜歪着头，炫耀似的拍了拍徐猛的胳膊，"反正他是保护我的。"

"喂，"蒋馨打量了徐猛两眼，然后冲他嚷嚷起来，"你是不是也上当了？整天满嘴都是她爸多么有钱。屁，全是吹牛！你小心她最后赖账不给工钱啊……"

一阵勉强的哈哈大笑。

徐猛面无表情地看着她。李若颜没吭声。

"哦，对了，也不怕她没钱，"说到这里，蒋馨的幽默感似乎又缓了过来，"她可以陪你睡啊……"

屋子里又是一阵哄笑。徐猛微微摇头，要往前走，结果被李若颜拉住。

"李若颜，我看你瘫痪了几年，脑子也坏了是不是？"蒋馨的眼睛瞪了起来，"你带个这样的来，想吓唬我？就你们俩这样的？想吓唬我？别以为你残废了我就下不了手！"

咆哮完了，她把酒瓶子往墙上一甩，哗啦一声砸得只剩瓶颈，玻璃碴闪着亮光，她身边所有人都站了起来，怒气似乎已经到了最高值，一颗火星就会引爆。然而李若颜却丝毫不受影响，冷静得像块冰。

"馨姐，有些事我一直想要请教一下，"李若颜的嘴角微微扬起，"我跟赵凯第一次说话的时候，他说他没女朋友。我为了这事问过他的队友、朋友，他们也都这么说。这就有点奇怪了……"

"我们那时候分手了……"蒋馨完全没有必要地辩解了一句。

"哦——"李若颜故意拖着长腔，"这么说，不是我当小三破坏你们关系啊……"

"我们那是一时吵架，"蒋馨没想到对方居然敢正面跟自己辩论，还给自己下套，脸色微微发红，"你乘虚而入……"

"是吗？"李若颜摆出一副天真无知的表情，"那你们得吵了多久，才能让所有人都一致认为你们已经分手了啊？一个月？三个月？一学期？馨姐，是不是赵凯跟你谈过一天，他就一辈子属于你了？"

"你……"蒋馨万万没想到，当年那个察言观色，不管怎么对她她都朝你笑的女孩，居然敢于当着别人的面撕咬自己。

"馨姐，听我一句劝，你要是真放不下赵凯，可以上大学以后跟他再续前缘嘛，"李若颜似乎很享受这种对话状态，笑吟吟地直勾勾盯着蒋馨的脸，"哎，对了，赵凯去了人大，馨姐你考上哪个大学了？"

蒋馨的脸一下子黑了，牙齿咬得咯咯作响。

"退一万步讲，好，我是小三，破坏你们关系——那是什么时候来着……哎呀，都快三年了，你还在为了这事要弄死我——馨姐，闹了半天这些年你都没找着人要你啊？"

"你……"蒋馨的手哆嗦着指着李若颜。

"说实话啊馨姐，"李若颜故作姿态地叹了口气，"赵凯应该爱你。你对他才是真爱。你想啊，当年刚入学的时候，你可是全年级排得上的美女呢。结果相思这么多年，你现在憔悴得，瘦了五十多斤吧……"

"干死她……"蒋馨从牙缝里挤出这么一句。三个小伙子也从衣服底下掏出甩棍和刀子，骂骂咧咧地一起逼了过来。徐猛挡在李若颜身前，左手紧紧攥成拳头，右手暗暗摸向身后。就在这时，他感到李若颜的手搭在了自己的手背上。同时触摸他耳膜的，还有她的柔声嘱托。

"我的命，就看你的了……"

"别动手别动手！"一个黑影忽然蹿到两伙人中间。那人身穿一身西装，戴着耳麦，显然是个夜场保安。

"各位各位，千万别冲动，大家有什么矛盾，请到外边自行解决……"

电梯门关上了，徐猛和李若颜背靠着门，迎面射来的是一道道不友好的目光。蒋馨一伙人也被塞了进来，正在叉着双臂，挑衅地看着他们。要不是电梯里还有一个保安人员，他们现在就要动手。

"下去正好，"蒋馨似笑非笑地看着若颜，"一起坐车到河边走走，今天这事，必须谈好了，谈透了……"

与此同时，她身边一个扎着脏辫的小伙子也在跟徐猛比赛似的对视。

"傻逼你看什么看？"他把头仰得几乎用下巴对着徐猛的鼻子。

"你叫我什么？"徐猛破天荒地回应，令一直在怀疑他会不会说话的人都吃了一惊。

"傻——逼——"那人一字一顿地重复着，"你不服啊？"

"好啦，"随着叮的一声，一直在听对讲机的保安满意地宣布自己的任务完成，"地下一层就是停车场，你们自己下去吧……"

"赶紧的赶紧的，里边又打起来了……"电梯门一开，他就被一个早就在等他的同事拽住，一路小跑着离去。

电梯门缓缓关闭。慢慢隔绝外面的空气和音乐声，慢慢地套紧了弱者脖子上的绞索。

蒋馨一伙人的表情出奇地一致，都是嘴角上扬，双眼发光，好像看到了猎物，身体前倾，做好了扑上去的准备，只等关门的那一声信号。

电梯间里的空气好像要被压缩成固体。

李若颜的胸脯起伏着，一滴汗水从额头流下来。

叮！

所有人都动了。

但是没有人比徐猛更快。

他的手闪电般地伸进了背包，出来时，手上多了一个黑色的物体。

一把枪。

一把锯断了枪管的五连发猎枪。

枪上那股油脂和土腥味让李若颜明白他半路上山干什么去了。

蒋馨一伙都愣住了，就像电影里的定格镜头。他们万万没想到，事情会发展到有人用枪的地步。

"这枪八成是假……"扎着脏辫的小子刚说了半句，枪托闪电般砸在他的脸上。他捂着脸倒在地上。

"谁想试试子弹是不是假的，就再乱动！"

说着，徐猛一把抓住蒋馨，把她拉到自己怀里。

一层的距离，电梯只用了不到十秒。

门开了，李若颜先出了电梯，徐猛用胳膊肘按了一下某个楼层，然后控制着蒋馨慢慢退了出去。枪口始终对着电梯里的年轻人，直到门再次关上。

"走！"徐猛把蒋馨拦腰抱起，朝着一扇门跑过去。

"车在那边！"李若颜朝他喊道。

"过来！"徐猛没空给她解释，直接一嗓子把她喊过来。

蒋馨不停挣扎尖叫，但是徐猛的胳膊就像铁铸一般纹丝不动。他紧跑几步，打开一扇门，等着李若颜的轮椅开进去，然后自己抱着蒋馨也躲了进去。进去第一件事就是放下蒋馨，用枪对着她。

"你……你不敢……"蒋馨哆嗦着，咬牙切齿。

"你就试试……"徐猛直接把枪口堵在她的嘴上。

这时，门外响起电梯的开门声、脚步声，和汽车的发动声。

等到轮胎摩擦地面的刺耳声全部消失之后，徐猛把枪从蒋馨脸上拿开。他从口袋里掏出一把塑料捆扎带，递给李若颜。

"绑上，该咱们开车走了。"

"太帅了！"在车上，李若颜兴奋得像个孩子，"天哪，跟电影一样！一个人，拿枪指着那么多人！还有骗他们开车出去追，我天才少女那么短的时间都没想到，你脑子真快！"

徐猛却没有这么兴奋，他从后视镜里看看被扔在后座的蒋馨是不是捆牢了，偶尔敷衍地回应几句。

"还行吧……那个也不难……靠经验吧……"

最后一句一出口，他就意识到有点失言了。果然，一扭头，李若颜的眼睛瞪得眼眶都看不到了。

"我明白你是干什么的了……"徐猛觉得她大概是吓着了，脸都微微发红。

他暗暗叹了一口气，不过随即又安慰自己：反正也瞒不了多久了……

然而李若颜的反应却出乎意料。

"太酷了！"

"啊？"徐猛没反应过来。

"太刺激了！"她兴奋得脸都红了，"我跟你说，我一直挺羡慕你们的……"

"有什么好羡慕的？"徐猛吃惊地张大了嘴。

"不用循规蹈矩，不用上班上学，自由自在。有那么多讲义气的朋友，而且每天生活都很刺激……"

徐猛迷惑地看着她兴致盎然的样子，拿不准她到底是不是在说反话。

"我啊，最羡慕你们的就是不用看别人眼色，"她的眼神里充满了向往，"不用猜别人的想法啊，感受啊。高兴了，就喝酒，不高兴，就动手，多爽啊……"

徐猛带着难以置信的表情看着她。

"万万没想到，"李若颜仰着头，像个许愿的孩子，"这辈子第一次为我出头的，居然是个黑社会……你到底为什么要帮我？你是不是个大侠啊？"

徐猛抓着方向盘，好久才松开。他一直在深呼吸，似乎是在鼓起勇气，说点什么。自称大侠显然是最简单的办法。然而心里却有什么东西在阻止他这么说。

"有人……要我来帮你。"他一字一顿地说，听起来就好像舌头在小心翼翼地避开嘴里的一根针。

"那人是谁？"李若颜看着他，若有所思。

徐猛没吭声。

"那他为什么要这样？"几次欲言又止之后，她字斟句酌地提问。

"因为，他说他欠你一些东西……"徐猛痛苦地一个字一个字往外挤。他本来想说点别的，但是却发现自己在她面前说谎很困难。

李若颜歪着头琢磨起来，一时没有说话。

"我一个高中生，认识的人数得过来，"她仰着头，慢悠悠地边思考边说，"能有谁欠我那么大人情？我知道的只有两个，一个就是那个撞了我的混蛋……"

"牵牛寺！"这个词突然从徐猛口中冲出来。他自己也是听到之后，才明白自己在干什么。

"什么？"

"是牵牛寺……算卦的……"徐猛在心里暗骂自己卑鄙，嘴上却在开始瞎编，"我经常去算卦，有一天啊，就有个卦签让我到安仁医院来，说是有个人，我上辈子欠她，这辈子她有难，我得去帮她……"

李若颜半天没说话。

"你怎么了？"徐猛有点心虚地看着她。

"没什么，"她把头扭到一边，"你不愿说算了……"

"不是，"徐猛赶紧解释，"这套东西你不信，不代表不是真的，对不对？我跟你说，很灵的。我从来不马虎，所以从不失手，刚才你看也没失手，对不？

但是那年我一个兄弟，刘四，不信这个，结果……"

他絮絮讲了半天刘四怎么马失前蹄尸骨无存，讲完发现李若颜在似笑非笑地盯着自己。

"怎么了？"

"你真是我见过最奇怪的人……你到底在哪长大的？"

"火车站、垃圾场、救助站、派出所、小黑屋、游戏厅……"不知出于什么动机，徐猛真的开始历数，说到最后，自嘲地笑起来，"我没上过学，懂的大道理也就是杨叔教我的那些，你们读书人听起来可能有点奇怪。不过你得相信我，我真的是来帮你的……"

"得，"李若颜摇了摇头，恢复了礼貌性的微笑，"你打算怎么帮我？"

"你……需要什么帮助就帮你什么呗……"

"什么都行？你都听我的？"她歪着头似乎在计划着什么。

徐猛点点头。

"太酷了！"李若颜的眼睛里放着光彩，"我终于有我的黑社会保镖了！"

车子忽然颠簸起来。

"抓紧了。"徐猛提醒了她一句，然后就不再分心说话，专心把握着方向盘。李若颜注意到，车子又回到了那片密林，沿着盘山小路蜿蜒上行。树木遮天蔽日，夜猫子的叫声不时从四面传来，令人有点起鸡皮疙瘩。

开了十几分钟之后，林子稀疏起来。车子猛然一沉，把她吓了一跳。停稳之后，才发现徐猛把车驶离公路，开进了几棵树的间隙。发动机停了下来，徐猛下了车。砰的一声打开后车门，一把把蒋馨拽出来，扛在肩膀上。

"你别走啊！"李若颜有点急，"我害怕……"

"一会儿就回来……"徐猛敷衍着。

"你站住！你刚说了要听我的，这就说话不算了？"

徐猛的脚步真的停了。回过头来，却发现李若颜没有生气。

"我就是试试，"她笑嘻嘻地说，"唐僧拿到紧箍咒也要试试嘛……不过你真别走，我真的害怕……"

徐猛叹了口气，把她搬出来，放在轮椅上。

"馨姐，委屈你了，"李若颜笑吟吟地看着被扔在地上的蒋馨，"这回你信了吧，我真的有保镖，我爸雇的。你以为我以前在学校对你们赔着笑脸，是因为我胆小？告诉你，那是不愿意跟你一般见识……"

李若颜尽情享受赢家感觉的同时，徐猛也没闲着。他打开车门，拿出一个东西。蒋馨看到后顿时杀猪一样号叫起来。

那是一把猎枪。

"你……这是要……"李若颜也看到了，迟疑地问道。她那点社会经历让她无法做出及时的判断和反应。于是她像梦游一样看着徐猛点了几根烟，朝着空中默念了几句什么，然后一扔。

"不要！"李若颜终于明白过来，尖叫着推了他的胳膊一把。

巨响和蒋馨劫后余生的哭喊交相辉映，凄厉骇人。一林惊鹊呼啦啦飞上天去。

"你干什么啊？"李若颜歇斯底里地朝他吼着。

徐猛自己也在剧烈地喘息，好像刚从一场噩梦中醒来。

"你说帮我，就是这意思？"李若颜还没从震惊中恢复过来。

徐猛没有回答。心脏剧烈地跳动着，浑身大汗淋漓。他觉得刚才自己被一种深埋在心底的恨意魇住了，不能说别的，不能做别的，只能任凭报复性的杀戮欲望驱使着四肢……

然而他却不肯承认。

"她不是打过你吗？绑都绑了，放了更麻烦……"

"那你也不能杀人啊！"这种直截了当的逻辑令李若颜更加愤怒，"你是不是有病？"

夜风卷着满地的塑料袋和快餐盒，在布满坑洼的路面上蹒跚而行。一盏路灯都没有的街道，两边全是门口写着一个"拆"字的破败门头，跟灯火通明的其他街区是如此不相配，如同菜市场里突兀地冒出一个公墓。久违的车灯刺破了这破败的黑幕。一辆出租车疾驰而来，突然急刹车停下。车门开了，伴随着"啊呀"一声尖叫。

蒋馨被推了下来，抱着头半躺在地上，不敢站起来。

"你家住哪，几口人，整天在哪活动，我全都知道，"徐猛扔下烟头，恶狠狠地威胁，"再敢惹她，你试试看！"

蒋馨浑身瑟瑟发抖，哭着连连点头。

徐猛看着她，犹豫着想开走，却又始终下不了决心。以往的所有经验都在脑子里尖叫着提醒他，决不能放她走。但是李若颜的话却像飓风一样驱散了所有相反意见，最终，他踩下油门。

城市的灯火慢慢淹没了黑暗，把窗外装点得有了些暖色。而驾驶室里两人之间却充满着冰一般的空气。

过了好几分钟，李若颜才打破了沉默。

"枪扔了？"

徐猛叹了口气，点了点头。那是他入狱前埋的应急战略储备，扔掉很是心疼。然后，他静等着"让我下车"之类的尖叫的爆发。

不过事情的发展却比他预计的要好得多。本来他觉得最起码李若颜也会往后缩，跟自己保持距离。

"你会杀我吗？"她的面庞和语调都像无风的湖面一般。

"啊？"徐猛被这问题吓了一跳。

"看我这问题蠢得，"李若颜自嘲地一笑，"要杀你早杀了，是吧？"

"我绝对绝对不会杀你，"徐猛一字一顿地点着头，"别说我，别人也不行……"

这话声音不大，在李若颜听来却像巨大的鼓在耳边被擂响。

她一言不发地端详着徐猛。

"所以啊，你得听我的……"然而徐猛接下来的话却大煞风景，"我是为了你好，枪这个东西，要么就不亮出来，亮出来你就得用上。你想让我放她，你早说啊！我坑都挖好了……她回去报警，你就麻烦了……"

"你杀了她，我就没事了？他们不认识你，可都知道我是谁……"

"我早就准备好了！"徐猛掏出一张纸，"这信往外一寄，警察一看，就会以为你们俩都是被我绑架的，是我逼着你去见蒋馨，去把她引出来……"

李若颜接过信，看到收信人是九安市政府。她逐字逐句读起来。

"我手里有两个人——这个圈是什么意思？"

"人质！"徐猛有点不高兴地回应。

"哦，两个人质，一个叫蒋——心，一个叫李若——严。现——你门——礼拜天之前，把五百万书——金……"

"大哥，你的当务之急是脱盲啊……"她念完把信放在一边，语重心长地对徐猛说。

"你别打岔！" 疲劳、愤怒，和长久以来积累的挫折令徐猛失去了对脾气的控制，扭头朝李若颜吼叫起来，"本来一切都好好的！警察只会找我！你什么麻烦都不会有！你看看现在怎么办？万一她报警，你说你怎么办？"

这话像打在空气中的拳头，一点回音都没有。

徐猛觉得头皮发麻。

完了，可能哭了……

他咬紧牙关，反复鼓了半天劲，终于扭头准备道歉，然而看到的却是李若颜似笑非笑的脸。

"哎哟，这么危险的事，你都愿意为我干？"她的表情很是奇怪，有种又是兴奋，又是故作神秘的意味。

庆幸自己躲过一劫的徐猛已经没了脾气，自嘲地一笑，点了点头。

"为什么？"她眉眼含笑，语带调戏，"爱上我了？"

"说了是算卦……"徐猛哑然失笑。

"得，不管为什么吧，"李若颜深吸一口气，又恢复了极快的语速，"那就这么说定了啊，要听我的，我的话就是：不要杀人，不准反悔！"

"行，"徐猛忽然觉得什么都无所谓了，"你怎么说怎么是吧……"

"谢谢！"她又笑了。徐猛第一次觉得，她其实长得很好看。

"干吗谢我，我差点害了你……"徐猛不停摇头，"差点害得你手上沾血……"

"你知道吗，今天是我这辈子最高兴的一天……"

"啊？"这个弯转得有点急。徐猛实在想不出这有什么高兴的。

"今天是我第一次去电玩城，第一次去酒吧，第一次喝酒，第一次看人打架，第一次有人为了我打架……第一次，有人在意我的委屈，为了我出气，还是第一次，有人拿我的意见当真……这辈子，我一定不会忘记你。"

徐猛扭头看去。李若颜的一双大眼睛射出的光充满着感激、崇拜、诚恳。

他的心里好像燃起一团火，情绪像烟一样难以掌握。

"我被管着十几年，压抑了十几年，好像老天爷看我活得太没劲，今天忽地一下就把你送来了！"李若颜打了个响指，"最刺激的，就是你，单刀赴会，为我出气！哦，不对，是咱们一起单刀赴会……也不对，两个人那叫……"

徐猛心潮澎湃。心里的愧疚固然还在，可是听着李若颜说自己怎么给她带来惊喜，还是挺受用的。可是等来等去，也没等到她继续往下说。扭头一看，她咬着嘴唇，脸色铁青。

"你怎么了？"徐猛吓了一跳。

"没什么……"话虽这么说，这几个字却像是从牙缝里挤出来的。

"你……你是不是不舒服……"徐猛有点慌——瘫痪病人怎么护理，他完全不懂。万一有个什么症状，没个医生在身边，可别把她的命耽误在自己手里……

"你你你……你别慌，"徐猛一把把方向盘打到底，"咱们这就回医院！"

"别……"李若颜果然病了，声音微弱，额头冒汗，"别回去……"

"你怎么回事？"徐猛又有点上火，"我好不容易把你从别人手里救下来，不能让病给夺了去……"

"真不是病……"李若颜还在嘴硬。

"你都什么样了还不是病……"徐猛好不容易才忍住没骂骂咧咧，"这个不能听你的，得回去！"

"哎呀你要逼死我啊……"李若颜看样子都快哭了，脸憋得通红，"我们截瘫的人，该上厕所了就是这样！"

出租车急刹在雅典娜洗浴中心门前。司机匆忙下车，打开后车门，抱下来一个女孩，三步并作两步就进了大堂。

"先生晚……还有女士……你们……"迎宾的小伙子有点蒙。

"给我开个房，赶紧的……"

"好，好……"大堂经理亲自来接待，一边答应着，一边不时回头打量着两个人。

"给我来个按摩小姐……"拿到房间号，徐猛一边朝电梯疾行一边回头嘱咐，"要个力气大点的、给钱啥都肯干的……"

"好嘞，好嘞……"大堂经理愣了一下，赶紧答应。

"快点来，"这回说话的是女孩，"快不行了！"

"您放心您放心，马上来……"

等到电梯门关闭，大堂经理和身边的迎宾小弟对视一眼，不由得嘿嘿一笑，同时伸出大拇指。

"牛逼。"

第三章

变身

夜幕不知去向，眼前一片大亮。车不见了。李若颜也不见了。举目四望，
又是一间不认识的房间。好不容易找到的唯一一面镜子里，出现的又是一
张不认识的脸！

～

金龙小区是一个比较老旧的住宅小区，街道狭窄，两边都被私家车占满。天已经黑下来了，徐猛开着车绕了好几圈才找到一个停车位。停完车回头一看，李若颜已经睡了。刚才在按摩店解决了生理需要，李若颜觉得很丢脸，出来后面红耳赤，看也不看徐猛一眼，话也不说。后者却因此愈加小心，车开得平稳无比，结果她顺利睡着。

徐猛想了想，决定还是不吵醒她，于是脱下外套，给她盖在身上。这个时候，她醒了。

"你不是要跑吧？"她警惕性比徐猛想象的还高，"你是不是想把我送回医院去？"

这话确实说中了徐猛的心事。她的问题已经解决了。可能这不够偿还她的一生，但是他能做的，也只有这些。毕竟他自己还面临着更大的麻烦……

"我上去看看，看见了吗，就那个楼，"徐猛决定明天早上再跟她摊牌，"然后回来找你。"

"我跟你一起去吧……我……有点怕……"

"怕什么，就一会儿，你都 18 了……"徐猛也说不清自己为什么一定要独自前去。可是骨子里的谨慎还是提醒他，小心无大害。毕竟以前肩膀上只扛着自己的脑袋，现在更重了。

"哎你这人，"李若颜严肃地纠正他，"刚说了什么都听我的，对吧？这就要赖账？"

"得，得……"徐猛认输了。

这是一个开放式的小区，证据就是里边的路灯坏了起码一半。徐猛凭着记忆摸着黑走了一百多米，路过了一个变电室、一个小超市、一个车棚，里边锁着几辆摩托车。然后再往左一拐，B座8号楼就到了。徐猛看着黑洞洞的楼道口，皱起了眉头。以前的经验让他本能地想要避开这种场所。

"怎么了？上不上去？"

"没什么……" 徐猛摇了摇头，推着李若颜走了进去，凭着早上的记忆和黑暗里的绿色应急路牌，找到了电梯。电梯门打开，一片光明。

"终于要到家啦……"李若颜打了个哈欠。

家？

徐猛一愣。这个词就像一颗石子，在他的脑海里溅起一朵涟漪。有那么一瞬间，他真的想，有一个家该多好，能够毫无防备地睡去，又毫无恐惧地醒来。可是现在，这个机会已经永远地失去了……

电梯到了五楼。走廊里感应灯发出轻微的啪的一声，亮了起来。徐猛站在原地没动，同时示意若颜不要说话。他一直等到感应灯灭掉才脱掉鞋，慢慢朝前走去，无声地摸到门口。他把耳朵贴在门上听了好一会儿，里边没有什么异响。他松了一口气，直起身子，跺了一下脚。走廊里重新亮了起来。

"你这是……"李若颜这才敢说话。

"没什么……"徐猛笑了一下，掏出钥匙，打开了门，"我先进去收拾收拾，屋子里太乱，没落脚的地方……"

迎着门还是那扇大窗，放映着九安商业区的灯火辉煌，根本不用开灯。徐猛静静站了一会儿，轻轻关上门。终于，一天的喧嚣和惊险都消失了，久违的孤单和安静重新包围了他。虽然注定只有那么一会儿。

他坐在地上，不停用手狠狠搓脸。一方面是为了驱逐疲劳，一方面是为了整理思绪。

有一点很明确，待会李若颜睡着了，就是两人永别之时。他可不准备跟她解释，自己变成了一个不同的人，因为他不想让她对自己的最后印象是一个疯子。他准备把那个条子重写一下，承认自己今天绑架了她，胁迫她带着自己去绑架蒋馨，最后在她的劝说下放弃了罪恶的计划。他还算打个报警电话，让警察在她睡醒前就找到这里，免得她醒来后找不到自己而恐慌。

可是之后呢？她会怎么看这件事？

我把她抛弃了？我嫌她拖后腿？我说话不算数？

"喂，好了没有？"敲门声响了起来，把徐猛吓了一跳。李若颜等不及了。

"马上马上……"他站起身来，叹了口气。

徐猛不停地摇头朝卧室走去，好像是要把想象中她明早醒来后的失望从脑袋里甩出去。

月色像冰块一样皎洁，午夜的凉气已经渗了进来，淹没了各个角落。他的手放在紧闭的卧室门板上时，被凉气一激，打了个激灵。他开始操心，床上有几床棉被，干不干净。她这种富家小姐讲究多，脏了怕她不盖……

卧室的门被推离门框，门缝里透出缓缓的风。就在这时候，他觉得浑身的汗毛忽然直立起来。

不对！

砰的一声，门被徐猛猛地拉了回来，撞在门框上。几乎同时，一把斧头直接砍透门板，停在离他鼻尖只有两厘米的地方！

埋伏！

碎木屑流星雨般扑面袭来，徐猛向后一跃，背狠狠撞开洗手间的门，跌了进去。脚下一滑，他摔倒在地，眼睁睁看着一个黑影从对面破门而出，手里的短斧在窗外灯光的照射下闪着冰冷而耀眼的光。

"嘿——"

那人怪叫一声，手中的斧头抡圆了当头砍下来。徐猛双脚一蹬，在门框上留下两个脚印，身体唰地朝后滑了两尺。斧头当的一声砍在他两腿之间。水泥块横飞，徐猛的后脑撞在洗手池上。持斧人再次发力举起利斧，叫声像熊一样深邃而震撼。徐猛没有时间攻击，也没有空间躲避。在这狭小的空间里，他无处可躲！

犹豫间，斧子闪电一般砍了下来。

当的一声。

徐猛那身经百战的大脑成功地在最后一刻下达命令。他把头一缩，斧子砍中了水龙头。水柱奔涌而出，射在对方脸上。他抓住这唯一的机会，爬起来朝对方怀里撞去。咚的一声，两人一起摔出洗手间。

肩膀接触对方的胸膛的瞬间，徐猛已经明白，自己唯一的活路就是逃跑。对方不但起码比自己高十厘米，而且身上肌肉十分发达，就算没有武器也不好对付。

背部落在坚硬的地上，徐猛侧身一滚起身，就要夺门而出。

然后他愣住了。

客厅里多了一个人影。

这个人相对矮一些，手里握着一把短刀，明晃晃的刀刃上喷涂着窗外银座商厦的灿烂灯火。一阵碰撞和咒骂声从背后传了出来。徐猛没有回头也知道壮汉爬了起来。

他被两个手持武器的对手夹在中间。而他连钥匙都不知丢在了何方，绝对的手无寸铁。

"你们混哪里的？"徐猛厉声质问。

两人没说话，好像很奇怪地看了他一眼。

"朋友为什么来的？说个明话！"

依然没有回答。对手像死神一样沉默。没有别的选择了。

徐猛深呼吸了几次，本来处于防守位置的双手放下，身体也直了起来。他甚至还把双臂抖动了几下，似乎是在放松肌肉。手要有准备。要放低，要不为人察觉，要挡在你预判刀子袭来的路上。

没能悟出这个道理的人，根本活不下来。而悟出的，也需要运气。

三个生死相搏的男人呼出的热气在玻璃上凝结的薄雾在相聚、凝结。一颗水滴遵循物理定律，从玻璃上滑下来。

滴答。

矮个子一个垫步，手中的刀刃闪电般朝着徐猛的肚子捅了过来。与此同时，壮汉的斧子又抡了起来，从背后朝着徐猛的脖子砍来。

拼了！

转身弓腰，徐猛双手赌博般地朝对方持刀的手腕抓去。唰的一声，刀刃擦着肚皮而过，在 T 恤上划了一道口子。

抓中了！

半秒都不能浪费，他屈膝弯腰，倏地朝地面伏下，左腿拼命朝后探去。壮汉的斧头带着风声横空掠过。他的眼神里夹杂着不解，不明白徐猛为什么要转身面对自己跪下。而这一点他的同伴马上就明白了。徐猛的双腿把他的左脚死死盘住，同时往后一坐。这人再也控制不住身体重心，仰面倒地，后脑咚地撞在地上，声息跟刀子一样在黑暗里不知所踪。

敌人少了一个，但是形势并没有好多少。因为壮汉又从后腰掏出一把斧子。背后还有不到三米的空间，两人面对面，完全没有了取巧的余地。对手的手臂至少比自己长十五厘米，而斧子是很不好对付的武器。

就在这时，门板上又响起笃笃声。

"好了没有？什么声音？"

两人都向门口望去，然后又把目光挪了回来。

徐猛知道，自己没有别的选择。

风声乍起，斧头斜劈下来。徐猛闪身一躲，右手朝着对方的手腕抓去。手还没够到，对方左手的斧子已经自下而上砍了上来。徐猛拼命后仰才躲开这一击。对方一点也不给他喘息的机会，右手的斧头又砍了下来。

不能再躲了。他知道对手车轮一样的双斧攻击迟早会把自己撕碎。

他必须在最短的时间里让对方失去攻击能力。否则就是死路一条。

可是没有武器，谈何容易？

呼的一声，对方左手的斧子又卷土重来。徐猛的后背撞在墙上，已经躲无可躲。

壮汉看在眼里，声如炸雷，最后一斧带着千钧之力劈了下来！

一声惨叫。

斧子咣当掉在地上。壮汉捂着手腕踉跄后退。刚才一个硬物狠狠击中手腕，疼得像是要断掉。抬起头来，徐猛正在朝自己慢慢逼过来。他的手里，像握刀一样反握着那部诺基亚手机。

壮汉喘息了一会儿，突然一步跨出，双手持斧，朝着徐猛脑袋横扫过来。对面商厦的灯火隔着窗户喷涂在斧刃上，反射的微光在屋顶一闪而过。他刚一动，徐猛的右手再次鞭子一样甩出，啪地点中他的脸。

一阵剧痛，鼻血长流。鼻梁骨被打断的疼痛使他大叫一声。一走神，眼前一闪，手机狠狠点在手腕上，斧头脱手，咣当砸在地面上。徐猛欺身而上，两人扭在一起，同时倒地。

一瞬间，两人都看到了自己前方地面上的斧头，几乎同时各自向前一把扑去。

结果证明，徐猛更快一点……

"快开门啊，到底怎么了？"

徐猛终于醒过来，站起身来，摸索了半天，找到了那柄短刀，往腰带里一别，然后用颤抖的手打开了那扇被敲了很久的门。

"别看，别看……"徐猛知道自己这话是徒劳的。这屋子直来直去，一点遮挡都没有。

果然，哇的一声，她捂着嘴干呕起来。

徐猛推着她狂奔到电梯门口，不停地按着按钮。他知道现在还远远没有脱离危险。天知道这些人有没有别的同伙。

他们是谁？为什么要杀我？

叮的一声，电梯门终于开了。徐猛拼命把她推进去，然后又用手抽筋一样按着关门键。他现在看起来不像个身经百战的老混混，倒像是个初出茅庐第一次砍人的毛头小子。对于这点，徐猛自己也清楚。可是他不在乎。因为他知道，不管名气多响、砍人多狠的好汉，这种时候都一样。

谁都怕死。尤其是刚刚差点死了一回之后。

"他们……刚才……"李若颜恢复了一点说话的能力，声音虚弱，断断续续，"你到底……"

徐猛还是没理她。楼层数已经变成了3。他拔出匕首，把她挡在身后，眼睛死死盯着电梯门，随时准备跟门后可能出现的敌人死磕。

2。

1。

门开了。眼前出现了一群穿着黑西装的人！

完了……

徐猛觉得心一沉。

"36桌那些人啊，妈的喝到这么晚才走……"

"就是，一个都站不起来了还要加汤……"

徐猛庆幸地发现，这些穿着黑制服、玩着手机，不时埋怨几句的年轻人，不过是些刚下班的餐馆服务员，大概是在某个公寓群租的。

他赶紧推着轮椅下了电梯，任凭他们在身后议论纷纷。

"谁啊这是？"

"没见过……"

"好像是五楼的，见过一次……"

"那姑娘呢？"

……

出了楼门，徐猛推着轮椅狂奔。

车停在哪里来着？要拐几个弯？车旁边会不会也有埋伏？对方到底有多少人？

杂念像小区里草坪上的杂草般疯长起来。他这时才想起，自己以前过的是一种什么样的生活。他找到了车。飞速地打开车门，然后猛地后退，防止里边冲出什么人。

没有埋伏。他把轮椅和李若颜都塞进车里，以最快的速度发动汽车。轮胎在地上摩擦发出刺耳的声音。

"停下，停一下……"没开多久，他的手臂忽然被紧紧抓住。回头一看，李若颜脸色苍白，眼睛圆睁，大口地呼吸，好像是一条刚上岸的鱼。徐猛知道这是怎么回事，说实话，他自己第一次看到死人表现也不比这强多少。看看路标，车子已经远离小区。徐猛靠边停下，打开了车窗。果然李若颜立马就扒着车窗吐了。徐猛轻轻拍着她的背，无声地在一旁守着，直到她吐完。他递给她一瓶水，她接过去猛喝几口，终于慢慢恢复了平静。

她抓着徐猛的袖子，把头靠在上面，一句话也没说。他也不知该说些什么。一片黑暗，只有偶尔经过的车灯刺破夜幕。两人就这么在车边一动不动，好像是一幅色调灰暗的油画里的人物，眼前全是一片自己也看不透的油彩。

"对不起……"她忽然梦呓般地轻语，"我骗了你……"

"不是蒋馨，对吧……"徐猛说出了早就藏在心里的猜测。

"我只是想出口气……"李若颜摇了摇头，"我本来还想让你再帮我报复几个人呢……"

"你一个小孩，哪来这么多仇人？"徐猛无奈地叹了口气。他也奇怪，本来这明明是值得发火的事，可自己为什么就是愤怒不起来呢？

"列名单的时候，我自己也吓了一跳，"李若颜苦笑了一声，"估计那些人要是知道了，恐怕也莫名其妙吧……我在人前没有心计的样子，他们损我两句，排挤我几回，让我出点什么丑，我也不生气，还笑嘻嘻地主动和好，时间一长，可能他们自己也忘了……蒋馨可能有句话说对了，我这人挺能装的……可是人之将死，也就装不下去了……"

"你说什么？"徐猛紧张起来。

"你记得我见到你的时候，先说你来了，对吧？"李若颜抬头看着徐猛，"我以为你就是我等的人。"

"你……你在等什么人？"

"等我雇的人。"

"你雇人干什么？"一个不好的预感像浑浊海水里的大鱼，慢慢游过来。

"雇人杀了我自己。"

李若颜醒来时，是一个寂寞的午后。她明明睡了两年多，却感觉好像熬了好几个通宵，头昏脑涨。她想坐起来看看自己在哪，却一分一毫都移动不了；想开口问问有没有人，却死活张不开嘴。她感觉自己就像被活埋了，胸中说不出地难受和恐惧，最终像岩浆冲破了地表，她开始剧烈地咳嗽。

第一个出现在视野里的人，是刘兴继。他目瞪口呆地慢慢走了过来，手里还拿着忘了挂断的电话。他开始叫人，来了一大堆人，他们给她注射、测量，用各种仪器检查，而她却因为强烈的刺激再次昏了过去。

然后，命运开始把她强行按进了既定轨道。检查，治疗，康复，然后就是无数个孤单的漫漫长夜。一天到晚，她都在压抑情绪，在奋力挣扎。她最喜欢的时间就是睡着的那几个小时，至少此时可以脱离眼前这灰色的世界，在梦里去别的世界转转。而当睡不着时，手机就成了她的救星。

她一有空就上网，聊天。她注册了无数社交账号，得到的副产品就是无穷无尽的推销电话和网上的营销信息。有的是推销残疾人用品的，有劝她买基金的，更多的则是告诉她你们家里人出事了，她需要往一个银行账号汇点钱。她就靠着跟这些人贫嘴打发时间。直到有一天，一个奇怪的电话打了进来。她问他们是卖什么的，对方说卖服务。

她问什么服务，对方说只要你能想到的，我们就能干。

聊了几次，她终于抱着试试看的心态问了一句：帮人自杀你们干不干？

"你上当了吧？"李若颜讲完事情始末之后，徐猛不屑地评论道。据他所知，道上没有这项业务。至少上次坐牢之前没有。

"我怎么会上当？"她对他的贬低很不满，"我跟他们聊了很久，而且是货到付款，他们能骗我什么？"

"什么叫货到付款？"

"就是杀手来了，我当面给钱，他就杀了我。"

"拉倒吧，"徐猛哭笑不得，"不用骗子，我都能想出怎么办：见了面拿钱就跑，你有啥办法？"

"切，你就小瞧我天才少女吧，"李若颜嗤之以鼻，"我早有计划。给他卡号。至于密码，捅我一刀，我说一个数……反正我胸部以下也没知觉……怎么样，有创意吧？"

"你至于这样吗……"徐猛忍不住叫出声来。

"至于。你觉得我活得挺好的啊？"李若颜像看白痴一样看了他一眼。

"好死，它总归不如赖活着啊……"徐猛当然明白她是怎么想的，可是他无法认同。街头自有它的一套价值观。活着的确很难，可是谁熬不下去挂掉了，那他就是输家。谁输谁是 SB，是街头三观的核心部分。

"上完课了吗，这位大侠？"李若颜嘴角讽刺地一撇，"上完的话我要请教一下：咱们俩是什么关系？"

徐猛被问愣了。

"你是我的什么人？你是我爸吗？你是我监护人吗？"

徐猛只能摇头。

"对，你什么都不是，我连你户口本、身份证、手机号、家庭住址，一概都不知道。我为什么要听你的？"

"人命关天啊……"徐猛好不容易插上一句。

"人命，也是我自己的命。我自己凭什么说了不算？"

"反正有我在，就不许你死！"徐猛被噎得半天说不出话，最后只能放弃了说理，"我不管为什么，就是不许！"

"为什么？好，我来说说为什么！"李若颜干笑了一声，"我连上下床都要累得满头大汗，没人插导尿管只能憋着，我的腿萎缩得比胳膊都细，我不让人翻身就会满身褥疮。没人帮我我连卫生巾都不知道要换……我才 18 啊，这样的日子，起码还有五十年要过！五十年啊！我作了什么孽要这么熬五十年？"

她倔强地把头别过去，不让人看到自己的双眼。可胸口和声音的起伏还是出卖了她。徐猛终于明白，她平时的坚强乐观，跟自己的高傲冷漠一样，不过是一种防卫。毕竟不致命的部位，不需要太厚的盔甲。

他不知如何是好。脑子像一团糨糊，越转越黏稠，他觉得身子像在水中一样慢慢往下沉，眼前一阵阵发黑。二十多个小时没睡觉，再加上刚才生死搏斗中喷发的肾上腺激素消退，睡意简直像是千斤重闸一样难以抵挡。

就打个瞌睡，一分钟……

终于，在某一秒，他敌不过大脑的哀求，闭上了眼睛。睡意如雪崩般压下来，把所有的光都遮住。一片黑暗中，只剩针尖般大小的理智，依旧在不停地刺着他的大脑。

不能睡！不能睡！

他打了个激灵，猛醒过来，他想要把眼睛睁开，却不能够。

眼前是一片血红。

"不可能……你不能这么玩我……"

夜幕不知去向，眼前一片大亮。车不见了。她也不见了。举目四望，又是一间不认识的房间。好不容易找到的唯一一面镜子里，出现的又是一张不认识的脸！

"原来我一睡觉，"徐猛的嘴唇颤抖着，"就会变成另外一个人！"

李若颜做了一个梦，梦见自己又回到了学校。那是一个多雨的秋日早晨，她走着上学，被淋得浑身湿透。推开教室门，不管是讲台上的老师还是正在听课的同学，都转过头来用谴责的目光看着自己。她低着头走向自己的座位，却被人一伸腿绊倒。抬起头来，那个人当然就是蒋馨。她在看着自己笑，赵凯也在笑，所有人都在笑。然后蒋馨站起来，撸起袖子，要来打自己。她大概是又胖了，走路震得地板不停地晃动。晃动声越来越大，她想站起来躲开，却怎么也动不了……

李若颜的双眼猛地睁开，接着就被大亮的天色刺得再次闭上。清晨的冷空气从开了一条缝的车窗玻璃吹进来，混杂着发动机的轰鸣声。车子开得很快，坑坑洼洼的道路不时让它猛地一震。

搞清楚梦里荒诞情节的来历，李若颜哑然失笑。笑完之后，她才意识到这是长久以来的第一次，梦醒后居然发现现实比梦境要强那么一点点。梦里那个不可一世、不可战胜的蒋馨，昨晚在自己面前卑躬屈膝，任凭自己指着鼻子痛骂。几年来积郁的怨气一扫而空。

都得感谢他啊……

这个神秘的家伙，没头没尾，凭空出现，做事又神神秘秘，没有动机，还什么都不肯解释。他来历不明，满嘴瞎话和不可理喻的迷信，他连字都认不全。然而他却心甘情愿为我驱使，保护我，听我倾诉，为我出气。虽然昨晚还出现了两个坏人，可是只要想到他在身边开着车，李若颜就感觉自己是安全的。

"早啊……"她嫣然一笑，回头问候着徐猛，"咱们今天去哪啊？"

然而回答她的却是对方慢慢转过来，冷漠戒备的双眼。

"你是谁？"

跑，不停地跑。

植被稀疏的路边，徐猛在拼命地跑。他顾不上搜查屋子，找找能够说明自己现在身份的东西，顾不上避开楼道里迎面走来的邻居，擦肩而过后引起了一阵埋怨。他跑出了楼道，像没头苍蝇一样在小区里乱跑，三个方向试到头才找到出口。

我在哪里？她在哪里？我昨天把车停在哪里了？现在是几点？这里到底是不是九安？

等到出了小区，站在车水马龙的大马路旁边，连东西南北都搞不清的他才停下来，大口地喘气，无所适从。昨天的一幕幕像是高血脂病人喷出的血，沾在墙上，慢慢地渗下来，浸润了他的大脑。

她雇了人来杀自己！

这么久过去了，谁知道她是不是还活着！

他愤恨地大叫一声，一拳朝身边的墙捣过去。他知道这于事无补，反而只会给手上添一个伤疤，然而有些事、有些时候，真的忍不住：我怎么就睡过去了呢？

预想之中的剧痛没有出现。蓄满的力量打在空气里，让人格外难受。他诧异地发现，拳头离墙还有十厘米。他的眉头皱了起来，慢慢把右臂缩回来，又伸出去，端详着，琢磨着，看上去像个遇到了奇怪故障的机修工。就在这时，他看到了对面店铺的落地玻璃门和里面的影子。

一阵急促的脚步声忽然传来，徐猛警惕地抬起了头，右腿后退半步，拳头放了腰间。他看到几个穿着校服的学生正朝着自己跑过来。校服是黄白相间的颜色，胸前有某某初中的字样。他们一边跑一边看表的动作表明，大概是上学要迟到了。

徐猛不耐烦地半转身子，让在一旁，让几个孩子从身边跑过。他们带起的一阵风吹到脸上的时候，他打了个冷战。

"等等！"徐猛一把抓住一个学生的胳膊。

"你……你干吗……"孩子吓了一跳，徐猛自己也一样。

"我……我就是问你，你多高？"

"一……一米五五……"初中生还是目瞪口呆，"你……你问这个干吗……"

"没事，没事……"徐猛看着玻璃里两人不相上下的个头，苦笑着松了手。现在别说怎么找到她，就算找到，凭这个瘦小枯干的身体，能干什么？

"等等我！"那个学生大声叫着前边的同伴。徐猛发现他们没有等车，而是一直在往前跑。他的背后，"九安实验初中"几个大字清晰可辨。

我还在九安！

徐猛庆幸地长舒一口气，大脑又开始紧张地运转起来。

他们没有等车，也没有打车，而是一直跑。

这里离实验初中不远！

实验初中在哪里来着……洪园区……解放路……

我昨天把车停在哪里来着？

永利街！

就在不到二十分钟之外！

徐猛撒腿就跑。

管他是命、是因果报应，还是其他什么东西！别说变成矮子，就算变猪变狗，我也一定要救下你！

二十分钟之后，徐猛站在永利街口。水煮鱼的招牌清楚地表明，这里是昨天他停车的地方。

然而此刻却已经空空如也。

她不见了。

2014 年 9 月 24 日早晨七点不到，永利街派出所门口逡巡着一个奇怪的人。此人瘦小枯干，形容猥琐，平头剃得狗啃一样，一看就像哪个厨师学校跑出来的乡下学徒。他背着手，低着头，不时抬头看一下四周，然后又继续踱步。这样在门口犹豫了大概二十多分钟，他才好像下了很大决心一样走进门来。

这不奇怪。徐猛这辈子就没主动进过这个门。他还记得，自己第一次进派出所的时候大概是13岁。那是他第一次失手，韩老六的人抓住了他，狠狠揍了他半宿，然后把他拖了进来。平心而论也不能怨他们手黑。毕竟刚刚被徐猛捅了两刀的韩老六还在手术室里抢救。徐猛当时眼睛都被打肿了，只能睁开一条缝。透过这条缝，他看到眼前有张桌子，桌子后边坐着几个警察。他们抽着烟，听着韩老六手下讲述案发经过。

"狗咬狗……"一个老警察摇着头说。

徐猛当时觉得他说得很对。

是啊，我就是狗，一条咬住就不松口的狼狗……

他带着自豪的微笑，昏了过去……

徐猛发现自己对派出所还不够了解。比如说，他从来不知道原来一大早这里也可以有这么多人在排队。一个大厅乌压压塞满了人，队伍蜿蜒了好几个弯，几个服务窗口像火车站一样繁忙。徐猛无奈地排了一会儿队就发现，这些人起码一半是补办身份证的。拍证件照片的角落，闪光灯的频率像是记者招待会。

眼看挂钟走了五分钟，徐猛开始沉不住气。除了事情紧急，他对身高的不适应也使得心情格外急躁：如果你踮起脚尖视线还是不能超过前边的人，队伍就会显得无比地长。

终于，他拍了拍前边的肩膀。

"哥们，我报案，能不能……"

"我也是报案的。"得到的回答自然是对方白眼。

"你没伤没病，我是绑架案……"徐猛有点急。

"绑架案？"那人面无表情，"绑架案你就牛逼了？你也不是受害人。"

"我不是受害人，但是我和受害人啊……"徐猛忍下火，尽量好声好气地解释，结果发现不好解释，"我跟她昨天……其实也不是我，而是另一个男的……结果一觉醒来她就不见……"

说了一半他自己都停了下来。全乱了。他发现对方用很鄙视的眼神看着自己。

"这点事？为了这点事你想排我前边？"那人嗓门忽然提了上去，"一个女人算屁啊！我被骗了一千多万，一千多万啊！"

等到派出所民警来维持秩序的时候，他已经蹲在地上号啕大哭起来。

无数目光投了过来，让徐猛很不自在。他左顾右盼，努力装着自己跟这出惨剧无关。也就是在这时，他的身体忽然一震。

他在墙上看到了自己。

准确地说，是昨天的自己！

"段河，25岁，原籍……"

徐猛快步走到墙边，飞快地读着通缉令。

"……杀人，盗窃。极度危险……"

他的脑子嗡的一声，身体随即微微一晃。

"怎么回事？"声音从背后传来。透过通缉令旁边的镜子，徐猛看到一个警察听到哭声，来维持秩序。此人岁数不大，模样和警衔都说明他离开警校还不久。蹲在地上的人依然泣不成声，旁边的人帮着他解释着。

徐猛回头继续读通缉令，想尽量收集一些这个段河的资料。然而回头一个字都没读，又愣住了。

他看到了自己。

今天的自己。

刚才那张在镜子里出现的脸。

"杨九荣，28岁……2008年2月17日参与银行抢劫，造成三人伤亡，潜逃至今……对提供线索的举报人、缉捕有功的单位或个人将给予人民币25万元奖励……"

他的头发竖了起来。作为一个通缉犯，居然自己走进派出所报案！

"就那人？"镜子里的警察把手指了过来，"绑架？"

镜子里，小警察的双眼放出一种熟悉的光。那是新兵上战场、小喽啰第一次入江湖的典型目光。他叫了一个同事，朝着这边走来。徐猛竖起领子，推开派出所的门，快步走出去。

"站住！"这声叫喊来得比他想象的晚。小警察跟他的帮手看来都经验不足，这才反应过来。再也没有必要掩饰了，徐猛撒腿就跑。这个派出所周边他熟悉，几条马路很空旷，三个路口之后，有个菜市场。他用尽浑身力气跑着，然而身后的呼喊声却没有渐行渐远。毕竟个矮腿短，定好的目标总是达到得慢一些。回头看了一眼，追赶的还是两个人，没有援兵。他开始庆幸自己遇到的是新手。

三个路口转眼而过。徐猛闻到了刺鼻的大葱和活鱼的味道。心下窃喜，他一个转弯，钻进了菜市场。他开始发现个子小的好处。市场里人流如潮，依然挡不住他的穿梭跑跳。两个警察还在紧追不舍。年轻固然有缺乏经验的短处，但是体力和耐力却像取之不竭。两人跟徐猛的距离一点点缩小。

路过猪肉摊，徐猛突然放缓脚步，伸手摸了一下插在案板上的杀猪刀。鲜血流了出来，他往自己脸上一抹。

"砍人啦！砍人啦！"他忽然狂呼起来。他可怖的表情和声音引起了恐慌，顿时菜市场乱成一团。人们有的茫然，有的惊慌，更多的人尖叫着朝出口跑去。两个警察被回流的人潮一挡，再抬头时，徐猛已经离开了视线。

徐猛跑出菜市场时，顺手牵羊从生鱼桶里捞了一把水把脸擦干净，企图再次找个人多的地方鱼目混珠。然而就在这时，他听到了摩托车的声音。回头一看，俩警察一人一辆摩托车追了上来——车显然是从菜市场借的，还挂着菜筐。

徐猛心里叫声不好。摩托车不好对付。大路你跑不过它，小路拦不住它。更糟的是，他回头看到其中一个警察在打手机。

这不是个好兆头。

果然，没过多久，前边响起了警笛声。

他们终于想起叫援兵了。

徐猛被逼到了绝境。

就在这时，七中的大门奇迹般出现在前方不远处。正是上学时间，数百名学生组成的人潮汹涌地冲刷着校门。徐猛拔足狂奔，临近校门的时候又减速，低着头匆匆挤进学生群里，消失不见。一米六不到的身高，像极了一个忘穿校服的高中生，没有引起门卫的任何注意。

七中，这是她的母校啊。

她跟你说过很多关于母校的事，对吧？

她说的什么来着……

"……我就去教学楼天桥底下的小门等他。那里走的人很少，只有篮球队的人去体育馆时能路过……等啊，等啊，他没来……"

天桥……

脚步匆匆，徐猛在天桥下找到了小门，推门走进去。迎面走过来几个搬着鞍马的学生，徐猛低下头，快步擦肩而过。

"我就往里走，进了体育馆。门口挂满了校服、训练服，我想塞到他口袋里。结果去了发现邪门了，那里一件衣服都没有，里边却有打球的声音。我一推门，就被他看见了……"

徐猛沿着一楼狂奔。前方出现了一道小门，门旁是一排长凳，凳子上堆着昨晚训练结束后体育生们忘在这里的东西。徐猛伸手抄起一件校服穿好，扭头左转，打开了体育馆的紧急出口。

这下他彻底跟其他几百个身穿校服的学生融为一体。

他看到了门口警察正跟门卫焦急地交流着。

他目不斜视，轻松绕过教学楼，走到了宿舍区。

"然后他又带我从宿舍区边上爬树翻墙出去，喝冷饮……"

果然，那棵树还在守卫着外墙。徐猛踩着树没费多大劲就翻了出去。

落地时，对面早餐店的大爷看到了他。老人看看校服，无奈地摇了摇头。

徐猛面无表情，继续低头走着。

又过了几个街口，一个拥挤的公交车站映入眼帘。

看着徐徐驶来的9路公交车，徐猛紧跑两步，上了车。

公交车的车门关上了。他听着车外响起的警笛声，心终于松懈下来。

安全了。

"……也许，这算我们的第一次约会吧……没想到……没过几天，我就被车撞了……"

额头贴在了冰冷的不锈钢扶手上，徐猛闭上眼睛。

"求求你……你不能一次机会都不给我！"

现在不是上下班高峰期，不是午休，但南湾立交桥下的和平路还是堵了。司机们焦躁的鸣笛声在空中飘荡。75路公交车上，有人显然比司机还急。

徐猛每隔几秒就把头从车窗探出去观察路况，嘴里骂骂咧咧。这副尊容实在不雅，旁边的乘客不时投以好奇的目光。

"你看什么看？"烦躁之下，徐猛又无师自通地从对方的眼神里看出了轻蔑和嘲笑。对方没敢搭话，慢慢往车尾挪过去。徐猛用吓人的眼神目送他离去，然后继续大口咀嚼着煎饼果子。本来他是没心思吃饭的，但是经过两次长途奔跑，眼前一阵阵发黑，他开始意识到，再不吃点东西这个躯体撑不下去了。

尽管味同嚼蜡，食物还是为大脑提供了恢复思考能力所必需的糖分。他开始重新评估自己的计划。风险无疑是很高的，但是没办法。

目前没有任何线索。

她的手机号，没记住。

昨天的自己的手机号……也没记住。

车牌号倒是记住了，可这玩意没用。就算它被监控拍到，就算自己能豁出去自首，警察也会先把主要精力放在询问这个叫杨九荣的在逃通缉犯身上。徐猛招不出什么东西，这样的话他们就会采取"熬鹰"的手段，先耗上一天一夜再说。这期间可能发生的事太多，他不愿冒这个险。

所以，要找到线索，只能冒险。

回家。

段河的家。那个自己干掉了两个人的地方。

利民路车站到了。徐猛下了车，低头匆匆走向金龙小区。此时每一步都需要一定的勇气，因为他不知道有没有人报案。虽说他很确定走的时候门带上了，但是之前三个人打斗闹出了不少动静，自来水管道还破了，被人发现的概率极大。更操蛋的是，钥匙也不在身边……

眼看小区大门就在眼前，他停了下来，深吸了一口气，然后继续前行。他没有去 8 号楼，而是进了离大门最近的 1 号楼转了五分钟，然后出来，直奔街对面的打印店。

"这个，给我打两百张。"

十分钟后，他又走进小区，低着头在 7、8、9 号楼附近打转。没有警戒线。没有聚在楼门口窃窃私语的大爷大妈。没有面无表情腋下夹着个小包的中年男子。这说明没人报案。但是也有另一个可能，那就是警方在钓鱼。

徐猛走进了 8 号楼，掏出之前在复印店打好的不干胶纸条，一边上楼一边往墙上贴。纸条上的内容很简单：开锁。后边是一个手机号。这是 1 号楼无数开锁广告中留下的手机号中的一个。根据徐猛的经验，这是最不引起怀疑的伪装之一。即使有人怀疑，打电话过去一问，得到的答案也会证实他是一个开锁的。

更重要的是，待会他可以正大光明地开锁。

到了五楼，走廊空空如也，徐猛松了一口气。剩下的危险只有需要验证：警察有可能在屋子里等着他自投罗网。

事到如今，就算是鱼钩也只能咬咬试试。

他走到 502 门前，看了看门把手。没错，自己没记错，是圆把。猫眼很粗糙，但是窥镜制作太麻烦，买也来不及，只好直接动手了。他从怀里掏出螺丝刀，一刀下去，猫眼成了一个窟窿。然后他从怀里掏出刚才在修车铺买的东西制作的简易工具——两根刹车线连着自行车内胎做的皮环，用两根辐条和透明胶捆在一起。皮环伸进去，他估算着门锁把手的位置，转动着辐条。试了几次，皮环套住了把手。他开始试探着拉动刹车线。第一根拉不动，说明方向反了。换了一根，试着力道拉了几次，门开了。

一股血腥味扑面而来。徐猛心里一下子放松下来。脑袋上插着斧头的哥们还对着门安详地躺着。这说明真的没人来过。卫生间里，水龙头还在哗哗流着。好在下水口没有堵塞，积水只有几厘米，没有流到客厅里。

徐猛关上门，首先找到自来水开关，把它拧上，然后开始搜两具死尸。

上衣口袋，空的。

胸前小兜，空的。

裤子口袋，空的。

裤子后兜，还是空的……

不但没有证件，连钱包、钥匙、手机都一概没有，好像两个生活在上个世纪的人。

徐猛轻轻点了点头，不觉得很意外：做活的时候是绝对不能带多余物品的，否则证件钱包之类的东西遗落在现场后患无穷。这俩人身上如此干净，显然不是乌合之众，而是有经验的、道上混的人。

那么，必须随身携带的东西呢？比方说，车钥匙——那该怎么带？

根据经验，暗兜是最普遍最靠谱的办法。于是他开始仔细搜尸体上的外衣，用手感受着衣服的边缘和里衬。搜了一遍之后没有什么异样，他又开始搜裤子。花了好几分钟仔仔细细摸下来，同样一无所获。

徐猛不耐烦地用手不停摩挲着头顶：

难道这俩人就住附近？逃跑不需要车？有可能，但是可能性不大。因为兔子不吃窝边草是江湖的基本原则。

有人接应？不对啊，那天晚上逃跑的路上，也没人拦着或者跟踪……

这俩人怎么就这么邪门呢？他们到底什么来头？

徐猛焦急地看着窗外，天色已经慢慢变暗。他揪着自己的头发，蹲了下来。他心里明白，自己这回八成无能为力了。

扔了几次硬币，结果半吉半凶。

他像个无助的孩子，蹲得很低，很低，好像要把自己从这个无情的世界里隐藏。

"对不起，你得靠自己了……再说，你也不一定有危险……那个段河八成不知道怎么回事，也不会害你，最后还是会把你送回医院的……"

想到这里，他心里又打了个突：那样的话，为什么之前打了那么多次电话，医院都说她没回来呢？

"也许……"

他忽然有了一个极为乐观的设想：被我上身之后的人，在我离开之后，怎么样了？还会记得这期间发生的事吗？也许会吧……那样的话，说不定她又撒娇耍赖，逼着段河带自己去哪里玩了……

想到这里，徐猛顿时走神了。他想起昨晚两人共同经历的一幕幕。

她总是自称天才少女，她总是话里有话。

她一身富家大小姐的派头，对什么都挑三拣四。

她总是在笑，总是对一切问题都成竹在胸，除了第一次面对酒精……

徐猛蓦然发现自己在一个人傻笑。昨天她那些让他觉得幼稚、轻浮、挑剔、难以捉摸的言语和行为忽然都变得那么可爱可笑。

一阵复杂的滋味袭来，他摇摇头，觉得还是少想点比较好受。

"我真的尽力了，能做的，我都已经做了……"

想起自己为她做的事情，徐猛心里好受了一点，甚至有点为自己感动。

"最起码，她很满意，对不对？她怎么说的来着？

"这是她最开心的一天。

"这是最刺激的一天……

"因为只有你拿我的委屈当真……

"只有你为了我出头……

"我不害怕，你会保护我的，对吧？"

徐猛慢慢站起身来，脸上的笑容连同回忆里的甜蜜都消失不见。

他终于清醒过来。

你怎么能放心？你怎么敢放心？这个丑恶冷酷的现实世界，到处危机四伏，到处是冤魂恶鬼、妖魔鬼怪，还有比鬼怪更恶的人心。

这个世界怎么可能放过她？

想着想着，徐猛又暴跳起来，朝着手边的家具发泄着怒火。无辜的冰箱被一把推倒在地，发出巨响，冰箱门无辜地一闪一闪。一个念头就是在徐猛看到冰箱内部时冒出来的：太干净了，肯定有人之前清理过。

徐猛把房子里翻了个底朝天，有限的一些什物被扔得满地都是。他摸抽屉肚，敲桌子腿，最后干脆把所有的橱柜和抽屉都拆了个稀巴烂，最后干脆一寸寸地敲着墙壁，连床根都不放过。

"不可能没有东西，"徐猛擦着汗，倔强地拒绝认输，"我就不信了！"

他干脆把床掀翻。终于，一个贴在床板背面的信封映入眼帘。

徐猛兴奋地把里边的东西倒出来。

一把车钥匙。几张破纸。

"他还有一辆车……"

车钥匙很普通，上面的车标是某国产品牌。徐猛端详了一会儿，没看出什么蹊跷。

拿起纸，上面印着的密密麻麻的字让徐猛看一眼就觉得头大，赶紧扔下。

藏得这么严实，难道就这点玩意？

琢磨了一会儿，他不得不硬着头皮拿起那几页纸。从清晰度来看，这是黑白影印的文件。

"病……病什么……什么……"第一张纸抬头是繁体字，徐猛看了一眼就直接翻页。

"鹿瓜多什么……什么液……"他眯着眼睛，用手指着一个个的字读着，"二丁……什么环……这个字念磷吧……什么什么什么针……"

文化程度决定了他不得不经常跳过不认识的字往下读，然而页面的下半部分是成片的英文字母、数字，如同鬼画符。

徐猛看得头大，连连摇头。

我连中国字都认不全啊……

就在他要再次扔下的时候，事情发生了变化。

第三页的右上角露了出来。

那里印着一张黑白照片。

翻出来一看，徐猛的眼就直了。

那是李若颜的照片。

"病……"他恍然大悟，翻出了第一张纸，"病历吧！"

恍然大悟的快感一闪而过，随之而来的就是恐惧。

被附身之前的段河很可能认识李若颜！

怎么认识的？

"喂，再这么装就不好玩了……"李若颜脸上挂着有点僵硬的笑容，继续努力跟身边的男人交流。她尽量让嘴角上翘的时间长一点，就像一个人试图用火柴来温暖一间四面透风的房子。

但是她也注意到，事情有些不对。

他不像是在开玩笑。

那种眼神里的陌生、吃惊和戒备是装不出来的。

她深知假装不认识一个人，比假装认识一个陌生人要难上十倍。

她不得不开始考虑一个可能性。

这个人，会不会是个疯子？健忘症？

"喂，段河……"她还是第一次叫他的名字。

然而话一出口，却引起了意想不到的反响。

轮胎吱地尖叫起来。车子猛地拐向路边，停了下来。她觉得自己像是被一只大手攥在手心里摇晃。好不容易惯性放过了她，段河的手又揪住了她的领子。

"你怎么知道我的名字的？"他的眼神里交织着恐惧、惊讶和凶狠。

"你……你告诉我的……"她的心像是一艘沉船，慢慢下沉中终于触到了预计中的坚硬的河床。

他真的不认识我了！

段河歪着头想了一会儿，接着把手伸到座位底下，摸索了一会儿，拿出一部手机。李若颜惊讶地看着他。她从来不知道那里还藏着手机。

他的手指在屏幕上划着，快速浏览着什么。过了一分钟，他又把凶狠的目光射在李若颜脸上。

"你撒谎！我根本没跟你提过！"

"你看的是什么？"其实开口之前，李若颜就知道答案。可是她还是不肯相信，居然有这么巧的事。

"聊天记录啊，"段河把手机屏幕亮给她看，"是你雇我来杀你的啊！"

徐猛在小区停车场飞奔。他像个帕金森患者一样不协调地跑，手不时抬起来，冲着不同方向抽筋似的抖动一阵。李若颜命在旦夕，而他拥有的唯一线索，就是那把车钥匙。

"你他妈敢？你他妈敢！"一次次的失望，他焦躁地骂骂咧咧，似乎是在吓唬段河不要动手。

骂着骂着，说话的对象却变了。

"你别死啊！我不准你死！"

咔嚓。

似乎是对他的回应，终于有辆车的尾灯对车钥匙的开锁键有了反应。他急忙地跳上车，车子型号古老，内饰简陋，连导航都是单独买了贴在玻璃上的。

他愣了一愣，然后马上欣喜若狂地打开了导航。

这东西他以前用过，虽然型号不同，但是菜单万变不离其宗。

他没费多大劲就找到了"历史记录"，点开来，看到了一长串记录。

说实话其中好多字他不认识，他只好挨个点击，然后通过看地图判断在哪。

第一个被挑中的是重复次数最多的那个。

红点落在了地图上的一条蓝色旁边。

沙河。

徐猛脑门上开始冒汗了。

沙河渡口，往南顺流飘几里，会拐出一个湍急的支流，流向邻省。

"记住，这是抛尸最好的地方……"杨叔的教诲又在耳边响起。

虽然从没真的去过，但是他已经百分之百确认，这是个同行。

李若颜找到的是货真价实的杀手！

"等着我！"徐猛一边发动汽车一边咬牙切齿地对着空气说话，"我不管你怎么做，想办法等到我来！你不是天才少女吗？"

四周一片浓墨般的黑暗，车灯照到前边十几米就消失不见，根本看不出身在何处。只有不时的剧烈颠簸和偶尔车辆慢行时轮胎下传来的咔咔声告诉李若颜，大概没有行驶在公路上。她却没有胆量问一下自己身在何处。

她已经百分之百确定，事情在朝着不可解释的方向发展。

身边的这个男人，明明样子还跟昨天一样，但其他的、眼神、气质、说话的腔调，全都变了。

失忆症？精神分裂？

最不可思议的是，他摇身一变，成了受雇来杀自己的人。

这是真的吗？

他昨天怎么只字不提？甚至连朝这方面努力的迹象都没有。

他救下了我，他带我去酒吧，他为我打抱不平，为我伸张正义……这一切的一切，难道全是骗我的？

车子慢慢减速，最终停了下来。段河关掉发动机，起身想下车，但是又扭头看了李若颜一眼。她赶紧目不斜视，控制呼吸，好像是在用假死的办法规避一头觅食的熊。

段河哼了一声，拔下钥匙下了车。

前面忽然亮起了灯光。李若颜这才发现，段河进了一间小屋，开了灯。他在里边不知折腾些什么，从门缝里传出来的声音一会儿像是在翻找东西，一会儿像是在跟谁说话。

她偷偷拿出手机，准备报警。然而马上又发现不太现实：她连个地址都说不出来。

这时，小屋的灯灭了。她赶紧把手机装进口袋。

车门砰地打开，段河携带着外面的冷风一起钻进驾驶室。

车子发动了。

"咱们这是要去哪儿？"李若颜壮着胆子问。

段河看了她一眼，没说话。

"你不是这就要杀了我吧？"她强作镇定，嬉皮笑脸地说。

"怎么，"段河的声音生硬得毫无感情，"你后悔了？"

一句话轻飘飘地吹拂过李若颜的心，使她打了个冷战。

我要死了！

她紧紧咬着嘴唇，不让莫名其妙涌上来的眼泪流出来。她的大脑一片空白，丧失了时间和空间的概念。等到回过神来，车子已经再次停下。车门打开，冷风和滔滔声一起涌进来。

"走吧，上路。"段河轻描淡写地说。

这个词又让李若颜浑身像过电似的一阵哆嗦。

段河伸手来抱她，被她一把推开。

"你怎么回事？"段河有点不高兴。

是啊，我是怎么回事？

我不是一直想死吗？我不是最害怕找不到人来杀我，就这么一直瘫痪到80岁还不死吗？我不是当初还担心自己的钱不够雇人来了结自己吗？

那么我为什么要哭？为什么要害怕呢？

段河失去了耐心，强行把李若颜横抱起来，朝着河边走去。她觉得自己像是被一个噩梦魇住了，嗓子好像肿得只剩一条缝，哭也哭不出来，话也说不出来，像一个木偶一样任他摆布。

段河走了一二百米的样子，前方出现了一条船。

准确地说，是一艘汽艇。

他小心地把李若颜平放在汽艇里，然后又把轮椅折叠了拎了上来。

她闭上了眼睛。

咚，咚。

然而传来的却是意料之外的声音。

汽车引擎声。

段河回头一看，顿时骂了起来："妈的好快！"

"别想跑！"

循着导航找到这里、已经守株待兔八个小时的徐猛像是抓住了救命的稻草，肾上腺激素迸发，两眼瞪得要出血。汽艇离开了河岸，但是徐猛脑子里却连一瞬间的绝望都没有，而是任凭一个天外来客般的念头闯进来：沿着河追！

沙河畔出现了一出奇景。

河边公路上的一辆汽车和河中央的一艘汽艇在赛跑。船的速度快不到哪里去，可是它有一个先天优势，那就是想开直线就可以开直线。相比之下河边的公路就蜿蜒了很多。

然而徐猛却用速度和驾驶技术弥补了这个劣势。很多时候他的眼睛向左在河道上寻找汽艇的踪迹，手脚控制车速和方向却分毫不差，简直像机器人一样精确。

这种驾驶技术连他自己都感到吃惊，在杨叔手下，他的车技算是不错的，不过那是因为他不要命，开得快。像今天这么完美，前所未有。手脚上的每一块肌肉就像精密仪器一样协调、稳健、准确，从没一次挂挡怠速，没有在任何转弯处多跑一分米的冤枉路。

车船并驾齐驱。忽然，河道一个转弯，小艇沿着支流朝上游开去。然而公路却是沿着下游延伸的！

前边没路了！

徐猛脑子一片空白。

"李若颜！"

绝望的呼喊还没出口，左手忽然猛打方向盘，右脚狠狠踩下刹车，右手一拉手刹，车尾忽地甩了起来。

"我他妈这是在干什么？"徐猛目瞪口呆。

一系列动作根本没有大脑下指令，全是条件反射般的动作。

漂移？我他妈是怎么学会的？

没容他细想，车子已经以最快的速度转向，驶入国道。他惊惶地瞥了一眼导航，一条路线像是自己亮起来一样跃入眼帘：沿国道上行六公里，然后左转开十公里，有一座桥……

"我真是……真是……"他瞠目结舌，半天都没想好怎么恭维自己，最后一句没想到的话蹦了出来，"天才少女！"

扑哧，徐猛笑了出来，然后马上又变得严肃。他把油门踩到底，风驰电掣般朝着桥开去。

超车，再超车，他开得像疯了一样，气流都在啪啪击打着车窗玻璃。

他一公里都没减速开下国道，又是一个甩尾漂移，抢在绿灯变红灯之前掉了头，然后再次上了高速。

他已经没有心情去想自己怎么无师自通拥有了赛车手般的技术，只是在心里默默计算时间。

一秒也不能耽误！

河水！河水！

眼见前边沙河再度出现，徐猛兴奋得几乎喊了出来。他强迫自己冷静，关闭了所有车灯，像个幽灵似的朝着大桥冲去。

终于，他来到桥上。跳下车，他飞奔到桥栏杆旁，朝河面望去。

一片漆黑。

只有桥上的路灯能够照到几米开外。

在哪呢？在哪呢？你在哪里？

徐猛焦急地一看再看，却始终不见汽艇的踪影，也听不到马达的声响。

难道，已经过去了……

巨大的恐惧感压了下来，徐猛身子晃了晃，倚在栏杆上。

她死了！

汽车声已经消失，只剩湍急的河水声响。前边就是大桥，桥上没有车灯，也没有灯火。

段河松了一口气，关掉了马达——让河水把小艇继续往下游冲，并不比开着马达慢。

他朝李若颜转过头来。

"就在这里吗？"她忽然开了口。

"什么？"段河一愣。

"你是要在这里动手吗？"她的目光直直看着前方，"我不愿意！"

"什么叫你不愿意？"

"你知道吗？尸体泡上一天，丑得要死！我才不要这么死！"

"你这人怎么事这么多……"段河很不耐烦。

"咱们之间是有合同的哦，"李若颜继续据理力争，"我是你的雇主，也就是甲方，我要你帮我离开人世，是订购了一种服务，对不对？那么我就有权来检验这个服务满不满意！现在我说了，水上，我不满意，你不听，合同就作废！"

段河沉默了一会儿。李若颜死死盯着他。虽然她几乎什么也看不到。

"你是不想死了吧？"段河冷笑着发问。

这回轮到李若颜发愣。

因为真相就像是针，只要一下，就可以刺破所有的虚假的气球。

是啊，我真的不想死！

她猛醒过来，不顾一切地掏出手机，解锁屏幕。她知道，这个举动几乎没有成功的可能，但是却必须一试。

重要的不是结果，而是过程。放手一搏，才是高等生物的特征。

就算死，也不要像头不会挣扎的猪一样死去！

她刚拨了个"1"，段河就扑了上来。她拼命保护，可是手机还是被他抢走。

手一甩，手机被扔进了河里，连着最后的希望。

段河朝她走了过来。李若颜却只能躺在地板上等死——她连后退一步都做不到……

就在这时，段河停了下来，抬头往天上看。

一阵风声。接着就是黑影从天而降，狠狠砸在他身上。

他短促地"啊"了一声，就跟那黑影一起掉进河里。

紧接着，就传来扑水声，短促的叫喊声，厮打声，呛水声。

李若颜拼命把自己撑起来，趴在船沿上，瞪大了眼睛搜寻着，等待着。

水面渐渐平息下来。

小艇里只剩她一个人。

她不知道自己刚才做得对不对。

她隐约看到桥上有人影，就打开手机屏幕暴露小艇的位置。

可是没想到真的有人从天而降，来救自己。

哗啦一声，她被吓了一跳。船头的侧舷上忽然多出一只手。然后就是水花声阵阵，一个矮小的、不认识的男人爬了上来。

"没事就好，"他气喘吁吁，"没事就好……"

他精疲力尽地躺在船上，看着星空，喘息了几下，傻傻笑了起来。好像是个赌徒在庆祝自己刚刚赢了一个不可能战胜的对手。

伏击

～
烟花弹一颗颗袭来，燃烧、熄灭。一明一暗间，世界好像是一部慢放的黑白电影。一切都是那么安静，只有心跳声清晰可闻，简直像是回到了第一次砍人的那天。

～

"所以呢，我觉得事情是这么回事，"很久没跟人生死相搏的徐猛还处在亢奋中，不顾一身衣服还没干，开着车扯着嗓门，说得眉飞色舞，"你找人要杀你自己，对吧？结果呢，这个杀你的人——我们叫刀手——不但没杀你，还带着你到处乱转，结果被人看见了。他的老板，我估计就是那个拿斧子的胖子，以为他吃里爬外，就亲自到他家，去要他的，不是，咱们俩的，也不是，你们俩的命……"

说了半天没等来期待的回应，他扭头一看，李若颜抱着双臂，看着前方，像个木偶一样在愣神。

"怎么了？吓着了？"徐猛嘿嘿一笑，"没事，我跟你说第一次都这样。总之没事啦，这个孙子死了，他老板也死了，你的命，我算是救下来了……"

说完这句话，徐猛觉得心中的块垒消除了大半，不禁志得意满，伸出手想要跟李若颜击掌，然而她像是怕被蛇咬一样往后缩了缩。

"你是谁？"她的声音细得像针。

徐猛像是被迎头浇了一盆冷水。

对啊，我还没跟她解释过呢……可是，我又能怎么解释？

"你是谁？你是怎么知道这些事的？你把段河怎么了？你想把我怎么样？"李若颜的脸色苍白，嘴唇微颤，跟刚才在船上一样战战兢兢。

"我……你怕我干什么？"尽管可以理解，但徐猛还是感觉到委屈和失望，"我从他手里把你救下来的啊……他要杀你，把你扔河里去……你说说，我要害你的话，救你干吗？"

李若颜对他的解释充耳不闻，不停地低声自言自语，忽而打了个寒战。

"我明白了……"

"这就明白了？"虽然她总是自称天才少女，但是徐猛依然不敢相信她这么简单就能猜透谜底。不过心底深处，他还是抱着一丝希望。

他忽然发现自己也不是那么孤独。

他真的很需要人能理解自己。

"你们是骗子吧？"没想到她来了这么一句，"你们是一伙儿的，演双簧是吧？"

"我……我是骗子？你说我是骗子？你……"徐猛气得直结巴。他这辈子最瞧不起的几类人中，处于歧视链底层的就是骗子。

"那你说说，你是怎么知道我雇人杀自己的？你又是怎么知道我在船上的？你是怎么知道他叫段河的？你又怎么知道我的名字？"李若颜忘了害怕，抓住破绽侃侃而谈，"我的天哪，太明显了，你们是新手吧？"

说到最后，她夸张地捂着嘴惊呼。

"你……"徐猛哑口无言。

"我什么？我哪里说错了？"李若颜不屑地瞥了他一眼。

"反……反正你不能说我是骗子！"徐猛气急败坏，"我堂堂正正的人，怎么能跟那些渣滓相提并论……"

"你还有别的解释吗？"

徐猛没话说了。

"骗子！"李若颜指着他一字一顿地说。

一股无明业火直冲脑门。以前，这股火一起来，徐猛就要做一些不那么理智的事，让当地整形、急救以及牙科医生挣一笔外快。然而今天，他却选择说话。

"我有！"徐猛一拍方向盘。几天来积攒的怒火和委屈像泥石流一样冲破了心中的层层墙壁。他决定不管不顾，把一切都和盘托出。

　　"……总之，我会跟鬼上身一样，一睡着，就会变成另一个人！我知道这个听起来很扯淡，但是我没办法！你爱信不信，我也没法解释，因为我也不知道怎么回事！"

　　徐猛说得口干舌燥，然后歪头看了一眼她的表情。

　　"你还是不信是吧？"

　　李若颜怯怯地摇了摇头。他刚才歇斯底里的样子有点吓人。

　　"为什么？"

　　"我腿是残了，"她小心翼翼地指出，"脑子没残。"

　　"我能证明！"徐猛今天就不信邪了，"昨天我，也就是他，下午四点在医院找到你的对吧？你跟我说的第一句话是'你来了'，对吧？我给你推销理疗仪、计算器，然后护士来了，你提示我把你搬上轮椅去上课，对不对……"

　　徐猛口若悬河，把昨天两人的经历事无巨细地分析复述了一遍："……退一万步讲，我们要是一伙，犯得着那么麻烦吗？又是开车又是开船？还有最后，那桥得有十米吧？我直接往下跳，如果是苦肉计，也太逼真了吧？差两厘米我就死了你知道吗……"

　　说完之后，徐猛长舒一口气，觉得胸中畅快了不少。同时，他胸有成竹地等着她相信自己。然而等了半天，等来的听众反馈却不是很理想。

　　"我就是不明白了，你们到底盯上我哪点了，"李若颜双手合十，"我就是一残废，至于我爸，那是我吹牛还不行吗，他的公司不挣多少钱，不管你们怎么盘算的，我是真的没什么油水可骗，我求求你们放过我吧……"

　　"我对天发誓，对历代祖师爷发誓，我说的有半句假话，就让我死于乱刀之下！"徐猛举起右手，郑重起誓。

　　李若颜呆呆看着他，最后无奈地摇摇头。

　　"大叔，不是，大哥，干你们这一行的下点功夫好不好？还赌咒发誓，我一个天真少女都不会信的……"

　　"你怎么能不信报应呢？"徐猛的反应把李若颜吓了一跳，他看起来比刚才自己受怀疑生气多了，"我跟你说啊，这个玩意，绝对是真的！就像当年我认识的那个人，叫狗子，对，狗子，他偷了大伙的钱，不承认，然后杨叔就让我们大伙一起发誓，谁偷的谁死无全尸！结果呢，他第二天就被车轧死了……"

徐猛絮絮叨叨地把因果报应的例子讲得很详细，讲到一半，被李若颜的笑声打断了。

"你笑什么？"这回徐猛真的怒了。他当然没忘记李若颜是谁，自己跟她有什么纠葛。但是有些东西被嘲笑是难以忍受的。比如说喜欢的东西，比如说信仰。

"照你这么说，坏人都有恶报咯？"她用手背抹去笑出来的眼泪。

"对！"徐猛回答得斩钉截铁。

"那好人一定有好报吗？或者不犯错就没有报应？"她还在保持着笑容，"那我是犯了什么错，成了今天这个样子？"

汽车沿着空旷的高架桥行驶，眼前无尽的黑暗和路灯组成的道路似乎永无尽头。车子里两个人很久没有说话。徐猛没有力气和勇气继续为自己申辩。因为就在某次呼吸之间，他恢复了理智，看清了形势，也看清了自己。他不再指望她相信自己，不再指望她能够感激自己，从而让自己欠她的看上去少一点，好让自己好受一点。

这永远不可能。哪怕是他自己，也在内心深处鄙夷地评价着这种企图。

"你没这个资格。"

"我送你回医院吧，"徐猛长叹一口气，"你安全了。"

"你敢？"李若颜的眼睛马上就瞪起来了。

凭着对她已有的了解，徐猛知道接下来会怎么样。她会耍赖，会威胁，会无理取闹。最终，她会走上卖可怜的路子，而自己，会在这种负疚感中濒临崩溃。然而这次他下定了决心，要忍住，要坚持立场，一定要把她送回医院，了结这段恩怨。

欠她的就欠吧，反正还不清。我也没办法……

然而事情却没有按剧本走。

阿嚏！

还没来得及说话，李若颜连打几个喷嚏。徐猛这才意识到，她还穿着被弄湿的衣服。他把车靠路边停下，想脱下夹克给她披上，手却摸到了鼓鼓的衣兜，掏出来一看，是个棕色的皮夹子。他这才想起，这次醒来后急急忙忙，连钱包都没检查过。他把里边的东西一样样拿出来。

一百来块零钱。

几张名片：汽车维修厂，加油站，二手车商。

还有几张纸条，上面印着蚯蚓般曲里拐弯的文字。

几张加油收据，其中一张的日期下面画了横线。

一张银行卡。仔细一看，是某银行金卡。

"你干什么？"到底是少女心性，李若颜看到徐猛在翻腾皮夹子，好奇心就忍不住了。

"没什么，"把东西都收了起来，徐猛忽然有了个主意，"反正没什么要紧事，走，带你买点衣服去。"

晚上十点，银座购物中心依然热闹非凡，每一层都是灯火通明，熙来攘往。二楼喷泉旁边，徐猛仰头看着椭圆形的巨大天井，若有所思。他对这里并不陌生。刚来九安的时候，这里还叫金龙商厦，是当时九安最高档的购物中心。全市的小偷都不时来这里淘金。他们的职业特殊性决定了他们身后还跟着别人——吃他们的胡同流氓、保护他们的外地团伙。两伙人发生了冲突，有时候就会把杨叔这类人卷进去。

"小猛子，去给我教训教训那孙子！"

"想什么呐你？"李若颜的声音打断了徐猛的回忆。他回过神来，低头发现她有些异样：两眼放光，双颊微红，呼吸急促，语调尖细，完全不同于平时那副满身智商优越感的样子。

"你病了？"徐猛无师自通地以为她感冒了，"烧不烧？"

"你才有病呢，"李若颜不耐烦地挡开他伸向自己额头的手，"你说要带我买衣服对吧？你自己说的啊，我没逼你，对吧？"

徐猛茫然地摇了摇头。

"那赶紧的吧，Shopping！"她高举双臂欢呼着，像个要走进迪士尼乐园的孩子。

"啊？"徐猛没听懂 Shopping 的意思，迟疑了一下，李若颜立刻很有危机感地回过头来。

"你不准反悔啊！你是不是后悔了？嫌贵啊？"

徐猛这才回过神来。

"小瞧人啊，"他大包大揽地推着她就进了旁边的ONLY，"从这家开始！看上什么买什么！"

然而李若颜却没有像预想的那样立刻暴走。

低头一看，她又在挑剔地打量着四周。

"就这？"她撇着嘴问。

"啊，这里……怎么样？"徐猛发现自己也不是像想象的那么不通人情世故。起码一提到奢侈品，他就抑制不住在李若颜面前感到心虚。

"你觉得行，那就行吧……"她的语气勉强到徐猛都听出不对。

"买东西还有嫌便宜的？"他真诚地请教。

"不是钱的问题，是档次，是Feel，懂吗？"她用手挑起一件衬衫，"你看看，这材料，这设计，跟真正的大牌是没法比的，买了穿着也没有好心情……"

说着，她又打了个喷嚏。

"宁肯冻着……你们有钱人啊……"徐猛摇着头，"行，那你说去哪？"

"真的？"李若颜立刻回过头来。

"真的，"徐猛认输似的点头，"你说去哪就去哪，我听你的。"

"你掏钱？"

"当然我掏钱，就当送你了！"

"别反悔啊！"她的手指指着徐猛，表情警惕而幸福，好像是菜市场砍到了一个不可思议的低价的主妇。

"别废话了，赶紧的吧！"徐猛不耐烦地打断了她的试探，"真发烧了直接送你回医院！"

"那好……"李若颜指挥他进了旁边的专卖店。品牌是全英文的，徐猛看不懂。但是她挑的衣服价格他看懂了，8000多。

"太贵了？"她敏锐地发现了徐猛的一丝窘态。

徐猛没说话，直接走到收银台旁边。

"刷卡。"他把衣服和卡递了过去。然后忐忑地等着结果。他倒不是心疼——反正不是他的钱——他怕的是卡里钱不够。

当众出丑，是他最大的噩梦……

"先生，请输入密码。"

徐猛犹豫了一下，然后拿出钱包里那张加油收据，把画了横线的日期换算成了六位数字。

不出所料，通过了。

"新手……"他轻蔑地笑了一声，

"怎么样，说让你别管价钱吧……"购物袋递到李若颜手里，他得意忘形地逞了一句英雄，"再看看，还要别的吗？"

接下来的一个小时，是徐猛这辈子最累的时段之一。李若颜像个小疯子一样指挥着他穿梭在各个专卖店、试衣间和落地镜之间。她不放过衣架上的每一件衣服，几乎每两秒就要兴奋地指着其中一件嚷嚷"这个好看这个好看"，让徐猛摘下来拿给她，更荒谬的是拿下来之后，她又把衣服放在身上比着，反过来问他："好看吗？"

"好看好看……"一开始他还看两眼，发现自己反正不懂审美之后，干脆一律点头，"你穿什么都好看……"

这话让她更有动力，徐猛成了人肉衣架，挂满了牛仔装、毛衣、T恤、外套。那张卡也像是童话里的魔物，用之不竭，每次付账都没有遇到过问题。

"那个……"李若颜忽然停了下来，欲言又止。

"走？"徐猛望眼欲穿地问。

"我可不可以买点别的？"

"什么别的？"徐猛感觉自己快要疯了。

"走得太急了，化妆品也没带，还有啊，我连个包都没有，手机都没处放……"

"买吧，"徐猛没了脾气，"缺什么买什么。"

监狱里的经验告诉徐猛，放弃了出去的希望，时间会好打发一点。现在他发现这是至理名言。彻底不急着走了，他的心境也平和下来，感觉反而没那么累了。到了最后，他甚至被李若颜的情绪感染，心情变得开朗起来。他也开始嘻嘻哈哈，跟她开开玩笑。

"好看吗？"李若颜依然不厌其烦地征求他的意见。

"好看！"他依然每一次都竖起大拇指。不过这回多了一些真心。欢乐的气氛就像酒，使他眼前的世界明亮了很多，一切真的都变得好看，当然也包括她。

上次有这种感觉，是什么时候……还是根本就没有过？

"从来没有过！"

又是一个小时之后，在底楼的美食城，李若颜吃着火锅，眉飞色舞："买东西，我就从来没这么过瘾过！"

"不至于吧，"徐猛也好久没正经吃东西了，嘴里塞满了羊肉，"你爸不是挺有钱的吗？"

"这不是夸你吗……"她一愣，随即又恢复了嬉皮笑脸。

"怎么样，是不是觉得我有点可信了？"徐猛也有些自得，"再说，你爸有钱这话，你昨天告诉过段河吧？我要是不在场，我是怎么知道的？"

"得意什么，谁知道你是不是用了窃听器什么的，或者他告诉你的……你先别急！"她伸手制止了要争辩的徐猛，"不过呢，我对你的信任呢，现在多了那么一———点点……"

她故意表情夸张地用拇指和食指比画着。

"就那么一点？"徐猛用手背擦着嘴。

"好吧，多一点，"她脸上又开始出现那种狡黠的笑容，"最起码呢，你不是为了骗我钱，毕竟你刚才为我花了那么多……"

"也是啊……"徐猛深有同感地点头。

"我爸爸呢，疼我，但就只知道说学习重要学习重要，别说陪我逛街了，我看上的衣服他都不给我买，化妆品就更甭想了，手机也只能用最便宜的，功能最少的……在学校里看着别人什么都有，我却怎么撒娇耍赖也什么都没有，真是……"

李若颜的目光焦点渐渐失散在远处，像是睁着眼睛睡着了一般，过了好久才想起对面还坐着个人："哎呀你看我……总之呢，今天这股憋屈气，一吐为快！太舒服了！干杯！"

徐猛却没有回应。他又直勾勾盯着远处。李若颜循着他的目光看去，发现几张桌子之外，有个小伙子在跟他对视。

"你这是……"她小心翼翼地问。

"他看咱们……"徐猛目露凶光，"瞪他他还不服气……"

说着，一把匕首已经悄悄从腰间掏出来。

"看又怎么了？"李若颜赶紧抓住他的胳膊，"又看不掉块肉……"

"看就是挑事……"

"喂，你不是想让我相信你吗？你还记得在山上你承诺我什么了？"李若颜严肃地指着他的鼻子。

"听……听你的吩咐……"徐猛无奈地点头。

"那，把刀交给我！别看啦！"

徐猛的后槽牙咬得咯咯直响，最终叹了口气，把刀子交给李若颜，头低了下来。李若颜回头跟那个小伙子微笑了一下，然后摇着轮椅，把刀扔进垃圾桶。

后者愣了一下，然后也把目光转到别处。

"行啦，高兴点嘛！干杯干杯！"李若颜赶紧拿起酒杯。徐猛一口把酒喝光，然后闷了许久。这是多少年来他第一次在处理视线接触类挑衅中后退。不过面对李若颜的笑脸，他发现自己的怒气居然渐渐消散，心思不知不觉转到别的地方。

"你刚才要这要那的，"又喝了一杯啤酒之后，徐猛想明白一些事，"是在试探我是吧？"

"对，就是试探你，怎么啦？"她歪着头笑起来，"想把东西要回去啊？"

"哪有这种道理……"徐猛被她说得有点不好意思。

"差点忘了，"他从兜里掏出一个盒子，"你手机掉河里了，我刚才给你买了一个……"

"谢谢！"李若颜眼睛一亮，惊喜地看着他。然而盒子打开之后，她的表情就冻结了。

"这是……什么牌子啊？"她用两根手指小心地捏着手机，从盒子里拿出来，表情就像迫不得已收拾宠物粪便的养狗人。

"牌子……"徐猛挠了挠头，"忘了，但是可以打电话，可以发短信，可以拍照，可以设置闹钟，可以播放音乐！手写全触摸！5寸超大屏幕！语音读短信！还送一个价值千元的原厂充电器、一个价值数千元的500毫安原厂电池……"

徐猛在背出"不要5000！不要4000！只要998"之前及时停下。李若颜目瞪口呆了好一会儿，然后马上笑得打噎。

"笑什么，这个手机很好，我看的时候都只剩十几台了……"徐猛被她笑得有点心虚。

"你确实不可能是骗子，"她不停摇头，"你装傻装得太夸张了……"

"你不信？开玩笑，上了电视的东西，哪能有假？"他又急得有点结巴，"我跟你说，上面请的人，都是了不起的大人物，大老板，大科学家……对了，还有好多大夫！心血管专家、全国方剂学专家、医科大学附属医院院长、中医世家第九代传人、解放军465医院上校军医、中国医学科学院教授、中华医学会主任、中医药科研委员会委员……"

一说到这个话题，徐猛就像个练贯口的相声演员，滔滔不绝，一个字都不会错。

"所以啊，你这个情况，不是没有希望的，"说着说着，徐猛灵机一动，忽然觉得自己掌握了这么多信息，应该用在更重要的地方，"那么多专家，那么多先进的疗法，一定可以治好你，什么宇宙射线、红外线、紫外线、伽马射线、苗医秘方、蒙医秘方、藏医秘方……"

他开始如数家珍地背诵一些电视上的灵丹妙药，说得那么真诚，那么生动，似乎是在尝试说服在场所有的人，包括他自己。

然而李若颜的反应却很不积极。

"你真的信这些？"她难以置信地看着他。

"为什么不信？那么多专家……"

"那都是演员，"她带着怜悯的表情解释，"都是骗人的……"

"不可能！"徐猛激动地拍了一下桌子，"没有疗效，他承诺要退款的！"

李若颜被吓了一跳，随即狂笑起来。徐猛在一旁没有陪着笑。他发现自己在生气。他也不明白为什么。购物广告的真实性突然莫名其妙地跟他的个人尊严联系在一起，好像有人试图否定这个，就等于否定他本身。

"好吧，"她擦着笑出来的眼泪，"我也信……"

"真的？"徐猛有些吃惊。尽管心里知道九成是这个女孩又在耍自己，但还是怀着一丝侥幸抬起头。

"为什么不信？"她吹动着自己的刘海，"不管有什么问题，无论是病了、车坏了、碗洗不干净、首饰不够漂亮，都会立刻有一个答案，有一个解决的办法……那样的话，世界多美好，生活多美好……"

徐猛张着嘴，好久没合上。

"我刚被撞的时候，上了报纸，好多人给我捐款，跟我联系。"她微笑着回忆，"醒来后，信我都看了。都鼓励我坚强，不要放弃希望，一定会再站起来……我很感谢他们。可是又怎么样呢？我还在这轮椅上坐着……他们不知道，最让人痛苦的，就是希望……"

徐猛想说点什么，可是努力了几次都没有成功说出口。最终，他低下了头，默默地喝着啤酒。

"好啦，说这些干什么，"李若颜的情绪在一瞬间恢复正常，"不过呢，算我没看错人。"

她扔过来一件东西。徐猛接住一看，是一件马球衫。

"送你的。钱我以后会还你。鉴于你救了我，又肯陪我逛这么久的街，我宣布，你不是坏人……"

李若颜笑嘻嘻地胡说八道，徐猛却没有跟着笑。他只是翻过来覆过去地端详着那件马球衫，用手不停地抚摸。

这是第一次有人给他买衣服。

"你怎么啦？生气了？我都说了钱我会还你的……"

"没有没有，"徐猛抬起头，尽量不跟她对视，"衣服挺好的……"

"你喜欢啊？早说啊……"李若颜很是惊喜，"怕你不要，偷偷买的，我又是第一次给人买衣服，怕是不合身，待会再给你买点啊……"

看着她滔滔不绝的认真的样子，徐猛心里像是有一锅火锅汤在翻滚，五味杂陈，却烫人般地温暖。

"我去趟厕所，你等我一会儿……"他找个借口走出馆子，坐电梯上到七楼。跟记忆中的一样，自动取款岗亭还在。门自动打开，徐猛走了进去，把卡插进机器。他要确认一件事：这卡里边到底还有多少钱。说实话，他不理解李若颜对购物的痴迷是怎么回事。不过既然她喜欢，也就没有理由拒绝。今天反正没别的事，就陪她逛个够。

取款岗亭里边陈设依旧。当年就是在这里，黑子被人捅死了。徐猛到今天也不知道，是为了他手里的五千块钱，还是他做了杨叔的替死鬼——一般来说，取钱存钱的事都是杨叔亲自做的，但是那天他发烧……

机器改成触屏的了，徐猛研究了一会儿才学会怎么用。选取了余额查询，他心里开始盘算，里边的钱要是不多，该去哪里搞钱。

"去火车站敲两个小偷？去钱庄借点贷？借钱好像比较容易，反正一觉醒来，我就不用为还钱操心了……"

就在这时，机器屏幕上的结果出来了。

徐猛的目光移过去，就再也没法离开。

账户余额：370万元整。

脑子里像是一个炸雷响起。

长久以来的经验告诉他，自己刚刚闯了大祸。

不该刷卡！

一阵急促的手机铃声把他惊醒。按下通话键，里边传来李若颜急切的声音："你在哪？有个人……老是跟着我……"

"你在哪里？"徐猛马上动起来，朝着电梯跑过去。

"三层。耐克……刚过……"

徐猛扒着栏杆往下看了一下，一眼就看到了人群里急匆匆前行的李若颜，循着她逃避的方向，没多久就看到一个身穿黄色夹克，抄着手低着头，快速接近的男子。

"你继续往前走！不要停！"徐猛一边快步走向电梯一边大声嚷嚷，"我去接你！"

轮椅的辐条转得飞快，橡胶把手心磨得生疼。李若颜紧张地转着轮椅，不时回头望去，身后的人影丛林里，那张脸依然在躲躲藏藏。之前她等得无聊，想去三楼的男装店面先看看，那个男人就是在那个时候出现的。第一眼看到他，她就觉得眼熟，但是想不起在哪见过。转过头去没走多远，她就开始觉得后背好像被目光扎得生疼。她以为是自己多心，可是直觉上又实在不对头。于是她在阿玛尼眼镜店门口停了下来，挑了一副样品眼镜戴上，对着镜子左右看。

那个男人果然在身后！他在离她十几米的地方停了下来，在仔细研究橱窗。

李若颜觉得汗毛开始竖起来。她缓缓离开眼镜店，左手操控轮椅，右手颤巍巍地在购物袋里翻找着。然后，她飞快地拐进前面的转角，用最快的速度撕开化妆盒的包装，拿出小镜子，探出墙角。镜子的视角那么窄，她屏住呼吸，等待着结果出现。

她从没像现在这样希望自己的猜测是错的。

然而镜子里却真的出现了那个男人！他正在快步追上来。

他真的是冲着我来的！

汗水在一瞬间把后背衬衣浸湿，她机械地转动着双轮，飞快地从另一边逃离。

"你听我说，不管怎么样，赶到东头的电梯门等我！不管你用什么办法，千万不要让他追上你！"

她一开始不明白徐猛这话的意思。她本来的计划是下去找门口值班的保安，总不至于在众目睽睽之下把我绑走吧？

但是仔细一想，她打了个激灵。

他真的是要绑我吗？

前边的人越来越密，越来越走不动了。她焦急地抬头，发现前边一个卡迪亚专卖店的门口竖着巨大的"减价"标志。

"请让一下！"她焦急地叫着，然而大部分人除非被轮椅撞到腿，一个理她的都没有。

跟踪的人越来越近了。小镜子里，她清楚地看到，他已经压低了帽檐，戴上了皮手套，从口袋里掏出一个什么东西。

他要动手了！

"我马上就到！"手机里传来徐猛气喘吁吁的声音。然而李若颜知道，已经不可能坚持到他来了！

怎么办？喊救命？

这是最简单的办法，然而真的有人会管吗？

"一个男人，抓一个女的，是最简单的事，因为只要说是男女朋友、夫妻打架，谁也不会插手……"

那个段河说过的话又浮现在脑海里。现在想想，这个人真是奇怪。

你救了我，却又要杀我。你为我做了那么多，却又转眼像个陌生人一样不认识我。难道就像他所说，这个世上真的存在科学解释不了的现象？

或者，你不过是另一个爱好玩弄人的骗子？

李若颜猛地加速，在一片埋怨声中挤进专卖店。柜台上方的镜子里可以看到，那个黄夹克男人也跟了进来。

"您好，帮我拿这个戒指看一下……"她挤到柜台前，笑靥如花，举止优雅，谁也看不出她是被人逼到这里的。

"好的，这是白金钻戒，2克拉，纯净度VS2，搭配的宝石是……"

"哦太贵了，不好意思……"李若颜瞬间变脸，摇着轮椅离开。购物小姐酝酿起来的情绪无处发泄，笑容僵了一会儿才消下去。

"神经病……"她小声嘟囔着把戒指收起来。

谁也没发现盒子底下贴着的防盗条被撕下来了。

李若颜掉转轮椅，正面面对门口的黄夹克。

张靖，你还好吗？

她忽然想起了这个很久没有提起的名字。那个总爱上课接话茬的男孩，那个总是穿着最新耐克鞋的男孩。他是班里潮人中难得对她好的人，在QQ上总是主动给她留言。他脑子里的笑话是那么多，把她逗得前仰后合。那些课堂上偷偷聊天的时光，到现在还记忆犹新。

黄夹克看到了李若颜直勾勾的双眼，愣了一下，随即左右打量了一下，朝她走来。李若颜深吸一口气，憋着没有呼出来。血液开始涌上脸，就像那天她从别人那里得知，自己的私聊截图被张靖公布在班级群里时那样。

"你为什么要这样？"这是她对他说的最后一句话。

他的回复，是一个笑脸。

"我就是讨厌你这样的假正经，怎么了？"

李若颜呼气吹动刘海，冲着黄夹克冲了过去。她忽然想起，那次在商场，自己也是这么悄然而坚决地朝着张靖冲过去的。只不过，那次自己在他背面……

"你是谁？为什么跟着我？"她大声嚷嚷起来。黄夹克一愣，然后马上反应过来，不屑地一笑。

"走走，跟我回家！别闹了！"他直接上来拉着若颜的手臂，两人推搡起来。

"怎么回事？"一个穿着黑西装的保安把手放在警棍上，警惕地过来问道。

"我媳妇，这里有病，"黄夹克指着脑袋，"从精神病院跑出来的……"

保安没说话，用戒备的眼神看着两人。

果不其然，他什么也不准备干。

"我不认识他！救命！"轮椅里的李若颜毫无反抗能力地叫着，被黄夹克推着朝外走去。

"不好意思，不好意思……"黄夹克还在表演着。

忽然，一阵剧痛传来，他低头看到手背上插了半块镜子碎片。惨叫声中，李若颜已经转着轮椅飞快地出了门。

"臭娘们！"他怒发冲冠，抬腿就追。然而她却停了下来，调转车头，挑衅地看了过来。

"Show time！"狡黠的微笑从她的嘴角渗了出来。

警报声大作。

黄夹克被三个保安一起按倒在地。防盗条从他口袋里掉了出来，但是没人注意到。

"偷东西？早看你鬼鬼祟祟的……"

"你……"又一个保安扑了上来。猛增的一百多斤负重打断了他的咒骂。

李若颜满意地掉头离开，高高扬起手臂，伸出中指。

张靖，你被当成小偷记过、转学，还记恨我吗？

我告诉你，我一点都不后悔。我也不愿浑身长刺，可是谁让想伤害我的人总是那么多呢？！

巨大的危险过去了，它激发出的肾上腺激素却还没有消退。李若颜只觉得自己像是又站了起来，成了一个顶天立地的巨人。久久淤积的浊气终于被呼了出去，一口气吸进来，全是含着白云的清冽芬芳。更何况报复同学成功的快感，完全无法与战胜一个不可战胜的对手相比。以前课本里的一些诗句，什么荡胸生层云，什么十步杀一人，这下全懂了。她觉得一种神奇的快感充斥四肢百骸，说不出来地痛快。她觉得自己在奔跑，在冲刺，脚步生风，快如闪电……

忽然，她被旁边一个人拽到怀里。在能够尖叫之前，她的嘴被一只手堵住。

"没事没事，是我，是我……"眼前出现的是徐猛的脸。

她的身体一下子软了下去，手却紧紧握着他的手不松开。

"跟你的那个人呢？"他也跑得满脸通红，大声嚷嚷着。

"被我甩掉了！"她不无得意地炫耀着。

然而徐猛的表情却没有变得轻松。他走到栏杆旁，向天井探出头去，几乎立刻就缩了回来。上下两个楼层都有人朝这里跑来。必须在上下围堵形成之前逃出去。他二话不说，推着李若颜就跑。电梯门口一堆人，徐猛直接拐进了应急楼梯间。然而这时他发现自己忽略了一个问题：现在这个躯体又矮又瘦，根本抱不动李若颜，更别提还要拎着轮椅。徐猛骂了一句，再次转向，出了楼梯间，直奔前方的观光电梯。这部处于天井正中央的电梯是前不久刚刚加上的，全玻璃外壳，小巧玲珑，只能容纳一两个人。乘这个下楼，就等于在几十秒的时间里把自己暴露在所有人眼前。但是徐猛愿意冒这个险。一方面是因为他没有别的选择，另一方面也是他不相信，有人敢当着这么多人的面乱来。

疯狂按了十几下按钮，电梯终于来了。他把李若颜推进去，按下了地下一层。

门缓缓关闭，李若颜松了一口气。

"哎呀刚才你不知道……"她说了半句就自觉地闭了嘴。徐猛还是神色紧张，两眼不停地隔着玻璃四下扫视。顺着他的目光可以看到，有几个人正在隔着天井互相打手势，然后一起掉头朝楼梯跑去。

"没事，咱们还是快一点……"徐猛吹了声口哨。

然而刚说完，他的脸色就变了。因为电梯的楼层灯亮了起来。透过玻璃外壳，他清楚地看到下一层有个人在等着他们。徐猛盯着他，对方也有恃无恐地抬头瞪着徐猛。

"那……那个人也不一定是一伙的吧……"李若颜的声音开始发颤。那人人高马大，起码一米八五，胳膊上的肌肉撑满了T恤的袖口。连她也不难看出，此人绝不是一个连女孩都抱不动的矮子能赤手空拳对付的。徐猛疯狂地在衣服上搜着，翻找着每一个口袋，连钱包都没放过。倒空之后，除了银行卡和几枚硬币，什么都没找到。

没有武器，连个刀片都没有。

李若颜紧紧攥着他的衣襟，大口喘着粗气，眼睁睁看着电梯带着两人落下去……

门开了，人影倏地撞了进来，冲着徐猛就是一拳。徐猛没有躲闪，反而迎着拳头扑了上去，用手在对方脸上一拂。拳头到肉的声音和惨叫声几乎同时响起。徐猛口鼻喷血，左脸登时肿了起来，然而惨叫的却不是他。李若颜惊讶地看到，大块头捂着双眼，连连后退，后背狠狠撞在玻璃上。血滴了下来，先是一滴两滴，然后成丝成缕，最后瀑布一样从眼皮上的伤口涌出来。徐猛手里，露出一张银行卡。没用过的人很难想象，这个东西攥在手里抝成半圆形之后有多结实，切削力简直像把小铲子。

此时，他们的打斗已经引起了购物中心里其他顾客的注意。大家纷纷驻足瞻仰这一场犹如玻璃鱼缸里进行的决斗。鲜血流进了眼睛里，对手目不见物，慌乱起来。徐猛抓住机会，一步抢进他怀里，抱住脖子脚下一绊，一气呵成地把他掀翻在地，然后高高抬起右脚，冲着脖子狠狠一踹。

叮！底层到了。电梯门口围了起码一百看热闹的人。徐猛来不及搜对手的身，推着李若颜挤了出去。他们一路狂奔，终于来到了停车场。

"抓紧了！"安置好李若颜，徐猛疯了一样地发动汽车，轮胎在地上发出的刺耳声几条街都能听到。他甩了一个很大的弯，然后猛然加速，冲出了停车场。

"妈的在这里也敢动手！"死里逃生的徐猛很是激动，"到底是什么路子的人？"

"没事了吧？"车子开出好远，李若颜终于试探着睁开眼睛。

"嗯。"徐猛点了点头。

"你太厉害了！"她激动地摇着他的胳膊，"太刺激了！跟电影一样！"

然而徐猛却没有跟着兴奋起来。他脸色苍白，眼神恍惚，不时猛地摇头，像一头刚从水里钻出来的熊。

"你怎么了？"李若颜终于紧张起来，电视电影的相关情节渐渐浮了上来，"你……是不是受伤了？流血了吗？在哪里？我看看……"

"不是……没流血……"徐猛虚弱地回应，指着自己的大腿给李若颜看。

她看到，那里扎着一枚针头。

"你赶紧走。"徐猛一打方向盘把车停在路边，"我快不行了……"

"这是……是毒针？"李若颜脸色煞白。

"不是毒针，"徐猛强撑着一笑，"毒针早死了。应该是麻醉针……幸好他没全推进去……"

"那……那你睡一觉就没事了？"

"我是没事，你就不一定了——记得我说过吗？我一睡着，就变成别人了……"

李若颜没说话。

"你信不信的，也管不了，但是你必须得走……"徐猛仰着头，坚持不让眼睛闭上，"我现在附身的这人，是个通缉犯。我也不知道他醒了看到你会怎么样，会不会直接捅你一刀……"

艰难地咽了一口唾沫，他用手朝着额头上打了一巴掌。

"你看我都糊涂了……你怎么走，我走……你在车里等着，我醒了来找……不行，车里不安全，你去找个地方……也不行，你不会开车……咱们找个……妈的，没有靠得住的人……"他焦躁起来，骂骂咧咧，不停捏着鼻梁。

她却始终沉默着。

徐猛感觉眼前好像蒙了一层塑料布，眼皮像山一眼沉重，不停压下来。不能再犹豫了。

他发动车子。

"你要带我去哪？"他的胳膊被若颜抓住。

"去医院……你别闹，我知道你不想回去，但是除了那里，把你扔哪都不保险……"他不停搓着眼睛，舌头听起来大了一圈。

"你是不是要把我丢下？"她冷冷地问。

"绝对不是。"徐猛像个发誓的醉鬼，举手指天，但是头却抬不起来。

"那你发誓。"

"我发誓，我会回来……接你……要是骗你，死……死在……死……"徐猛已经话都说不利落了，起誓时依然记得三指朝天。

"好了……你还能开车吗？"

徐猛很慢地点了点头。

"往前开二百米，看见那个饭店了吗？然后你走，醒……醒了之后，给我打手机，我去找你……

"你怎么找我？"

"你就别管了，再扯下去你就睡着了……见面之后的暗号是……"

徐猛在半睡半醒中停完车，推开车门，跟跟跄跄地下了车，一个趔趄摔倒在地，又顽强地爬起来，朝远方走去。

"你别骗我啊！"背后传来李若颜的喊叫，在饭店的喧嚣声中被淹没得几乎听不到，"我告诉你你不要骗我！"

老范并不老，还不到五十。他很多年前来到九安上学，后来就留在了这里。他老婆也是差不多的情况。除了蜜月的时候去过一趟马尔代夫，两口子没有一起出过省。孩子今年15，准备升高中了，成绩不好，得找人。老范的客户里没有教育局的人——人家一般不买机电设备，有老客户说认识，给他找找，但是到现在还没回信。

老范大学毕业起就在这一行，干到现在是个客户经理，说高不高，说低不低。每月工资要还房贷车贷，完了工资剩下不到五分之一。媳妇在公司当会计，她们公司的业务总在变，这些年他出于礼貌问了多少回，死活没记住。是啊，他不在乎。就像她也不在乎他工作上的那些屁事一样。两口子每天上班下班，到家吃饭，除了聊两句孩子房子国家大事，没话。岳父几年前没了，岳母每次聚餐都暗示他拿出钱来给自己买点理财。每天开车回到车库，老范下车前都要愣神一段时间。有时候他在朋友圈里刷一下赞。同学群里聊起来，大家都说，自己家里也是这操性。但是从朋友圈发的照片来看，这些孙子混得都比自己好。有时候给自己爸妈打打电话——自从多年前婆媳吵崩了以后，为了避免麻烦，他只能在这跟自己爸妈说话。然而自从父母先后走了，老范再也没有一个人能够毫无顾忌地聊一聊。

这大概就是为什么他要干代驾。他缺钱，但是看不上这点钱。他真正喜欢的，是工作的氛围。车门一关，外界的一切嘈杂都像被隔绝在真空里，街上的车水马龙顿时成了星辰大海，任他操纵着太空战舰纵横。后座的乘客八成醉得亲爹妈都不认识，从没有人嫌他油门踩得不够努力跑不过别人，也没有人指责他脑子抽筋路线选择不好。他就是这个精密机械的主人，这艘孤舰的操纵者。这种时候，他才有了说话的欲望。他跟陌生人聊事业，聊家庭，聊人到中年，聊不服天命。他聊得私密，聊得彻底，从不用担心有人泄密，也不担心有人进行道德上的指责。事实上，除了难懂的醉话，他什么回应都得不到。这一切的一切就像在家时阳台上抽的烟，呼出去，不知所终，却能让他痛快。

然而今天这个客人例外。

老范接到单的时候本来已经到了家门口，但是琢磨了一会儿，还是掏出手机发了个短信："有个活，在半路。"

等了许久，老婆回信了，简单一个字，好。

然后他赶到鱼香酒庄，找了半天才找到要代驾的车。黑色轿车，破得可以。走近了一瞧才发现是个年轻女孩。这是比较罕见的。大部分要代驾的都是应酬的中年男人。

互相介绍了一下，上了车，他觉得更加奇怪。一点酒味都闻不到，但这孩子却连站都站不起来。

"大概是吸毒的吧……"老范想。

"您要去哪啊？"

这时候最奇怪的事发生了。女孩说，先开着，等我知道了就告诉你。

老范默默地开着车，女孩默默地坐在副驾驶座上。绕了九安快一圈了，俩人没怎么说话。老范注意到，她紧紧握着手机，每隔几秒就看一下，然后又失望地放下。

又是一个红绿灯，他终于忍不住了。

"等电话啊？"

姑娘看了看他，没有回答。

老范自讨没趣，只好继续开车。女孩把头靠在椅背上，望着窗外的街景愣神。忽然，她的手抬了一下，又慢慢放下。

"要在这下车？"老范赶紧问。从后视镜看到，刚才路过的是个派出所。

"不是，"女孩犹豫了一会儿，摇了摇头，"再继续开吧。"

车子继续前行，女孩继续徒劳地查看手机。就这样过了半个小时，她好像终于累了，又开始愣神，直到安仁医院的巨大霓虹招牌远远出现在前方。

女孩看着招牌，欲言又止。

"姑娘你别怪我多嘴啊，"老范又按捺不住好奇心了，再不侃两句，今晚会活活憋死，"看出来了，你有心事。"

女孩看了他一眼，苦笑了一下。

"自从上了车你就在这纠结，"受到鼓励的老范趁热打铁，"男朋友啊？"

女孩转过头来，扑哧一声笑了。

"诶，猜中了！"老范很得意。

"瞎说。"

"不是？"老范笑得更开心，"那还有什么事能让你这岁数的小女孩烦成这样？"

女孩用了很长时间才止住笑，然后又陷入了沉思。

"师傅我问你个问题好不好？"就在老范以为自己说错话的时候，她忽然扭过头来问道。

"当然好啦。"老范松了一口气。

"要是……"女孩字斟句酌，"有两个男生……"

"你看，我说是男朋友吧……"他忍不住打岔。

"哎呀你别打岔，"一来二去两人的距离接近了不少，女孩说话也随便起来，"两个男生，一个呢，知根知底，跟他在一起，很安全，很平淡，以后十年二十年的日子都可以预见。另一个呢，神神秘秘，做事古怪，根本信不过的样子。可是跟他在一起，总是能遇到奇怪好玩的事情……"

"你该选哪个是吧？"

女孩嗯了一声。

"第二个，跟他在一起，有没有危险？"

"危险嘛……是有的，但是他豁出自己的命来保护我……可能……不止一次吧……"

"哎呀，这个问题……"老范伸手摩挲着头顶，一反常态，半天没说话。

"怎么了？"女孩终于也有催老范说话的时候。

"我抽根烟行吗？"老范忽然问。

女孩点了点头。

"你可能奇怪，这有什么难回答的呢，"老范点着烟，狠狠吸了一口，然后打开车窗，把烟朝外吐出去，"俩男的，一个能过日子，一个不着调，任谁说都是第一个，对吧？但是另一方面，你既然这样都做不了决定，拿出来问我，明摆着你是想让我说第二个……"

他摆摆手，制止了想申辩的女孩，又吸了一口烟。

"要说这人啊，也是奇怪，就跟鸟一样。年轻的时候，拼了命地赚钱，配对、做窝、下蛋、找食。不管是不是自己想要的，只看是不是自己这个岁数该干的。要是人人都说该，那就干，没二话。但是等到真的坐到窝里，觉得扎得慌闷得慌，想再往外飞，可就没那么容易了……"

她又想插嘴，可是想了想忍住了。

"有时候回头想想，要是跟 20 岁的我说，我今天会有什么，那个傻小子大概会高兴得蹦高吧？可是换我现在，最想要的，反而是他最不稀罕的……"老范笑了笑，然后摇了摇头，"妈的傻逼……"

没头没尾地骂完这一句，他好像沉浸在回忆里，看着前方，微笑慢慢浮上脸庞。

"你多大？"老范醒过来一样忽然问。

"18……"女孩被吓了一跳。

"真好，真的……"老范把烟抽完，扔了出去，"年轻好啊，一张白纸，随便画，什么都可能。我年轻的时候，也是敢打敢拼，敢闯敢作。我那时候的志向，大得吓死人。结果现在，这辈子也就这样了……我现在胆小到什么程度呢，你给我一个返老还童的机会，我都不一定敢要——年轻的时候穷怕了，不敢回去……人老了，就是这么没用，哪都不敢去，只能留在这里，慢慢烂掉……"

女孩皱着眉头，彻底听迷糊了。

"总之，"老范好像终于意识到自己离题太远，"于情于理，我作为长辈，作为过来人，作为社会中坚，我都该劝你选第一个。"

"哦……"女孩面无表情地答应着。

"但是，假如我 18 岁……"

几乎与此同时，电话响了。她好像刚刚从梦中醒来，还没有完全清醒，没有任何反应，任凭铃声一次次重复着。

"选第二个吧。"老范帮她按下了接听，"循规蹈矩的机会，以后有的是。"

二十分钟后，车子到了目的地。这是北郊城乡接合部的一个出租屋。开到这里，老范都开始对自己的判断感到后悔。

"你说他神秘，可没说他住这儿啊……"

女孩也在紧张地扫视着车灯下脏乱的街景。直到她看到前边有人招手。

"就是他？"车停下了，老范指着车外的男人问。

那人背靠着电线杆，正在抛着一枚硬币。

女孩没有说话，也在看着他犹豫。

"姑娘，你要是有疑虑，一句话，咱们就走。"老范低声说。

女孩看了看他，又看了看车外边的人。那人敲着玻璃，喊出了事先约好的暗号。

"谢谢了，范师傅。"她扭过头来，毅然决然地说，"我选择跟他走。"

他醒了过来，首先感觉到腿的疼痛。眼前一片光亮，刺得他睁不开眼。

"醒了？"一个声音传来。

"你是谁？"他嘶哑地问道。一开口，才发现嗓子干得要冒烟。

"你当然不认识我。"那人站了起来，高大的身影把灯光遮住。他终于看清光源的轮廓。是两个巨大的圆灯。出于积习，他开始下意识地琢磨：这是什么车？

但是马上又意识到不对。

如果这是汽车，那么全国恐怕找不出这么宽的路给它开。

对，开车，妈的我应该出车的……可是怎么一点都记不得了呢？

"你……你要干什么？我没钱……"他开始强迫自己把思路转到正路上来。

"我不要钱，"对方干笑了一声，"我就是想要个答案：你为什么要跑？"

"跑？"他反应不过来，"往哪跑？我什么时候跑了？"

拳头闪电般击中了他的腹部。剧痛瞬间制止了他的一切思维。他干呕了起来。

"想起来了吗？"那人激动起来，抓着他的头发强迫他仰起头，兴奋的脸贴得很近，"你昨天本来是应该去机场的。结果来了电话，你没去。然后派人找了你一天，发现你家人去楼空。最不该的，就是你动了那笔钱……"

"我没……"他忍着剧痛说了两个字——因为他知道，假如这个指控坐实的后果是什么——但对方对他的辩解毫无兴趣，揪着头发冲着脸狠狠又是两拳。

他的眼前全是金星，觉得自己整个脑袋肿大了一倍。挣扎间，他的鞋被挤掉了。赤脚踩在地上，他感觉到脚下全是塑料布。

他的眼泪一下子失去了控制。

"头儿知道你在偷偷学东西……"那人把一本书拿到他眼前晃了晃，扔在地上。

"我……我只是想跟他们聊聊天……"

"那四百万，你贪了，可以理解。但是最不该的，是你居然蠢到刷卡……"冰冷的刀刃贴在他的脸上。沿着脸颊游走，最后停在了耳根。时间好像停滞了两秒。然后，剧痛和泉涌般的鲜血如约而至。

"你还有一只耳朵，两只眼睛，十根手指头，三十二颗牙……"耳朵被扔在地上的声音像是一盒果冻，"你觉得咱们谁会先坚持不住？"

"我……"他号啕大哭起来，"我真的没有骗你……你想知道什么我都说……"

"好，现在告诉我，跟你在一起的女孩在哪……"

"你笑够了吗？"破旧的出租屋里，徐猛无奈地看着李若颜。刚才在路上就听到她味味的笑声，导致分心，停车都没停稳，撞了一下电线杆。进了屋里灯光一开，她更肆无忌惮了。

"我跟你说过对吧？我控制不了自己变成什么样啊……"徐猛把手一摊。他看着镜子里这个身高一米八、体重起码两百斤的躯壳，无奈地摇头。醒来后，他花了大概十分钟才从床上爬起来。出门接李若颜走了几步，就气喘吁吁，现在还不停冒汗。

"对不起对不起，我不笑了，"李若颜擦着眼角的眼泪，"我现在可以确定，你不是骗子，不图钱，美男计也不用……"

说着她又绷不住了。

徐猛只好耐着性子，走取信程序，把两人相识以来的细节从头讲起。没想到讲了一半就被她打断，说不用了，我相信你。

"啊？真的信我？"这突如其来的信任让徐猛不敢相信。他无数次地想过，假如易地而处，自己都不会相信。

"嗯，可以说 80% 吧。"她嚼着口香糖，"剩下的 20% 是自带天赋：我反正什么都没有，不怕上当。"

即便这样，徐猛也差点热泪盈眶。这是世界上第一个相信他的人。那一瞬间，他更加坚定了自己的决心，甭管是何方神圣要害她，都别想过自己这一关！

"好好，来谈正事，"徐猛强迫自己硬起心肠和面孔，"你还有事瞒着我，对吧？"

"你怎么知道的？"李若颜厚颜无耻地嬉笑着承认了，"我正准备坦白呢……"

"商场里那些人，绝不是你能在网上找来的。他们有分工，有合作，这么多人你出的那几万块钱根本不够分的。"徐猛的神色严肃起来，"你惹到的，不是简单的人物！他们有钱，有人，在公共场合都敢动手，绝不会就这么罢休！"

徐猛用尽了自己所有关于危险性的词语，但是李若颜却无动于衷。她心不在焉地点着头，最后不但没有立刻说出自己掌握的情报，反而笑嘻嘻地反问徐猛："你不生我气啊？"

要说不生气那是假的。尽管徐猛努力控制着，还是暴露了一点。

"你怎么不早告诉我呢？"

"我凭什么啊，"李若颜理直气壮，"你站在我的角度想一想：你无缘无故冒出来，二话不说就救我，然后说自己会鬼上身，完了也说不出个所以然，我现在还没跟你拜拜已经算是胆大的了……"

徐猛没脾气了。她说得有道理。而且换个角度来看，她起码开始信任自己，并且迈出了实质性的一步。而自己，却永远也没法把真相坦白。

"那……快说吧，到底是什么人？"

"这个，跟我爸有关，"李若颜终于严肃了一点，"我爸……欠了人高利贷。"

"你爸不是大企业家吗？"徐猛正在喝水，结果差点喷出来，"怎么还欠债，还是下三滥的高利贷？"

"大企业也有周转不过来的时候啊，"李若颜对他的大惊小怪很是不满，

"前几年实业难做，贷款又贷不下来，只好借了别人的一些钱。结果时间一长，利滚利……"

"你爸跑了？"徐猛恍然大悟。

"你爸才跑了呢！"她老大不高兴，"他出国了！生意全世界都是，要他亲自去经营。要是被人恶人先告状，进了黑名单出不了国可就因小失大了……"

"那他怎么没带着你？"

"我深度昏迷，能带吗？"李若颜的嗓门又提高了一点。

"那你醒了之后呢？"

"我没让医院通知他！我想恢复得好一些再找他，这有什么难理解的？"

"还不是跑了……"一种不知从何而来的义愤填满了胸膛，令徐猛完全没有注意到她的情绪，又恨恨地加上一句。

结果李若颜急了。

"好，你要这么说——"她冷笑了两声，"你那个杨叔去哪了？怎么不带你？"

"他……"徐猛一时语塞，但是想了想，又不甘心，"他……他肯定会回来找我的！我们跟一家人一样……他老教育我，一言既出，驷马难追……杨叔是好人……"

"那我爸就不是好人了？你想想，杨叔让你干的事都是犯法的……"

"人不犯我，我不犯人！"徐猛一着急，拍了桌子，"要是别的帮派不惹我们，杨叔会派我去教训他们吗？"

"还不是一样？流氓斗殴！"

"你！"徐猛砰地站起来，手指着李若颜，哆嗦了半天。

她毫不畏惧地瞪回来。

最后徐猛无可奈何地坐下。他发现两人相处的时间越长，自己在她面前就越无力，现在干脆连生气都没法理直气壮。他叹了口气，决定不再跟她争吵，专心思考对策。

还债显然是不可能了。首先，那张银行卡刚才打斗的时候碎成两半。自己目前的这个身份，八成又不是什么好人。用自己的身份证去补办不但不可能，还容易被报警。更何况他根本不知道户主是谁。

如果不还……

"关于这个放贷的，你知道多少？"

"足够我们找到他的！"李若颜亮出刚才徐猛在商场买给她的手机。

"最后……期限，再不还钱，就去拜访安仁医院！"徐猛费劲地读着屏幕上的短信，"他发给你的？"

"不是，发给我爸的。"

"你怎么会有？"

"他的手机一直自动云端备份所有短信。登录密码我知道……其实就是我以前玩他手机的时候设置的。我也没想到这么久过去了他还没改……"

徐猛握着手机，半天没说话。

他的思绪回到了童年，回到了那些一直存在脑子里，但是却从未有勇气仔细审视的片段。讨债的人踹开家门，他们抽烟，喝茶，打打闹闹，在床单上留下肮脏的鞋印。母亲坐在沙发上，坐在他们中间，脸上露出勉强的笑。他那时什么都不懂，却已经意识到有些不对。

"走，叔叔带你出去玩……"陌生的大手把他抱在怀里。他放声大哭，朝母亲伸出双手求救。然而母亲能够给他的，也只是沉默和泪水。他被抱出了门。门关上前的一瞬间，他从门缝里看到，母亲的长发被那个男人撩起来……

"你怎么了？"李若颜看到他莫名地浑身发抖，开始反思刚才自己的话是不是太狠了，态度变得温柔而小心翼翼，"是不是不好惹啊？咱们要不要避一避……"

"不，"徐猛缓缓摇头，一拍大腿，"查明白他是谁，我找他谈谈！"

徐猛苦着脸坐在桌边。他手里全部的线索就是一堆短信，内容一样，来源号码各异。徐猛首先剔除了170、171之类的号码。杨叔教过，那些是"假号"，查不出什么。这样一来剩下的号码还有五个。里边一个移动的号码都没有，所以到营业厅假装缴费骗营业员说出"请问您是×××吗"的老办法行不通了。找"专业人士"去查这个号码当然可以，但是目前的形势让他不敢相信别人。敌人还不知道是谁，消息传到道上无异于在黑夜里点灯暴露自己。

该怎么查呢？

他开始怀念以前在杨叔手下干活的日子。姓名、地址、活动规律，全都不用操心，有专人送到眼前，拎着耳朵让你记住。全部要做的事就是在正确的时间和地点出现，把刀子捅进正确的部位……

"怎么样？资料够了吧？查到是谁没问题吧？咱们要怎么对付他？"

更让他心烦的是李若颜。她像个初次接触侦探小说的读者，随便一点点进展就激动异常，不给徐猛片刻安静。

"你说得容易，哪有那么快查出来……"

"傻瓜，"她的反应出人意料，"这有什么难的？"

"拼刀子，我不行，拼脑子，你不行……"她拿着手机，一边熟练地输入，一边解释自己的知识来源，"支付宝我是老用户了，刚醒过来那一阵，天天在网上买东西……然后，我就发现找人最简单的办法就是支付宝了。你看这里，点击付电话费……"

"点这个干吗？"

"瞧，在这里输入他的手机号，然后给他充十块钱，再查账单，姓名就会显示出来。"李若颜嘴角得意地扬起来。

"别！"徐猛赶紧抓住了她的手，然后马上就意识到不妥，把手松开。

"我当然不会充了，我又不是傻子，会打草惊蛇的……我只是要利用这个看看哪个号码是真的……"李若颜对于自己的智商被看低很是不平，一边抱怨一边把手机号一个个填写到输入栏里，然后观察着网页。每次发现毫无变化，她就会用嘴朝上吹气，好像是要把碍事的刘海吹散，然后继续试下一个。终于，第五个手机号被输入，表格后边自动出现了该号码的归属地。

九安联通。

他就在这里！

"你是怎么知道这些的？"徐猛带着发自内心的佩服和纳闷请教道。

"没什么，本天才只是以前做过一点研究……"李若颜谦虚地摆摆手。

"你干啥的，研究这个？"

"不告诉你！让你也尝尝这个滋味！"她幸灾乐祸地大笑。不过她也没让徐猛尴尬多久，少女心性还是守不住秘密。

"我后妈对我不好，我说过没有？"她轻描淡写地提起，"反正我爸不在的时候，不是骂我就是打我。我当然也不能坐以待毙，就开始查她的手机，查她的 QQ、微信、网购记录，最后，我找到了她出轨的人……"

"然后告诉你爸了？"徐猛没看过肥皂剧，所以阈值比较低，这就忍不住求剧透了。

"没有。我跟她摊牌，让她跟他走了……"她两手一摊，"反正她也不爱我爸，又那么烦我，何必活受罪……"

徐猛咂着嘴，半天不知道该说什么。

"好啦，干正事了！"李若颜像开了开关一样切换到工作模式，"继续查……"

"能不能查到姓名？"回到正事上，徐猛忍不住催促李若颜。从小到大，他从来没有别人帮助，也没有开口求过别人帮忙。因为在那个残酷的世界里，一切都得靠自己，一切事情都可以用暴力来解决。然而现在，他忽然发现原来有人帮助，尤其是在自己不懂的领域帮助，感觉是这么好。

"别急嘛，"李若颜不紧不慢地打着哈哈，"天才少女在此，自然能查出来。不过……"

说着，她把页面转到了"转账"，然后把手机号输入到"收款人"那一栏。

"他要是用这个手机号注册了支付宝呢，那就好办了，"她一边输入一边说，"这人居然用本地真实号码，我觉得他不是个很小心的人……所以……YES！"

她叫了一声，然后兴高采烈地朝着徐猛晃起手机。

他看到，收款人的名字自动显示了出来。

＊寿山。

"姓还是星号，要想查出来可就有点难度了……"

"不用了。"她的话被徐猛打断，"在道上找人，一个名字足够了。"

"大鹏烧烤"是九安东郊一个不起眼的小门脸，但是道上的人都知道，这里的老板段鹏飞是个人物。此人起家很早，老一辈混子他基本都认识。后来腿残了，没继续混下去，却找到了另一条谋生的路子。

徐猛一大早找到他，开门见山地说，帮我安排个局。

"你他妈谁啊？"段鹏飞瞪着眼睛问他。他清楚自己在江湖上的定位——高端的谈判当然他搞不定，但也不是谁都能请的。再说牵局这种事也不是找个地方叫双方来吃饭就完了。你安排，就等于以个人身份担保双方不会搞阴的。所以不难理解，他面对一个面生的年轻人敢招呼他感到多么的愤怒和荒谬。

"我的确不是什么人物，不过我要找的也不是什么大人物。"徐猛不慌不忙，给段鹏飞斟了杯茶，双手敬上，"只是不太方便亲自去，所以想麻烦段爷。"

"谁啊？"段鹏飞对于对方的礼数比较满意，呷了一口，不紧不慢地问。

"寿山。"

段鹏飞手中的茶杯停在空中。

徐猛眉头微皱。要是个新崛起的一线大哥那就麻烦了。

"怎么了？您不认识？"

"认识，九安哪有我不认识的人。"段鹏飞干笑了一声，"王寿山嘛，前两年来的东北人。"

徐猛暗地里松了一口气。从语气来看，此人大概不是个什么高端人物。

"你找他什么事？"

"他在找一个人，"徐猛一脸轻松，"我知道她在哪。"

"你怎么不自己告诉他？打个电话不就完了？"段鹏飞冷笑一声，"他找的，就是你吧？"

"我们之间有点小误会，"徐猛笑了笑，从兜里掏出一沓钱，放在桌上，"有些事不当面说开，他可能不会消气。不过寿山哥的脾气你是知道的……"

段鹏飞摩挲着自己的光头，没接茬，嘿嘿笑了几声。

"人啊，年纪大了，就容易被人当傻子——我不是信不过你……"段鹏飞把杯子往桌子上一放，"你一个单蹦，能闹出什么幺蛾子来——再说你不到没路走，也不会来求我。都是混的，都互相理解。"

徐猛不知道他要说什么，只能点头。

"但是我不信任王寿山。你这个朋友啊，什么都干：收账、报仇、绑人、砸场子、拆迁。这无所谓。问题是他手上没数。不到三年，弄残了七八个人，有没有人命我不知道，但是……嘿嘿……关键是啊，这里边据我所知，都是些没必要的事——逼债，你把人打成植物人，你让他怎么还？蒙着脸去砸场子，还朝目击者开枪，你说这不是傻逼是什么——总之吧，这人是个疯子。他不可能原谅你，我也不想跟他打交道。"

"我总得试试。"徐猛无比诚恳地看着段鹏飞，"段爷，我只求您帮我传个口信——你告诉他，我姓李，今晚七点，我想跟他在解放路醉仙楼二楼包间见个面，好好谈谈。要是谈崩了，我认命……"

"你觉得他一个身上背着人命的人，会凭我一句话到城里来？滚，再多嘴我先弄死你！"

徐猛慢吞吞走出烧烤店，脚步骤然加快，他一边擦汗一边往东走了五百米，钻了两条胡同。他停下来，反复回头确认没有人盯梢。然后，他拿出手机，拨通了李若颜的号码。

"查到了，叫王寿山。"

九安城西沿着洛洋路一直开，老工业区的最后一点残骸就会像苟延残喘的蜗牛，沿着两侧的车窗缓缓滑过。大约十五分钟左右，城市巨爪的指甲边缘便清晰可见。梁沟，以前一个偏僻得可以私设电视台随意播放村干部喜爱的香港三级片的自然村，如今已然被九安吞没、吸干，只剩下一个干枯的躯壳，任凭四面八方漂泊而来的觅食者在里边寄居。村子南边一座独自矗立在黄土路和空旷田野之间的农舍就是其中之一。

虽然现在是大白天，但是门窗紧闭，密不透风。屋子里昏暗的灯光里灌满了烟雾、汗臭和烟蒂在啤酒里强行熄灭而产生的莫可名状的味道。客厅里唯一一张完好的椅子上，坐着一个中年男子，一手端着茶杯，一口口呷着。

"山子哥，这事啊，您别急……"

一个留着寸头的小伙子小心翼翼地凑过来，小声说着。

他得到的回答是迎面一杯热茶。他被烫得捂着脸直跳，但是自始至终除了开头的那声"啊"，连呻吟都没有第二声。然而他的自律并没有得到嘉奖。被称为山子哥的王寿山当胸一脚把他踹倒在地，然后像踢一条狗一样踢他。等到他累了停下来，小平头已经口鼻流血，爬都爬不起来。

"谢军，知道为什么揍你吗？"王寿山喘着粗气问。

没有回答。谢军除了咳嗽、吐血，已经没有余力做别的反应。

"钱，没要来。人，妈的不见了……"王寿山缓缓开了口，声音听起来像是抽了一晚上烟，语气平平淡淡，但是屋子里十几条汉子都不敢抬头，"丢人现眼的玩意，你等于鼓励人骑在我头上拉屎……"

说着，他又朝着谢军脸上来了一脚。

"干咱们这行的，讲究的就是一个说话算数，"王寿山舔了舔嘴唇，"问了要钱要命，他选了钱，咱就得要命。要不然，开了第一个口子，就会有第二个，这么下去，我还能在九安混吗？"

"不能！"屋子里十几条汉子终于有了大声说话的机会，齐声喊了起来。喊完了才有人发现这话有点不该接茬。

"对，不能。"王寿山的目光扫视着手下，"都给我出去，不找到人，就别……"

就在这时，手机响了起来。王寿山眼神一扫，一个小弟赶紧接了电话。低声问了两句，他小心翼翼地捧着手机走了过来。

"山子哥，"开口时，几滴汗从他额头上流了下来，"指名找你的……"

"怎么样？"徐猛一进门就急切地问。

"天才少女，说行就行！"她得意地亮出手机。

"牡丹江？"徐猛费劲地读着，"这是什么？他的地址怎么会在东北？"

"不懂了吧？"李若颜得意扬扬地把手机收回去，"我当初说有全名就能查出来，当然不是吹牛。你想，他一个放高利贷的，为什么会用自己的手机号注册支付宝呢？"

"为什么？"说实话徐猛并不太清楚支付宝是干什么的。

"给自己买东西呗，得用真的手机号快递才能联系你。既然网购，那么只要你找到他的淘宝购物记录，再联系卖家，就一定能查到他的收货地址。"

"淘宝？"

"不过呢，淘宝是不会显示哪个用户买过什么东西的。但是——"若颜卖关子拉着长腔，"本人天才就在这里了：我干吗要去淘宝查？查快递公司不是一样吗？"

"哦——"这就到了徐猛擅长的领域，利用快递把人骗出来是他常用的办法，"你打了多少家快递公司的电话？"

"也不一定要打电话。两家最大的，网上就可以凭手机号查。另外几家也不麻烦，打到人工客服，我就说我在外地，单号也忘了，我前几天发的快递到哪了，能不能帮我查查……"

"他们这就给你了？"

"也不是那么痛快。但是我报上王寿山的名字，还有他的手机号，客服也就不怀疑了，都给查。就这样我每家都查了一遍。结果，当当当当！重点来了：这个王寿山还真是网购有瘾！他每个月都买一大批东西，寄到牡丹江一个固定的收件人……"

"这人是谁？住哪？"

"这就得靠点运气了。查单号查不到收件人的手机号和地址，但是你可以查到派件员的电话。于是我就打几个问问。假装快递丢了要投诉，三下两下，就套出来了。一个女的，叫毕胜花。地址和手机号也有……"李若颜吐出舌头，假装累得上气不接下气，"然后不用我教了吧？冒充快递员打个电话给王寿山，说毕胜花给他寄东西了，但是只填了手机号……"

"他要是打电话问毕胜花怎么办？"

"这你就别担心了，我有办法让她手机死机……"

徐猛一脸怀疑地看着李若颜。他此刻深刻理解了为什么没有人信自己说的话。

"不信啊？"若颜不屑地看着他，"切，天才少女不会让你失望……"

"得，得，我信，"徐猛诚恳地摇摇头，"你脑袋比我的拳头厉害多了……"

"有了地址就好，毕竟他们在明，我们在暗……"徐猛有点激动，站起来走来走去。不过没兴奋多久，他的脸慢慢沉了下来。

"你怎么了？"

"他们人太多……我得弄点家伙……"

"你是指……枪？"

徐猛点了点头，又摇了摇头。

"可惜那把你让我扔河里了……去买的话，动静太大，俩小时就会传到他耳朵里……但是用刀……不可能……"

的确不可能。以前用刀用枪对他来说没有优劣之分，一切视环境而定。一把匕首，他可以选择在必经之路上埋伏，突然袭击，照样能一击必中，全身而退。但是目前这个体型和体重，百米速度估计在二十秒开外，等自己冲过去，时间足够对方点根烟的……

他像着了魔一样自言自语，背着双手来回踱步，最后还是一筹莫展。

"你也别急啊，"李若颜有点害怕他的样子，"惹不起躲得起啊……"

"不可能！"徐猛严肃地打断了她，"欠了这种债，要想了结只有两个办法。一个是老老实实还钱……另一个，就是一个也不能留！"

他发狠朝着灶台下的柜子就是一脚。一扇门掉了下来。徐猛低头看了一眼，顿时愣住，然后慢慢蹲下，审视着这个新的世界。里边的墙是被掏空的，跟柜子一起组成一个很大的储物空间。几层隔板上堆放着各种玻璃罐，上面标注着"硝酸""硫酸""柴油"……

徐猛又打开另一扇门。里面满满的全是化肥袋。还有些上面没有字的编织袋，里边装的全是木屑。袋子后边，还有几个盒子，打开一看，里边装满了各种电池、电线、灯泡、铁管，还有仪表之类的电子元件。最下层还有几个油纸包裹的纸卷。徐猛拿起一个，用小刀挑开，放在鼻子底下闻。

他回过头，发现李若颜也目瞪口呆。

"炸药……"两人异口同声地说。

然后两人都愣了。

"你是怎么知道的？"徐猛问。

"你忘了？我拿过化学竞赛奖……"李若颜脸色苍白，口干舌燥，说话不自觉地很小声，"你呢？"

"我……"徐猛的表情像是梦游，"我不知道……"

"我终于弄清楚了！"

几分钟后，徐猛激动得不能自已。

"上次开车去救你，我就觉得有点不对：我开车快是快，但技术一向是很差劲的啊，找路更是差劲。但救你的时候，选路、换挡、加速减速，溜得不行！还有这回。我从来没碰过炸药，但是刚才见了，一闻脑子就冒出这两个字！你知道为什么？"

李若颜疑惑地摇了摇头。

"上个被我上身的人，是抢银行开车的！这个胖子，肯定是造炸弹的！被我上身的人会什么，我就会什么！"

李若颜震惊得说不出话。当然，同样的表情也经常出现在第一次看见神经病的人的脸上。

"这下好办了！"徐猛兴奋得走来走去，"打电话把王寿山约出来，就说要还钱……他肯定不会亲自来，而是派手下来，我就背着炸弹，提前去，然后睡觉，变身。等到王寿山的人一到，就遥控引爆。至于王寿山本人，就更简单了——直接假装快递员上门送个炸弹就行了……"

徐猛说完，狂笑起来。

"不行！绝对不行！"李若颜的话把徐猛从美梦中惊醒。

"为什么不行？"他诧异地看着她。

"会死人的……"她瞪大了眼睛，"你不是答应我不杀人吗？"

"他们要杀你啊！要摆脱收债的，就得一个也不能留！"徐猛兴奋得坐不住，在房间里走来走去，"再说我死不了啊，我变身了，炸死的到时候是那些放贷的，还有这个胖子……"

李若颜被他的表情吓得一时说不出话。

"这个胖子又做了什么坏事？你杀他，难道就符合你们江湖道义吗？"

"他造炸弹，又是什么好人吗？"

"先不说我还在怀疑你是不是精神病，"李若颜不停摇头，"你又不是警察，怎么能判他死刑？"

"这你就外行了吧，警察不管判刑，检察院和法院才管着这些……"

"你别转移话题，"若颜依然坚定地摇头，"不行，杀人我不干。"

"这么多人，一起出现，不用炸弹你让我用什么把他们瞬间制服？"徐猛气呼呼地喊道。

然而话一出口，脑子里却不受控制地闪现出答案。

"有主意了！"

王寿山今天收到两个奇怪的电话。第一个自称是快递公司，说有个快件要送给他。

"什么快递？我什么都没买……"他正要挂电话，快递员却报出了寄件人的名字、住址、手机号。

"你说说寄件人是个什么模样？"王寿山一边说一边做了个手势。身旁的手下递给他一部手机。他按下了那串熟悉的号码。

"大哥你别开玩笑了，"快递员在电话里很快地说，"东北接的快递，又不是我接的……不过那边做了个备注……'收件人地址不完整，需打收件人手机询问'。看来是只写了九安……乱××接单，我们也很为难……"

王寿山不停地嗯嗯啊啊，拖延时间。然而那部手机里传来的却是"您拨打的电话已关机……"

"您要是不要，我们就把这个快件处理掉了……"电话里传来了快递员不耐烦的声音。

"好好，我要。你给我送到梁沟村，地址是这个这个……"

挂了电话，王寿山凝神不动，琢磨了一会儿。给我寄东西？头一遭啊。怎么事先也没说一声呢……

又拨打了一次那个号码，依然是不在。

看看表，正是午睡时间。

是我多心了？

他决定等两个小时再打过去问问。然而过了半个多小时，手机铃声再度响起，一个消息让他瞬间气炸了，再也顾不上别的。

"我是李若颜，李长生的女儿，我爸欠的债，咱们谈一下。解放路醉仙楼二楼包间，晚上七点。你要是有种，就过来……"

王寿山家门外不远处的土山上，一辆车悄悄停在树林里。徐猛站在车外，手持一架小商品市场买来的便宜望远镜，观察着下面的情形。

"毕胜花的手机，你确定接听不了？"他有点担心地问。

"放心吧。"

"你怎么能做到？"徐猛还是不放心。

"我从一个快递员那里套出点话，知道上个月有个快递单是苹果手机，"李若颜煞有介事地咳嗽了两声，拿出上课的腔调，"买了难道她不用？苹果呢有个BUG——发几个特殊表情的短信，一点开就会死机。你打电话的时候我连着发了十几次，这会儿估计她已经把手机送修了……"

"你试过吗？"这些东西对徐猛来说过于科幻了。

"那当然了……"李若颜慢悠悠地叹了口气，"以前，一个同学，逼我考试给她递纸条，我没敢。她就三天两头在大家面前拿话挤对我，今天问我衣服怎么还是上个月那件，明天问我最新的苹果手机怎么没买，我赔着笑不说话，她还不肯罢休。她打听到了我家的事，天天在班级群里当众说我家道中落，没人要，落水的凤凰不如鸡……"

"你们班这帮孩子怎么这么操蛋呢……"徐猛听了忍不住插嘴。

"你生什么气，我当然是在等机会啦，"李若颜轻描淡写地继续说，"班里学习好的同学我都熟，我打听到她又跟人约好哦，期末考试偷偷带着手机进考场，用振动次数传选择题答案。接下来就简单咯。我中途借口上厕所出来，换个号码用这一招让她手机死机，然后回考场，坐在后边看着她汗水把后背湿透……"

"怎么？没看出我这么坏是吧？"李若颜讲完，笑嘻嘻地抬起脸问。

"你这孩子啊……"徐猛摇着头，"还真不能惹……"

李若颜把这话当成纯粹的恭维，嫣然一笑。

"那——接下来干什么？"

"等着。看他们上不上当……"

"要是不上当呢……"

"那就只能硬碰硬……"

"怎么个碰法？"

徐猛没说话。李若颜也没有。两人都知道，那不是个好听的答案。

两人就这么等着，过了好一会儿，下面依然没有动静。

"这正常吗？"李若颜有点沉不住气，"要不要再做点什么……"

"这种事，"徐猛又掏出硬币开始扔，"很多时候，除了等着，能做的不多……"

"不多？那就是还有什么咯？"

"确实有。"徐猛歪着头想了想，点了点头。

他用鞋跟在地上刨了几下，把浮土堆成个小土堆，然后掏出三根香烟并排插上去，做成个香炉的样子。

"现在不能点，会有烟，所以……"他撮起一小把土，慢慢撒下去，嘴里念念有词。

"你不是认真的吧？"李若颜无奈地看着这一幕。

"嘘！"徐猛严肃地制止了她。他单膝跪地，一直把神秘的咒语念完才站起来。

"你怎么对这些事这么不尊重呢？"徐猛拍着裤子上的土，有点生气，"刚才算着不太吉利，不拜一拜怎么行？"

"我想尊重，"李若颜语带戏谑，"但是麻烦你跟我讲解下原理成吗？你在求谁保佑？玉皇大帝还是关公？"

"你当我迷信老太太呢，"徐猛的表情告诉她，即使封建迷信内部也是有歧视链的，"哪有神仙……"

"那你拜的什么？"

"鬼，"徐猛压低了声音，"四面八方的鬼。"

"你别吓唬我……"

"不是吓唬，鬼真的有，到处都有，比如说——树林子，一般就有上吊自杀的吊死鬼，迷路饿死的饿死鬼，再加上有多少年来被平掉的坟头……"

一阵寒风吹过空无一人的树林，枝叶嘶哑低语，李若颜不能自已地起了一身鸡皮疙瘩。

"别说了！"她毕竟是个小姑娘。

"你怕什么？鬼又不认识你，不会害你。但是我就不同了。"他深呼吸了一下，"干我们这一行的，谁身边没纠缠着几个鬼呢……哪怕没直接杀过人，吃了你亏的人，怨气多了，也会化成鬼。所以啊，必须拜一拜，免得待会脚底下没来由绊着块石头什么的……"

"这是杨叔教的吧？"李若颜的表情依然是不信和不屑。

"这是真的。我们以前有个人，赵子，杨叔讲的他不信，干活前不拜鬼，结果第一次出去就栽了……"

李若颜发现徐猛肚子里这种反面教材存得尤其多，总是可以连续讲好几个人的悲惨下场不重样。

"你有没有想过，这可能都是巧合？"听完后，她带着怜悯的表情指出。

"一次是巧合，那么多次还是吗？"徐猛说得嘴边都起了白沫，"相比，认真拜过，有时候办不成的事，也能办成。换句话说，鬼高兴了，能帮你创造奇迹。就说我那回吧……"

他又讲起了自己的惊险经历，讲到最后，还真有点兴奋，证据就是他有了一种传授成功学的幻觉。

"所以来来来，你也拜一拜，相信奇迹嘛，说不定你的腿也能……"

他意识到自己失言的同时，李若颜的脸已经黑了下去。

"这么说，拜鬼，他们就会帮你？干你们这行的都这样，对吧？"出乎徐猛的意料，她没有生气。他赶紧点头。

"照你这么说，现在王寿山也每天求鬼帮他，你怎么知道鬼这回不帮他呢？"

徐猛一愣，他没想过这个问题。

"可能……这得看……对了，"他的信仰体系瞬间自洽，"看谁德行好！对，德行！谁平时守江湖规矩，不干缺德事，鬼就帮谁……"

"什么江湖规矩？"

"多了，比如说，不欺师灭祖，不出卖兄弟，不伤害对头家里人……"徐猛念念有词。

"这些事儿，你干过吗？"

徐猛发现自己跟李若颜待的时间越长，负罪感就会越折磨人。

虽然自己是一个恪守原则底线的人，但终归难以见到阳光。

徐猛没有回答，两人沉默了好久。

"我真是个小孩，"她忽然用自嘲的笑声打破了沉默，"我虽然 18 了，但在医院躺了那么久，心理上还是个高中生。我把命交给你，却根本不知道你是个什么样的人，从哪里来，做过什么……如果你说的故事是真的，我甚至连你叫什么、长什么样子都不知道……"

"我叫徐猛……"不知哪来的勇气，让他冒着巨大的风险报出了名字。

"徐猛……"她轻声重复着。

心脏在剧烈跳动着。他也不知道她之前说不知道肇事者的姓名是不是真的。但是他却觉得，这是必须做的，否则自己简直没法抬头做人。

"你好啊，徐猛……"她微笑着伸出手。徐猛第一次觉得，自己的名字念出来是那么好听。

"那你……"说了两个字，她自己都忍不住笑出声来，好像是在对自己的幼稚和轻信无可奈何，"那你，本来长什么样子？"

两人的手相握，一股暖流从她的手上传过来，让徐猛有一种冲动，要不顾一切让她认识自己的脸。

"我上过报纸，等有时间我去给你找来……"左思右想，徐猛终于想起这么一件事。他上次坐牢的时候由于不大说话，也没人敢惹，被评为模范服刑人员。这使他得以被选为人肉背景，出现在某慈善企业家探访服刑人员的活动中。

"后来管教——老马还是老李——还给我看过那个网页，记者把我拍进去了，还挺清楚的……"

李若颜二话不说，拿出手机开始搜索。没过多久，她找出了结果。

"哪个是你？"

"这……这……"徐猛的手指颤抖着，哽咽起来。他没有想到，再一次看到自己的脸，感情居然会这么复杂。他的手指轻抚着屏幕上的那张熟悉得不能再熟悉，而今想再摸一次却比登天还难的脸。

我到底在哪里……我到底是怎么了……

"喂……"李若颜忽然开始推他，"你快看！"

徐猛醒过神来，沿着李若颜手指的方向看去。

山下的院子里有人影！

他急忙拿起望远镜。他看到两个人从屋子里出来，把其他人都招呼进屋，似乎是要开会。过了好一阵，房门打开，十几个人鱼贯而出。

"有把猎枪……其他全是砍刀……还有匕首……"徐猛低声自言自语。

然后，他看到了自己最想看的事情——这些人挤上了面包车，开出了院子。

"太好了！"徐猛一拍大腿。

王寿山让手下提前去埋伏，这是正确的应对之策。但是他没有算到，晚上六点，下班的车流会堵塞住每一条街，干道旁边的解放路更是拥堵重灾区。到时候就算发现不对，他们起码需要两个小时才能回到这里。

一切顺利。

徐猛心悦诚服地伸出了手，李若颜微微一笑，也伸出右手。两人响亮地击掌。

"开始吧！"

徐猛开始从车里往外搬东西。首先是刚才路上在小五金店买的破烂：一根钢管、一把锤子、一些钉子、破木头箱子等等。然后他搬出一张折叠桌，把一些瓶瓶罐罐小心摆放上去。早先他们商定了一个不伤人命的计划，但是李若颜检查过炸药之后指出，必须重新配置，否则这些东西可以把坦克炸上天。徐猛让她重配，她又指出自己的经验有限，配炸药没问题，但是产品会有点风险。徐猛问什么风险，她说别的好说，就是很有可能经不起颠簸，自己引爆。最后徐猛只好让她到现场再配。

"我帮你吧？"忙了几分钟之后，徐猛发现李若颜手臂能触及的范围窄，经常要放下配料调整轮椅位置。进度远远不如预期。

"不用，"她白了他一眼，擦了擦额头的汗，"你更不行……"

"小瞧人啊……"徐猛不服输地拿起硝酸和硫酸，"倒多少？"

标签向手心，口口相挨，容器倾斜。一放、二向、三挨、四流，三接触两低于。李若颜只讲了一遍要领，徐猛完成得干净利落，无可挑剔。

"你进过实验室？"李若颜的一双大眼睛又瞪起来了。

"没进过，"徐猛惊喜地笑着，指着胸口，"但我估计这哥们进过……"

两人紧张地忙碌着。徐猛一开始还询问李若颜一些操作要领，但后来除了剂量，什么都不问了，因为他发现东西一上手，自己就操作得驾轻就熟。他像个魔术师一样在忙碌着，把不同的物质混在一起，创造出本不存在于自然之中的奇迹。他沉浸在惊喜中，逼迫着自己的极限，他想看看这个躯体到底有多大的能耐。

他这辈子第一次感到，原来求知和学习竟然能带来如此之大的快感。

"完工！"徐猛高举双手，叫了起来，"怎么样？比你快吧？"

他夸张地奸笑着，朝李若颜伸出右手。然而回应他的是静默的空气。

李若颜充耳不闻，还在拿着试管忙活。然而她的手却不停地抖着。看得出来，她在努力控制，然而累得满头大汗，化肥还是撒得到处都是。

终于，她把试管放下，一动不动，像蜡像一样。

徐猛赶紧接手，忙了起来。

"你打算怎么办啊？"过了一会儿，他听到她在问，"我跟你过去吧。"

"你？"徐猛忙得头也不抬，"那不行，太危险。"

长久的沉默。

"为什么？咱们不是一伙的吗？"

"哦，我要到他们眼皮底下去，你怎么跟着……"徐猛笨嘴拙舌地解释。

李若颜干笑了一声。

"我长这么大，除了学校，就是住院，这么刺激的事，一辈子都没经历过……你让我错过，怎么忍心呢……"

徐猛开始觉得气氛有点不对了，他满脸为难。

"这不是好玩不好玩的问题……这个真的要人命的，一点差错都不能出……"

李若颜不再说话了。

徐猛松了口气，低头继续忙碌。干了一会儿，他忽然无师自通地悟到了什么，猛地抬起头来。

她果然在悄悄擦眼泪。

"你这是……"他手足无措地上去，伸出手却不知道自己该拍她的肩膀还是递上纸巾，"你这是怎么了？"

"我算是废了……"她这回好像是真的伤心，好半天声音还是哽咽着，"平时大动作觉不出来，一到小动作……我连个试管都拿不稳了……我理解你……换成是我，也不敢带上这么个累赘……"

徐猛不知如何是好。他面对几十个拿着刀的人能立刻想出好几套应对方案。但是面对一个女孩的眼泪和自己的愧疚，脑子里却一片空白。

"我不是说不带你，"徐猛灵机一动，"我只是说啊，你要在后边保护我……"

"什么？"她抬起头来，"我？保护你？"

"真的。"徐猛微微一笑，"我跟你说，一般来讲，这种活是经验最丰富的人才能干的，但考虑到你是天才少女，我觉得交给你也肯定没问题……"

"到底是什么活啊？怎么保护？"李若颜看起来似乎已经把刚才哭的事给忘了。

"我待会回来，到时候你就知道了。"徐猛拿着钥匙上了车，发动了车子，又把头从车窗伸出来，"你说过你爸不是不让你放烟花吗？这回咱们放个够……"

王寿山躺在床上，盯着天花板发呆。农村的夜总是来得那么早，来临之后一切都变得那么静。客厅里，老刘和谢军在压低声音打牌，都被他听得一清二楚。今天打谢军有点小题大做。这事不完全怨他，再说就算是要杀鸡儆猴，几个耳光也就行了。想想当年谢军替自己挡过两刀那事，他的心有点过意不去。但是事已至此，也就这么着了。认错是不可能的，哪怕是背后。这跟对付欠债者是一个道理。不能开这个头。否则迟早所有人都会怀疑你的判断力。

王寿山起身坐起来，点上一支烟，从枕头底下掏出手枪，卸成零件，从被面上撕了一块棉布慢慢擦拭。这些天来，他总是很烦躁，只有这种方式能让他沉下心来。他也不知道为什么。大概是这种简单重复的动作，能够让他回想起 7 岁时在家帮着折纸盒子卖钱的情形。那时候父亲还在，家也还在，自己只需要吃饭睡觉玩耍学习，像个真正的孩子。那是这辈子最后一段无忧无虑的时光……

想起这些，他的心里又翻腾起来，像一锅辣得过头的火锅。

"做好心理准备吧，老太太不认人也就是今年的事……"

嘴角忽然不受控制地往下一撇，他捂着嘴哭出声来。五年了，这个倒霉事一直让他夜不能寐。不管花多少钱，换多少专家，拜多少庙，捐多少功德，一切都没有好转。

他只能眼睁睁地看着，自己在这世上唯一的牵挂永远地失去……

笃笃。

敲门声突如其来，让他差点跳起来。这么多年了，他什么都见过，什么苦都吃过，但是怕敲门声，这一点也许永远克服不了。

"妈的谁啊？"他吼了一嗓子。门外响起了老刘和谢军诚惶诚恐的脚步声。门开了，含混的对话声传来，他同时想起还有个快递的事。

于是他自己打开了门。

客厅里果然站着个快递员打扮的高大胖子。

"你是给我打电话的那个？"

快递员点了点头，同时拿出一个盒子。

"请签收一下。"

老刘接过盒子，端详了一下快递单，拿着盒子晃了晃，然后朝王寿山点了点头。

他把盒子放在旁边的桌上。

"麻烦签收一下吧，"快递员再次把电子终端送到眼前，"还有不少快递要送呢……"

老刘接过终端，草草签了字，快递员点了点头，转身朝门口走去。

"等等。"王寿山突然叫住了他。

快递员愣了一下，然后慢慢转过身。

"你给我打完电话，怎么这么久才到？"

老刘和谢军也不知道王寿山为什么要问这个。但是多年的默契使他们立刻行动起来，一个站在快递员身后，一个挡住了门。

"今天件比较多，耽误了，不好意思……"快递员不卑不亢地回答。

"哦，理解理解……"王寿山点了点头。屋子里的气氛顿时松弛下来。

然而快递员再次想转身离开的时候，肩膀却被按住。

"你跑哪个片的？怎么没见过你？"

老刘和谢军互相看了一眼。

"我是新来的，那个同事听说不干了，我就替他跑片……"

"那你说说，这个片都包括哪几条街？"

快递员愣了一下。

"先生，这个公司不让对外人说，我还有很多要送……"

王寿山的手还是没有松开。老刘和谢军慢慢把手伸到衣服里。

"不让说，好，我问点可以说的：我的快递是谁接的？"

"先生，"快递员似乎有点不理解，"发件人在东北呢，当地的快递员我们也不知道……"

"不，这事很简单啊。只要用你的巴枪，"他伸手抓住快递员的手持终端，"输入单号，就能看到是谁接的单……"

"这是商业机密……"快递员想把终端拿回来，拽了一下却没有拽动。王寿山笑了，脸慢慢凑上来，几乎要贴到他的脸上。

"但是我觉得吧，你的道具恐怕是不成，因为它是假的……"

快递员听到身后的脚步声。三个人都围了上来。王寿山一伸手，老刘把快递盒子拿了过来。

"给我打开。"

快递员没有动。

"我让你打开！"老刘手里的猎枪顶住了他的下颌。

快递员面无表情，连汗都没流一滴。他的双唇像石雕一样紧闭着。他把所有的咆哮都憋在心里，让它在胸腔里回荡："李若颜，你倒是快点啊！"

几十分钟前。在离王寿山院子只有不到一百米的土坡后边，徐猛麻利地把一身快递员制服往身上套。这身衣服和手持终端都是李若颜在网上找到的。本地卖家，上门取货。他的身后停着一辆刚刚从某修车铺买来的旧摩托，价格很便宜，估计是赃车。他跟摊主商量了一下，从他后院收集了十几个纸箱，绑在摩托车上，弄完了目测是个月薪上万的快递员。除此之外，他还把那些五金破烂装了进去。他再一次爬上山头观察了一下院子里的情况，然后悄悄下来，把李若颜从车里推出来。在夜幕的掩护下，摸到离王寿山院子只有二十米的一个垃圾堆的矮墙后边。

"我待会进去，开着手机，你听到形势不对，或者我说'商业机密'，你就动手。我的命全指着你了。"

"嗯。"李若颜点了点头。

"对准了，就这个角度……"徐猛给她比画着。

"嗯。"

"千万垫上这个木板啊，这玩意天知道保不保险……"

"嗯。"

"害怕啦？"徐猛忽然发现她的话有点少。

"不怕。"话是这么说，她的声音却颤得连自己都难为情。

"你是怎么做到这么镇定的？"她苦笑着问徐猛。

"要打赢比你厉害的人，你必须在战斗开始之前就要当自己已经死了……"

她看着他，说不出话来。

"你看着我，"徐猛俯身蹲在她面前，"这种事我干过几十次，绝对不会出岔子。相信我。"

李若颜使劲点了点头。

"完事之后，安全的暗号别忘了啊，"徐猛刚走两步，她忽然想起了什么，"黑灯瞎火的，别把我落在这。"

"行行，放心吧……你那个暗号咱能不能换换？太那啥了……"

"不换不换……"她扑哧一笑，"我喜欢！"

徐猛也无奈地摇着头。

"还有，你答应我的……还记得吗？"李若颜又有点欲言又止。

"记着呢，"徐猛头也不回，"放心吧，不杀人有不杀人的办法。"

李若颜此刻心急如焚。她发现自己的身体素质也许比预想的要差很多。平时没感觉，但是一旦牵扯细微动作，手有时候就会抖得厉害。比如拿试管，比如划火柴。她的双手在秋夜的冷风里像打摆子一样颤抖，根本无法控制。听到那句"商业机密"之后，她立刻开始点火，然而手中的打火机却像当初自己不知天高地厚的希望，一次次无情地熄灭。

她觉得自己好像又回到了刚刚醒来时的病床。

"你瘫痪了，没有康复的希望。"

那个声音似乎又响了起来，它是这么真，这么响，简直就像是有人在耳边喊，就算捂着耳朵，还是能听得无比真切，震得五脏六腑生疼。

"别说腿，你连手的肌肉都退化了，你这辈子别想跟正常人一样……"

她还在绝望地打着打火机，可是心里却总有个声音在唠叨着，不让她宁静。

不管你怎么努力，你总归是个瘫子。

你干这些，有什么意义？

你整天笑什么？你这辈子都不能走路了啊！

紧接着，一串不甘和惨呼从更深的洞底传了上来。

怎么会这样？

怎么会是我？

我这样活着还不如死了！

哭泣突然像是呕吐一样不可抑制地涌了上来。身体所有能动的部位都在颤抖着，眼泪流得满脸都是，张大着嘴，却发不出一点声音，好像是在演一部悲惨的默片。那口气就这么憋在胸口，上不去下不来，就像自己此刻的命运。

在那一瞬间，她真希望自己就这么憋死算了。

就在这时，就像神话里的情节，忽然有人在冥冥之中呼唤她的名字。

"若颜……"

微弱的声音像黑暗里的一束光打在脸上，是那么明亮，那么温暖，让她忽然就放松下来，睁开了眼睛。

她猛地抬起头来，回到了现实。

一切都没有变。她还在这漆黑的旷野里。

然后她发现这声音到底是什么。

那是他在手机里呼唤自己。

"若颜，快跑……"

一瞬间，她想起了他。他神秘地出现在自己面前、陪自己喝酒、为自己打架、陪自己去游乐场，为了自己的命深入虎穴……

尽管还是不可思议，尽管她还是在怀疑是一个人还是一伙人，但是一股暖流无法抑制地从心里泵了出来。她忽然觉得，有些事比自己的可悲的命运更重要。

她的手不再抖了。

打火机的火焰稳定燃烧着，点燃了引线。

宁静的夜突然被尖厉的嘶吼撕得粉碎。李若颜被这枚巨型烟花的后坐力撞得胸口生疼，轮椅往后滑了半米。她这才明白徐猛为什么嘱咐自己要垫块木板。一百多颗火药弹化作白色光球，流星雨一般劈头盖脸砸在窗户上。

窗户玻璃被击碎的响声中，屋子里霎时间变成了群魔乱舞的舞池。

"警察？"身后传来谢军绝望的呼喊。老刘条件反射地一缩头，手里枪歪了，紧接着枪口就被抓住，拳头狠狠砸在鼻梁上。

"操！"他觉得脸上像是被大锤砸中，瞬间酸麻难忍。多年的经验使他紧紧抓住枪，倒地也没有放手。他听到了铁器落地声、家具倒地声、锅碗暖瓶破碎声，还有谢军的咒骂声。睁开眼，果然谢军也被打倒在地，而快递员不见了！

他忍痛爬起来，蹲着朝门口追去。

"别出去！"王寿山的吼声盖过了所有噪音，"外边有埋伏！"

老刘和谢军一愣。

就在这时，掉在地上的快递盒子变成了一团火球。

砰!

徐猛蹲在门口，满意地长出一口气。之前他最怕的就是这个土法炮制的劣质玩意炸在自己手里。好在它的安全性还是值得赞赏的。

李若颜，干得好!

屋子里传来了剧烈的咳嗽声，这说明炸药包外边包裹的两斤辣椒粉起作用了。他把身子蹲到最低，双手紧紧攥着钢管。等待着随时可能冲出来的敌人。

咣的一声，屋门被踹开。

开始了!

一切好像忽然变成了慢镜头。

烟花弹一颗颗袭来，燃烧、熄灭。一明一暗间，世界好像是一部慢放的黑白电影。一切都是那么安静，只有心跳声清晰可闻，简直像是回到了第一次砍人的那天。画面一帧帧滑过，枪管从门框里伸出来。跟着的是托枪的手，然后是一只脚。

就是现在!

蹬地，扭腰。徐猛像一支蓄力已久的弹簧突然松开，整个人啪地弹了起来，手中的钢管从对方的视野盲区自下而上飞速横扫过去。砰的一声，他感觉到了骨骼隔着皮肤断裂的震感。然后就是一声惨叫，猎枪飞到空中，对方仰面朝后倒了下去。

还有一个!

跟在后边的手持砍刀的谢军已经冲到门口。他看到了徐猛，看到他手中的钢管还扬在空中。旧力已去，新力未生，就是任人宰割的黄金机会! 他十分肯定，自己马上就能把这人一刀砍翻!

一阵毫无预警的剧痛从脚下传来。他的脚踩穿了徐猛放在门口的木箱底。特意钉上去的长钉当场刺穿了他的皮鞋底和脚掌。他摔倒了，刀子脱手。他的余光看到那个神秘的袭击者伸手从空中接住了猎枪。然后就是枪柄朝着自己飞速逼近!

打晕了还能反抗的对手，徐猛一秒都没耽搁，直接把枪口指向屋门。枪口前二十厘米，就是拿着匕首正要刺过来的王寿山。

"刀扔了！"徐猛目不斜视，一歪头吐出一口带血的唾沫。

"我要是不扔呢？"王寿山的声音颤抖了一秒，然后马上就充满了凶狠和蔑视。

砰的一声巨响，千百颗钢珠带着热浪从他的左脸边擦过，呼啸着击中了木门。木屑四散纷飞中，空气中充满了刺鼻的火药味。王寿山回头看了一眼，再转回来的时候，身体虽然还在因为愤怒和不甘而颤抖，但是眼神冷静了一点。他平伸出手臂，慢慢松开了手，刀子掉在了地上。

徐猛倒退到门边，用脚踢了踢地上两个人，确认他们依然不省人事之后，费劲地把他们踹到一旁。然后，他清清嗓子，顿了好一顿，终于鼓起勇气朝门外喊起那句不伦不类的暗号："鹿晗吴亦凡！都爱李若颜！"

几分钟之后，房间里窗户大开，呛人的辣椒粉味和火药味还没有完全散去，但至少能待住人了。王寿山坐在墙边的椅子上。他的对面，是端着枪的徐猛。昏暗的灯光下，他终于看清了对手的长相，还有他身边那个坐在轮椅上的女孩。李若颜此时还沉浸在第一次参与黑道活动的兴奋中，两颊通红，进屋之后就叽叽喳喳把刚才放烟花的种种细节讲个不停，看到王寿山都忘了害怕，激动地朝他挥了挥手，像个见到偶像的小粉丝。

"操……"王寿山大概明白了这是怎么回事，啐了一口。

"认出来了？"徐猛的手指一直没离开扳机。

"她爸欠我那么多钱，我当然搞到过相片。"王寿山镇定自若。

"那咱直接说正题吧：咱们这事怎么了结？"

"你也是混的吧？"王寿山笑了笑，"你觉得这事能就这么了了吗？"

"我觉得能。"徐猛晃了晃枪。

王寿山盯了他一会儿，笑了起来。

"我干这一行十几年了。说好干，有好干的时候，说难干，有难干的时候。我看你也是道上的人，应该清楚。我受了十几年的罪，才能手里有点闲钱放债，我这才是血汗钱。借给她爸，结果他还不起。大家都是讲道理的人，你说，我讨债是不是天经地义？"

"我爸把我车祸拿到的赔偿金全给你了，你还要怎么样？"李若颜忍不住了，痛斥对方。

"高利贷高利贷，你们家借的时候不明白这是什么意思吗？现在你居然又敢找人来砸我场子，你说，换成你是我，这些事要是都能算了，我他妈还混什么混？我以后怎么混？"

王寿山又火了。

徐猛眉头紧皱。他之前就想过怎么跟对方讲理，但是始终没有头绪。因为从江湖的道理来看，占理的无疑是对方。

"那钱扣除本金，一套房子都够了，"他最后只能试试，"你放债也不是每一笔都能完全收回来吧？何必把她一家往绝路上逼呢？"

"我乐意。"王寿山挑衅地瞪着他，"我觉得有意思，就干。我觉得没意思，给我磕头也不行。我就这脾气。"

"她还是个孩子 ……"徐猛耐着性子，尽量保持客气，"她爸欠债，你不能来难为她……"

"孩子？"王寿山反而更生气了，瞪起了眼睛，"孩子都敢找人来黑我，那这事就更不能轻易完了！"

屋子里一片寂静。大家都知道，没法谈了。两个男人连眼睛都不舍得眨，目光尖锐如矛，针锋相对地朝对方直刺。

"我……"李若颜忽然举起手，"我说个主意啊——咱们直接把他给警察不就完了？他不就没法再找咱们了……"

王寿山失声笑了出来。

李若颜这幼稚的话让徐猛有点尴尬。

他敢用自己的手机接活，甚至开了支付宝收钱，这都说明他没有什么案底，就算有，也早通过认个小罪坐牢之类的方式让自己从公检法的雷达上消失了。这样的人送到派出所，恐怕连治安拘留都审不出来。

"行啊，送送试试。看看警察掌握我多少罪证。"王寿山笑得前仰后合，"最好呢，够判我死刑的……"

然后，他的表情忽然变得狰狞凶狠："只要我不死，我出来就干死你们俩。"

"吹牛。"李若颜来劲了，"把他手机搜出来。我不信找不出证据……"

徐猛摇了摇头，不过还是从王寿山衣兜里掏出来，递给了她。

"全删了……这家伙真狡猾……我在电视上看，警察好像用一种程序可以恢复的……"

她不停翻着手机，自言自语。

"你有损失没错，可是我已经还上了。"徐猛决定再跟王寿山谈最后一个回合，"解决问题最简单的办法就是刚才直接给你一枪。我没这么干，就是还了你一条命。不用找了。"

王寿山哈哈大笑起来。

"都是道上混的，讲点道理好吧——咱们的命，一文不值。所以你还个屁。"王寿山回瞪着徐猛。

"那你说，到底怎么办？"徐猛的耐心已经到了极限。

"一只手。"王寿山面无表情得好像在超市生冷区买东西，"另外，把枪给我放下。你有种就一枪崩了我，没胆子就别逼逼。"

徐猛觉得有什么东西一下子上头了。这种情绪像是冰，在沿着脊柱往上蔓延，令人想打冷战，但是也让人亢奋，激动，心潮澎湃。他手中的枪不知不觉抬起来一点，枪口正对着王寿山的脑袋。紧绷到极点的扳机在食指肚上勒出一道宽而深的印痕。

"你出去一下……"徐猛轻声对李若颜说。

他知道，今天没有别的办法能解决。

然而她却没有配合。

"我有个主意……"

"出去！"徐猛终于失去了耐心，朝她吼了起来。

她被吓了一跳，抬头看了他一眼，忽然明白了什么。

"你答应过我……"她怯怯地说。

"没别的办法，"徐猛不停摇头，"他自己找死。"

"你听我说……"她还在努力，但是徐猛不给她机会了。他一手端着枪指着王寿山，一手把轮椅往外推。

李若颜急切地辩解着，掰徐猛的手，但是都徒劳无功，最后她孤注一掷，喊了起来："牡丹江市！西洛阳街！福清小区……"

咣当一声，徐猛一惊，差点直接开枪。那是椅子倒地的声音。王寿山已经站了起来。他此刻失魂落魄，满脸通红，完全没有了刚才的凶狠镇定。

"你……"他的手在哆嗦着，指着李若颜，"你敢？"

"你逼急了，我……们也没办法。"徐猛不明白是怎么回事，但是既然毕胜花的地址能让此人如此失态，他自然会运用，"今晚这事要是谈不下来，杀不杀你先不说，那个地址我先去看看……"

"你他妈要不要脸？"王寿山咬牙切齿地指着徐猛，"你敢！"

"那里住着的，是伯母吧？"她轻轻开口了，声音没有了平时的轻灵俏皮，而是多了些无奈和同情，轻飘飘的像一片羽毛，然而王寿山却像中了一颗炮弹，整个人像是一堆还没有来得及随风飘散的灰烬，脚下完全没有了根。

"你……怎么知道的……"王寿山脸色苍白，声音小得几乎听不见。

"这点事不知道，我不会来找你。"徐猛及时抢答。他知道这是必须抢占主动权的时候。但是说完狠话，他也忍不住飞快地看了李若颜一眼，他忽然觉得自己从来不认识这个女孩。而她，只是静静地抱着手机，表情复杂地看着王寿山。

"伯母她……身体还好吧……"

王寿山呆若木鸡，一句话都答不出来，只是瞪大了眼睛看着她。

"是老年痴呆症吧……"

王寿山的头慢慢低了下去，他揪着自己的头发，点了点头。

"我妈生我的时候，都40了，就我这一个……从小到大，我不懂事，让她受了多少罪……我就想啊……就想给她……"王寿山努力了几次，怎么也说不下去了，最后干脆哭出声来，"老了老了，让她享享福，怎么就这么难？"

屋子里没有人说话。

徐猛忽然发现自己很想能像他一样，体会到这种感情。

"你要杀了我吗？"王寿山忽然抬起头来认真地问。

"看你肯不肯给松口了。"徐猛实话实说。

"得，那这事我认栽了，"王寿山抹了一把脸，"你们要是不想杀我，就赶紧走吧。这笔债，就这么算了。以后咱们再别见面。"

徐猛看了他几秒，然后推着李若颜的轮椅倒退着朝屋门走去。

"枪你拿走吧，"走到门口的时候他们又听到这么一句，"我突然想回牡丹江了。"

　　"你是怎么……怎么知道那些事的？"

　　车子开离梁沟十几公里，眼看安全了，徐猛终于忍不住问道。

　　"你猜。"回答他的是一声轻笑。

　　"我猜不出。"徐猛觉得这女孩真的难以捉摸。刚才一路上她好像还沉浸在悲伤的情绪里，一句话都没说，这会又忽然满血复活了。

　　"他的手机嘛，"李若颜的声音开始兴奋起来，"他淘宝购买记录一查，买的都是什么他克林、雌激素、老年人保健品，就猜出来了……"

　　然而挺好的气氛被徐猛一句话打破了。

　　"你怎么知道那些东西是治老年痴呆症的？"

　　李若颜好久没说话。

　　"我奶奶当年就是这病……"她的声音变得像年久失修的木地板，"我没见过我妈，我爸也很少见到……我奶奶把我带大……可是她走的时候，已经不认识我了……"

　　一盏盏路灯像列在路两旁的古代士兵，手里光芒铸成的长矛飞快地从车窗里刺进来，又飞快地抽出去，只留下黑暗里沉默伤口的血在慢慢凝固。徐猛也不知道今天自己怎么了。明明自己以匹夫之力，一再战胜强大得多的力量，拯救了她的生命，心里却毫无自得之意。

　　他能感觉到的，只有空前的孤独。他觉得自己从未这么想说话。

　　"我倒是见过我妈，不过印象不深，"话说出口，徐猛才开始诧异自己为什么要说这个，"他们说，我 5 岁的时候她把我卖了。"

　　"为什么把你卖了？"一听到什么稀奇的事，李若颜就忘了伤心，凑上来要打听一下。

　　然而说起这事，不轻松的一方变成了徐猛。他给自己点了一根烟，深深吸了一口，然后长长吐出一团烟雾。李若颜皱了皱眉头，不过也没说什么。

　　"我听他们说的——我爸欠债，她吸毒，好像是……"徐猛的声音放得很轻松，"不知道是被逼债的逼狠了，还是上瘾了没有钱买毒品，就把我卖了。两千块钱吧，我听说是……"

　　这话好像是扔进了荒无人烟的许愿泉的硬币，静静地沉了下去，没有回音。

可是徐猛却不知为什么，非常地想继续说下去。

"买我的好像是个徐州人。我那时候好像发烧，他以为养不活，就没卖到深山里要儿子的人家。这也是听他们说的。"徐猛把烟吸得只剩了烟头，扔出窗外。

"他们是谁？"李若颜终于发问了。

"一群要饭的。"徐猛干笑了一声，"那时候就很有组织了。一个当头的，几个打手，下边是带小孩的。小孩小的时候，就喂点安眠药，抱着。大了就麻烦一点，得练着把腿扳头上，要不就用刀划伤口……"

说这些的时候，徐猛的脸上总是带着嘲讽的笑容，不知是在笑谁。

"他们有个老大，叫张哑巴。他的规矩就是要不够钱就不给饭吃……我老是要不够，可能是因为不爱说话吧……一句求人的话也不说……怎么打也不求饶……我那时候虽然小，早就打定主意，这辈子最后一句软话，就是对我妈说的那句……"

突如其来地，徐猛感到肩头传来一阵温热。轻轻的压力告诉他，是李若颜把手放在了上面。他觉得自己的心猛地一跳，眼泪差点被泵出来。喉咙紧得令人窒息，他用尽了浑身力气才能继续说话。

"我说……"可是一张嘴连他自己都发现，声音已经嘶哑得走了调，"我说……妈，不要卖我……"

九安的深夜，冷得像一块冻结的墨水。一辆破车忽然减速、减速，最终停在了昏暗的路灯下。其他的车辆漠然驶过。没有人知道，车子里两个被人遗弃的灵魂正在黯然饮泣。

第五章

守护天使

〜

我不是天生的牺牲品……

我不是天生的倒霉蛋，我有平白守护我的天使，你们有吗？

~

晚上十点，齐河路依然热闹得像个蜂巢。雾霾给路灯加了橙红色的滤镜，照得整个夜市有一种复古的色调。各式各样的街边摊，从折叠桌到地上的一块布，大概有一千多种规格。每个摊位上方都有红底黄字或者黄底红字的条幅、灯箱。每个摊主都有自己的一套办法，拉来长度各异的电线，挂着数量惊人的灯泡，以期把自己的摊位照出一种 LV 专卖店的感觉。汹涌的人潮携带着绝大的噪声在街面上穿梭，不嫌吵的只有各个摊主。他们要么手持扩音器，要么自带音箱，推销着从鞋垫到貂皮大衣大概上百万种商品。叫卖声和大减价的声音像一块方便面一样交织得难以分清，汤料是更致命的网络神曲。夜市中段，人流最密集的小吃摊位扎堆的地方，已经有人放起了中国娃娃的歌。

"我说，"烤串摊上，吃着烤苹果的李若颜皱了皱眉头，"现在就'恭喜恭喜恭喜你'，有点早吧？"

桌子对面，嘴里塞满章鱼串的徐猛茫然地摇头。

"你没听过？"她惊奇地问，"过年所有超市都会放的好不好？"

徐猛摇了摇头。年关，是杨叔了结恩怨比较密集的时段，所以他基本没在外边过过年。

"过年有啥好的？"他说出了长久以来的疑问。春节晚会他当然是看过的——在看守所过年想看别的也没有——但是他不能理解画面上的人们欢天喜地的情绪。什么"阖家团圆""其乐融融""每逢佳节倍思亲"，他统统觉得只是一些话而已，不值得主持人和演员们高兴成那样。

"可以跟一家人聚聚啊，吃饭啊，聊聊天，说说过去一年的事情，还有……还有压岁钱……"大概是因为没有回应，李若颜很快就对对牛弹琴一般的讲述失去了兴致，"反正挺好玩的……"

"今年过年你爸能回来了吧？"徐猛忽然想起这事，"债还清了，他可以接你回家过年，对吧？"

李若颜一愣，然后微微一笑。

"这回真的没有人要杀我了吧？"

"没了，应该没了。"说出这话，徐猛感觉像是千斤重担卸下了一半。另外胸中还有种久违的自豪感油然而生——就像当年无法无天的日子里，砍完人或者打完群架之后喝了第一口烈酒之后的滋味——我一个凡人，凭一己之力，揭穿迷雾，完成了不可能完成的任务……

"那——谢谢啦！"李若颜的笑容给人的感觉像是羽毛拂过脸颊，轻飘飘的，痒痒的，让人想要在阳光下舒展四肢，什么都不考虑，专心享受那一刻的轻柔接触。然而他马上意识到，这一点自己一辈子都做不到。

"喂，就这点表示啊？"李若颜对他的木讷反应不满，"我正在考虑要不要把你列为我这辈子三个最感谢的人之一哦，你给点反应好不好……"

"真的？都有谁？"徐猛对这个话题倒是真的有兴趣。

"第一当然是我奶奶，她把我带大的嘛……第二呢，就是老刘……不对，虹姐……算了，并列吧……他们俩，是我长这么大对我最好的人！我被车撞，就是在安仁门口那个路口。安仁医院没有急救部门，值班的人拿不准该怎么办，想叫救护车。老刘说，私立医院也得救死扶伤啊！没有他这句话，我估计等不来救护车就挂了……"

徐猛哦了一声。他终于明白，为什么安仁的大厅看起来有点似曾相识——既然李若颜被拉进来抢救过，那么自己肯定也一块被救治了。

"还有啊，假如没有他们，我估计也早在医院跳楼了……"

徐猛有点被吓到了，身子稍微往后仰了一下。

"别害怕，那是以前的事了……"她有点不好意思，"我刚开始康复训练的时候特别积极，特别乐观，他们都夸我是模范病人。可没人知道，我是为了早日能爬上窗台跳楼！有一天我真的做到了，我当时肚子担在窗沿上，双手撑着外墙，只要一松手，就能下去……"

"你怎么没跳？"徐猛有点后怕地问。

"我真的松了一下，然后马上条件反射，又死死按住。指甲都撞劈了，墙上估计到现在还留着我的指甲油印……"

她说着吐了一下舌头："就是那指甲油救了我。虹姐送我的，我想走得好看一点，刚涂完还没干呢。我看着墙上的指甲油印，觉得色彩真是饱满，真是好看。然后我就想，这个东西一定很贵。再接着我又脑补，虹姐把自己舍不得用的化妆品给我，就是为了我这个熊孩子不寻死；我又想到老刘，他一个大院长，亲自给我挑选轮椅，调节尺寸，还说这台轮椅就算以后出院也送给我；我原来的手机号注销了，他听说了，用自己的名给我买回来送给我；他每天不管多忙都给我额外诊断一次，还跟我讲道理，讲了很多很多。什么他年轻的时候多牛，后来因为飞来横祸，自己又不肯服软，离开了省医院。借了好多钱创业，创立了安仁医院，又连年亏损，背上多少债务，看着当年不如自己的同学飞黄腾达，难受得简直要跳楼。结果他就是咬牙坚持，终于等到了一笔巨额投资……"

"还真的挺……挺……"徐猛搜肠刮肚，终于找到一个比较有文化的词，"励志！对，挺励志的……"

"什么啊，我这种天才少女怎么会被心灵鸡汤感动呢，"李若颜不屑地撇撇嘴，"我是想，他们对我这么好，我却在安仁医院自杀，不知会给他们惹多少麻烦。我那不是忘恩负义吗？死也要死在医院外边，对不对？于是我就改了主意，爬回来，开始在网上找人来杀我……"

徐猛又不知该说些什么。这个转折显然出乎他的意料。

"行啦，此一时也彼一时也，"李若颜看到他认真的表情，忍俊不禁，"那是一个礼拜之前。我现在呢，已经基本不想死了……"

"这就对了嘛，"徐猛松了一口气，"你想想，别人不说，光老刘，还有那谁，虹姐，就冲这俩人对你那么上心，你也不能死……"

"以前是他俩，现在呢，活着的理由又多了一个，"李若颜喝了一口饮料，

"就是你。"

"我？"

"对啊，你就像个天上掉下来的守护神一样，二话不说，就保护我……"

"啥守护神啊，"徐猛已经经受不起再一句夸赞了，"你说的跟成精一样……"

"怎么什么话让你一说就这么难听呢——这叫守护天使！懂吗？"徐猛发现她看自己的眼神都不一样了，"还有啊，以前我没玩过，没醉过，没疯狂购物过，没有在夜市上吃吃喝喝过，没有疯过出格过，现在你都带我体验了，太过瘾了！以前谁得罪了我，谁欺负我，谁想对我不利，谁让我委屈，我一点办法都没有，谁都不当回事。现在呢，只要告诉你，就行了，你就会拼了命给我出气，为我出头，救我于水火……哎呀越说越肉麻了，就快给你唱赞歌了……"

李若颜夸张地捂着脸，然后哈哈大笑起来。然而徐猛却没法像她那样开心。在她的笑容面前，他感觉自己像是一滴猛然遇到阳光的露水，视线倏地蒙上了水汽。

"你怎么了？"她注意到他在躲避自己的视线，"怎么不开心呢？"

"没什么……"徐猛强挤出些笑容。

"你这人，又跟人较劲了是吧？"李若颜悄悄指着身后左侧，"我早发现了。那是人家没见过残疾人吃宵夜，看几眼又不是笑话你……"

徐猛这才注意到，那边有个剃着光头、社会大哥模样的中年人喝得满脸通红，醉眼乜斜地盯着这边。

"你干什么？"李若颜发现徐猛又把刀掏了出来。

徐猛微微一笑，拿起桌上的苹果，刀子转了几转，苹果皮就像脱衣服一样褪了下来。紧接着咚咚咚咚几刀剁下去，苹果被整齐地切成了小块，只剩苹果核孤零零立在桌上。

"别紧张，"他用刀插起果肉，送到李若颜盘子里，"我就是削个苹果……"

"好厉害啊……"李若颜夸张地鼓着掌，"特级厨师的刀工吧？"

"靠刀吃饭，基本功罢了……"徐猛谦虚地说。又表演了几次，再抬头，对面社会大哥已经不见了。徐猛笑了。他意识到这是自己第一次兵不血刃地解决"你瞅啥"这个难题。没有动武，没有威胁，甚至都没有动肝火。他发觉自己就像靠近磁铁的钉子，不知不觉也染上了磁力。

"李若颜，"他怔怔看着对面正在往嘴里塞苹果的她，若有所思地却又没头没尾地说，"你是我认识的最聪明的人，你一定好好活着，你一定能幸福快乐，所以别想别的。明白了吗？"

她的脸倏地红了一下，但是随即表情就变得狐疑。

"这话……怎么像是道别呢？"她忽然想起了什么，警惕地指着他，"你是不是想把我送回医院？"

这回她倒是猜对了。这事徐猛正在考虑。既然她已经没有了危险，他确实想抽身离去，专心查一下这个关于自己的谜团。

"你这人，不能说话不算啊！"她有点急。

"我确实有点事，"他下了决心，长痛不如短痛，谨慎地措辞，"再说，老刘和虹姐不惦记你吗？"

"我跟他们打过招呼了，你别瞎操心，"李若颜不耐烦地摆摆手，"我帮了你多少忙？我们一起并肩作战过啊！你这就忘了？刚才没有我，你能成吗？你过河拆桥啊！"

徐猛承认她说得有道理，但还是没接茬。

"你不要小瞧我，"她想摆出一副强硬的语气，"我别的不行，脑子比你强吧？不信，我知道你想的是什么事——还是你睡一觉就变成别人的事对吧？"

徐猛愣了一下，然后忙不迭点头。第一次听人把这个荒谬的事大声说出来，感觉就是不一样。

"哎对，你是读书人，脑子聪明，你见过，或者听说过这种事没有？"

"这个呢，可能性就多了，"李若颜玩弄着手指，"但是呢，我还要最后确认一下才行……"

"你还要确认什么？"

"你不能怪我多疑，我又没亲眼见过……"

"你没亲眼见过？那……"徐猛急得有点结巴，"那我……我是什么？"

"我见到的只是一个人睡过去，然后一个不认识的人跑过来，说他会鬼上身。拜托，我再怎么说也是高中学历，接受过唯物主义科学教育，你给我点证据让我说服我自己……"

"啥证据啊？我不是都解释过了吗？"

"都有漏洞。"

"啥漏洞？你跟我，不是，跟前边俩人说的那些话，我怎么能知道？"

"他们告诉你的呗，你跳下船的时候跟段河照过面……"

"我到现在，只跟段河打过一个照面，一句话都没说过，怎么告诉？"

"说不定你们有什么暗号，打手势，眨眼……"

"我们当时在打架好不好？"

"那就更好办了，打几拳等于什么，几拳等于什么，妥妥的摩尔斯密码变种啊……"李若颜说得一本正经，嘴角却憋不住笑意，好像在欣赏徐猛听又听不懂、反驳又反驳不了的气急败坏的样子。

"那么多话，密码说得清楚吗？"

"那就更简单了，说不定他们身上都有窃听器呢……"

"……你到底要怎么证明才肯信？我没法证明。"徐猛彻底放弃了。

"别灰心，我有个绝对可以证明的办法。"李若颜打了个响指。

　

一个小时之后，两人回到了出租屋里。

徐猛已经累得哈欠连天。其实这里离夜市不是很远，之所以路上用了这么长时间是因为他在李若颜的指挥下采购了一些东西：绳子、毛巾、啤酒、水果。

"这些真的跟证明有关吗？"徐猛看着一大兜东西若有所思。

"有啊，听我的就行。"

"啤酒和水果也是？"

"对啊。"

"那你说说到底怎么弄？"

"不急，"李若颜笑嘻嘻地说，"先陪我把啤酒喝完……"

一会儿工夫，一打啤酒已经空了。徐猛怕她喝多了，大部分自己喝了，但她还是有点醉。

"少喝点吧……"他感觉自己随时可能会睡过去，不得不揉着太阳穴劝李若颜，"还有正事呢……"

"想睡觉了？那好，正事要开始了！你要配合哦……"李若颜笑得有点借酒撒疯的味道，让人感觉似乎在酝酿着什么恶作剧。

"你想干什么？"徐猛有点警惕。

"躺床上去。手腕、脚腕，都绑上绳子。"李若颜说这些的时候捂着嘴直笑，"不好意思啊，我知道挺变态的。"

"就这？"徐猛哭笑不得，"那你让我买水果干吗？"

"我吃啊……"她理直气壮地回答。

"那毛巾呢？"

"等会儿堵嘴。"她解释的时候还是憋不住笑，"免得你们俩见了面说什么黑话——我得杜绝一切可能性才能彻底相信，对吧？"

摇头归摇头，徐猛倒是觉得这个主意不坏。别的不说，首先她的安全能够保证。

"手得你来了。"把自己的双脚分别捆在床脚上之后，徐猛无奈地举着绳子。

李若颜接过绳子，费力地慢慢捆。

"再给我讲讲你的故事吧。"她捆得很慢，时间长了她自己也觉得无聊。

"讲什么？"徐猛已经困得神志不清了。

"讲你以前是干什么的，从哪里来什么的……"李若颜看来完全没干过这类事，已经累得有点出汗，"我听听跟段河跟我说的一样不一样。"

"段河跟你说过什么？"

"你别管。你说吧。"

徐猛的脑子已经一团混沌。觉得自己就像在一条船上，随着波浪上下浮动，脑袋里的阀门松了，很多事情平时觉得很要命，但此时却觉得说了也没什么大不了。

他开始讲述自己在乞丐团伙的经历。他那时候天天挨打。由于从不求饶，总是被越打越狠，完了还不给饭吃。但越是这样，他就越倔强，一开始挨打还掉泪，后来连眼圈都不红。

本来按照这样的趋势，他的下场是显而易见的。跟其他一些孩子一样，死于殴打或者营养不良，然后被偷偷埋掉。

到底是什么救了我呢？

徐猛的脑子都麻了，连这都要想想。

他又回到了那个夜晚，那个潮湿恶臭的下水道。乞丐头儿睡了，其他人也睡了。窸窸窣窣的声音，若有若无的温热像爬行动物，缓慢而曲折地接近着自己，接近着自己的手。

一阵冰凉。一块馒头被塞进了手心。

睁开眼，他看到了那张世上最美的脸。

跟其他孩子不同，她是真的残疾，双腿瘫痪。他听人说，她从小没妈，为了不在家白吃闲饭，就把自己"出租"出来，跟着这个乞讨兼扒手团伙赚钱，讨的钱四六分成。

尽管这么多年来，她的模样已经如同失修的房子，一点点随着风雨被侵蚀，剩不下什么。但是徐猛永远不会忘记，她朝着自己的那一次微笑。

"吃吧。"她小声说着，然后又爬了回去。

那一瞬间是徐猛这辈子距离第二次哭泣最近的时刻……

"哎！你别睡啊！怎么不说了？"虽然还不太信，但是李若颜还是不太敢让徐猛睡过去，"你挨打，挨饿，后来呢？有人帮你吗？有人帮你逃出来了？"

徐猛看着空荡荡的天花板。

有些事他想说，但是又跳了过去。比如说，那个傍晚，他回来，发现她已经不见了，而张哑巴在喜滋滋地数钱。

"这赔钱货居然都卖出去了！"

"他爹同意吗？"

"他哥要结婚了，需要钱。他爹嘱咐我这趟就别让她回去了……"

徐猛这才意识到，自己不知道她叫什么名字，不知道她从哪里来，不知道她脸干净的时候长什么样子，甚至连告别都没有告别一次。第二天晚上，他睡觉的时候偷偷掏出一把早就准备好的刀……

"我捅过好多人……"徐猛忽然提高了声音。他这辈子没有大声说过这句话，但是此刻他忽然觉得无所谓。话一出口，他还觉得感觉空前地好，后悔没有早说。

李若颜的手一下子停了下来。

徐猛知道，她在抬头看着自己。

他低下头，看着她的脸，在一瞬间明白了自己为什么对她那么愧疚。

原来一直以来，她的模样自己是记得的。

"我捅的第一个人就是张哑巴，"徐猛的声音毫无起伏，好像在说一件跟自己无关的事，"捅完了我就跑了，也不知道他死了没有……"

他从此开始在各地流浪。他捡垃圾，捡破烂，他有时候饿得头晕眼花，但是也硬挺着。他再也没有乞讨过。后来有一天，他流浪到火车站，有人把他围住。他明白，这是闯进了地头蛇的地盘。跟丐头儿比起来，这里的人算是客气。领头的一个中年人没动手，只是要他帮着"干活"。徐猛知道这个活是掏包之后，死也不干。于是事情演化为一场群殴。一方是他，另一方是二十几个半大孩子和年轻人。丰富的挨揍经验帮了他。面对毫无胜算的局面，他挨了一拳就掏出了刀子。捅了一个，划伤三个……

"后来呢？"

"后来我就碰见了杨叔，杨千里。"提起这个名字，徐猛还是胸口发堵，只能尽量控制自己不要回忆太细。那回也是差不多的情景。徐猛双眼通红，口吐白沫，声嘶力竭，就像一头悬崖边的野兽。不过这头野兽并没有身处绝境，而是正在追着二十多人跑。杨叔冒着被当场捅死的危险，独自一人走到徐猛面前，像是驯兽师慢慢接近自己心仪的猛兽……

"他脱下自己的大衣给我披上，请我吃饭，问我的来历。他又安排房间给我住下，第二天继续管我吃住，最后还给钱。就这么养了我一个月，每天只需要吃喝拉撒，看录像，玩游戏机……最后我自己受不了了，去找他说让我给你干点活吧，这么白吃白喝，我干不出来……我求了他几次，他才点头。第一个任务就是捅人——你倒是接着绑啊……"

李若颜此时已经忘了手里的活，被徐猛一提醒，才赶紧继续。徐猛的右手也终于被绑在了床上。

"为什么要捅人？"李若颜的声音微微打着战。

"杨叔带着我们到处流浪。每个城市待个几年，警察盯上我们，我们就走。但是到了一个新的城市，地头蛇不会平白让你在这讨生活。这时候如果谈判不成，就得派我这样的人出马，给对方头头一点颜色看。"徐猛冷笑着，"冷不防给你一刀，这样最吓人。"

"为什么派你呢？你那时候不还是个小孩吗？"徐猛发现她什么事都要问到底。

"因为我是最好的……"

徐猛没有吹牛。没有人像他这么凶狠快速，也没有人像他这么冷静聪明。

从摔跤、格斗到策划埋伏，从操刀用刀到人体结构，他像海绵一样从别人和经验里学习着。每次他都会提前算好逃跑路线，下手凶狠果决，从不失手。不过这个手艺的另一部分——脱身——可就不像他说的那么简单。他曾多次被抓，拘留所、孤儿院、监狱，对他来说跟出门吃顿饭一样普通……

"怎么样？放心了吧？"徐猛停止了讲述，试了试绳子的结实程度，"还有，待会我回来，你可以用刚才我给你讲的试我——你是这么计划的吧？"

"切，小瞧我。"李若颜明明听故事听得眼睛有点红了，但是此时却用夸张的语气来掩饰，"万一这是你们商量好的故事怎么办？你知道，你同伙也知道，我一问，你们直接报标准答案——我有别的考验办法。"

"什么办法你赶紧说，"徐猛打了个哈欠，"我真快睡过去了……"

"不能大声说——万一你们团伙在你身上有窃听器呢？"

"你这人还真能琢磨啊……"徐猛不禁叹服。

"我们班的人也这么说，"李若颜得意地一笑，"还有，我要跟你约定一个暗号，但是这个暗号我要最后凑到你耳边说——待会你的嘴也要堵上……"

"不至于吧……"徐猛真的怕了。

"必须的——你想啊，我告诉你暗号了，你假装重复一遍，你的同伙不就通过窃听器听到了？"

徐猛边笑边点头。

"服不服？"李若颜眯着眼睛，"我们班同学说了，有什么不顺心的事，就来问李若颜个正经事。她一分析，什么事都特荒唐……好啦，我要说正事了……"

"拜托你快点吧……"

"首先是敲门，"她附在他耳边悄声说，"两长，一短，两长……要是安全，我就连续敲五声短。记住了吗？"

徐猛点点头。

"就这？"

"当然还有别的了——你打架特厉害是吧？"

"那不叫打架……"徐猛对她的业余措辞很不满，"打架的那叫凑场子的。我是刀手。我一出马，就得有人躺下……"

"好啦好啦，我知道你厉害，"李若颜假装不耐烦地逗他，"那你说，你的标志性武器是什么？"

"喷子吧……"

"什么叫喷子？"

"就是霰弹枪、猎枪，那一类都算……"

"那没有武器怎么办？"

"仔细找找，总会有的……就说这个房间吧——首先，桌上的玻璃果盘，墙上的画框玻璃，厨房里的瓶瓶罐罐，摔碎了就能割断人的喉咙，"徐猛尽量把声音压低，以免她怀疑那个不存在的窃听器，"还有吹风机、落地灯的电线，可以用来把人勒死。椅子朝地上一摔，椅子腿也能把人脑壳打裂……这都不稀奇，谁都能想出来……还有一次，我用过的家伙你肯定听到了也不信……"

"什么啊？"

徐猛朝着李若颜手中的苹果努了努嘴。

"这个？"李若颜目瞪口呆，"不可……"

话音未落，她忽然恍然大悟。

"你明白？"徐猛不信。

"天才少女嘛，一点就通！"李若颜打了个响指，"张嘴。"

"什么？"

"让你张你就张嘛……"

徐猛半信半疑地把嘴张开，然后一条毛巾毫无预兆地塞了进来。然后，他看到李若颜摇着轮椅，从茶几上拿了一个苹果，走进厨房，轻轻打开冰箱门。

然后，她回到床边。

"睡吧。"她轻抚着他的额头，让他觉得像一阵暖风拂过，身上的压力一丝丝被抽走，最终不知去向。

"再来的时候，"她用低到不能再低的声音耳语着，"把苹果找到，我就信你……"

睡意像山一样压了过来，他再也坚持不住了。

他觉得自己像是做了一个长梦。这个梦就像童年，尽管细节忘得一干二净，却能够像通红的烙铁，留下不可磨灭的印记。他能记得的，只有一片灰色的迷雾，无边无际，眼前却总有什么东西影影绰绰，引着他朝前走，就像那年看到的那个姑娘的裙摆，又好像是下班后那个独自回家的少女的背影，令他无法自拔，走到筋疲力尽，却越跟越紧……

想到这里，一种熟悉的暖流又像以前一样注入血管，被心脏泵到四肢百骸，冰凉的身体变得温热，继而升温，升温，直到烫得无法忍受。

他要叫喊，他要奔跑，他要追逐，他要捕猎，他要进食。

因为假如没有这些，这无聊而残忍的生活无法忍受，不值得忍受……

滴答。滴答。

他觉得好像有根针刺进了自己的大脑。渐渐地，黑幕也开始透光，变成灰色，然后红色慢慢浮了上来。

终于，他醒了。大脑像是重启一样，简单的思绪代码一样一行行跳上来。

我叫庞凤伟……

我以前是矿上配炸药的，现在是个逃犯……

因为，我奸杀了三个女人……

他长舒一口气。他也开始感觉到了自己的身体，自己的呼吸和心跳。他的大脑又开始转动，眼皮开始一次次努力着睁开，又被刺进来的光线再次强行关闭。

那是灯泡吧……我记得明明很暗，怎么会这么刺眼？

他记得自己明明是喝了啤酒，趴在桌子上睡的，可是现在怎么躺在床上？

他开始急切地想知道，自己到底在哪里。

一再努力下，眼前终于出现了图像。

肮脏的天花板，裸露的灯泡，发黄的墙壁，高高的储物柜……

还是在家……

然而四肢的触觉马上让他发现了不对的地方：他想擦擦眼睛，却无法移动手臂。

手腕上的刺痛告诉他，这是绳索。

刹那间，脑子里一片空白。

他明白了，自己被抓了。

警察，监狱，死刑……

每一个可能性都像是一头跑向自己的浑身尖刺的豪猪，让人想穷尽一切可能躲避。

"唔唔……"庞凤伟喉咙发不出声音。

事实上，他自己都没有听到。喉咙像吃了沙子一样干，舌头上一阵阵麻木和苦涩。他这才意识到，自己的嘴也被堵住了。

恐惧渐渐沿着每一条血管冲上了头。他觉得自己的头发一根根竖了起来。

抓住自己的恐怕不是警察……

血腥的尸体，愤怒而扭曲的面孔，骇人的复仇……

他颤抖地猜测，这个一再重复的噩梦终于成了真……

"谁？"他用尽浑身力气，不理智地嘶吼，"你到底是谁？"

这回他终于听到了。那是杀猪一般的无法理解的号叫。

几乎在同时，他愣住了，声音像是被剪子剪断。因为他看到，黑暗的角落里，有一部轮椅，上面坐着一个脸色苍白的女孩。

庞凤伟醒来的时候，李若颜正在犹豫要不要去睡一觉。实在太困了，她简直随时可以睡着。然而刚把轮椅摇到厨房门口，就听到后边有动静。

回头一看，她的目光跟床上醒来的胖子相接。她立刻就打了个冷战。

这不是他！

虽然相貌没变，但他的眼神……

这绝不是那个把我救出来、为我赴汤蹈火的人！

就在这时，庞凤伟动了。他像一头发疯的象，剧烈地抖动着，嘶吼着。他一次次收缩着四肢，把床头床脚拽得嘎嘎直响。李若颜终于意识到自己犯了一个巨大的错误，那就是低估了成年男性的力量。

他要是把床晃塌了，怎么办？

她看了看大门，随即又否决了逃跑的想法。

门口有很高的门槛。更何况如果离开，徐猛就找不到我了……

冷静！冷静！

她强迫自己深吸了几口气，迅速做出了判断。

现在时间站在我这边，只要我能拖住，徐猛就能赶来救我！

她摇着轮椅钻进厨房，费力地关上门，锁住，用轮椅顶着门。然而尖叫依然隔着门板传来。似乎每一声都是在告诉她：你活不长了。

庞凤伟努力了半天，手腕终于疼得受不了了。他喘着粗气，看着厨房的门。他清楚，自己不可能是被一个坐轮椅的小妞捆在床上的。她一定有同伙。那家伙哪里去了？买饭？

不行，我要抓紧……

他忽然停止了用蛮力挣扎，扭着脖子，仔细观察着绳子，反复拉伸着，变换着胳膊的角度。终于，他笑了。

这是个新手。结打得凑合，但是绳子留得太长了……

他开始用拇指沿着食指往下摸，摸到了戒指，然后费力地、小心地把它往指尖的方向推。每推几毫米，他就停下来，重新估算一下力度。终于，戒指被从食指上摘了下来。两根食指熟练地一捻，柔软的白银戒指变成了一根扁扁的金属条。跟其他戒指不同的是，这个金属条的一边是锯齿状的。他用力把胳膊往下压，好让绳子紧紧贴在拇指上。然后，他用尽全力翻转手腕，让锯齿接触绳子。

"来吧，宝贝……"他在心里默念着，"慢慢来，咱们先玩温柔的……"

胳膊缓缓蠕动，带动小锯，慢慢啃啮着绳索……

李若颜从门缝里看到了一切。绳子的纤维开始在利刃下断裂，胖子的一只手已经解放了。他第一件事就是把毛巾从嘴里扯出来，然后疯狂地解另一只手的绳子。

"你们是哪条路上的？"他开始朝着厨房喊话，声音里充满了绝处逢生的惊喜，和准备爆发的癫狂，"搞成这样，真是没必要啊……我是穷人，刚大病一场，一分积蓄都没有……"

李若颜紧紧抱着双臂，但还是抵抗不了一阵阵的寒意。

"哦，你不是图钱？警察？线人？那就更没必要了。没听说警察抓了人先绑在旅馆的。再说，我干的那点事，纸面上无非偷偷摸摸，你抓了连个年终奖都不够格……所以你也不可能是黑皮是吧？那难道就是最巧的？你跟我有仇？"他的语气夸张而惊讶，"这就更不可能了。因为跟我有仇的，都死了……"

他絮絮不止，转眼已经解开了左手的绳子。双手自由了，他砰地坐了起来，开始解放自己的双脚。

"我在想你是为了谁来的呢？那年那个晚上跑步的姑娘？要不——就是那年'玉泰'老厂区里的那个河南姑娘？那个事也不能全赖我。她明明经常朝我笑嘛，我晚上拦住她，她怎么就不配合了呢？"

说到这里，他听到了一丝轻响。

是从厨房传出来的。

"要不就是学院的那个女学生，嘿嘿……"他故意笑得高亢而怪异，"皮肤挺好的……"

他在描述作案过程的时候，每一句之间的间歇拖得很长。这样他就得以听见厨房里传来的窸窸窣窣的声音。

他笑了。

这种声音他无比熟悉。

那是人在身体无法控制地颤抖时的呼吸声。

离门最远的墙角里，李若颜在轮椅上缩成一团。她的脸色比纸还要白，嘴唇不停地哆嗦。脑袋像个劣质的枕头，塞满了无用的丝絮，什么主意都想不出来。

房门发出咚的一声。她浑身一哆嗦，但依然没有醒来。眼睛里除了一扇扇幻化的门，别无他物。她看到了4岁时的那扇门。它虚掩着，上面留着昨晚父母吵架时父亲留下的脚印。推开来，母亲平静地躺在那里。她扑倒在妈妈身上，拽她的衣服，她没有动。她开玩笑似的打她的脸，亲她的脸颊，期盼着妈妈像往常一样忽然睁开眼睛抱住自己。

"抓住你了小坏蛋！"

妈妈还是没有动。她开始感到疑惑，不理解为什么妈妈要躺在地上，为什么妈妈的脸那么白，她开始揪着妈妈的衣服哭喊，然而不管怎么样，她都没有再次醒来……

又是咚的一声。"妈的，门还挺结实！"

眼前的门又成了5岁那年奶奶家的门。爸爸再婚了，不经常来看她。偶尔来一趟，她又兴奋又害怕。爸爸依然穿着时髦，依然说话风趣。有时候，他还会带来一些玩具。然而每次见面的结尾，那尴尬的一幕总会出现。

"来，爸爸抱抱！"他伸出双臂。她想投入那个怀抱，可是又不敢。

"唉，跟她妈一个样……"每次走的时候，他都跟奶奶抱怨着。然后，就是关门声……

门还在响着，却总也撞不开。就像是那年爸爸新家的防盗门，坚强地不肯打开。她知道，爸爸和后妈都通过猫眼看到了自己，他们假装家里没人，却又大声争吵，一字一句外面听得都很清楚。

"你当年跟我说过，她不会来咱们家掺和的……"

"我没让她来，但是妈没了……"

"我知道！因为她还抱着老太太的骨灰盒！丧不丧气！"

门还在响着，还在变化着。它的背后，是自己的一次次强颜欢笑，别人的一次次冷眼拒绝。自己的一次次努力合群，别人的一次次嘲笑讽刺。

李若颜忽然有种冲动，想去把门打开。真是可笑，我这个多余的人，我这个带来不幸的人，我这个注定失败的人，到底为什么还会对活着有所留恋呢?

我真傻!

然而就在轮椅朝前转动的那一秒，她忽然想起了自己改变主意的缘由。

"你是我认识的最聪明的人，你一定要好好活着，你一定能幸福快乐……"

"有我在，就不许你死……"

眼前的世界忽然恢复了色彩。希望像是水面之上的氧气，被她探出头来，贪婪地大口吮吸。她像是从一场梦魇里醒来，大汗淋漓，但是终于恢复了思考能力。她开始快速环视着房间，摇着轮椅打开所有手能够够到的橱柜，找寻着一切可以当武器的东西。

她嘴里念念有词，好像是在给自己加油鼓劲。

我不是天生的牺牲品……

我不是天生的倒霉蛋，不是注定失败注定吃亏的人。

我是个幸运儿……

因为，我有平白守护我的天使，你们有吗!

又是咚的一声，门锁周围已经可以看到木纹。时间不多了，然而武器却一无所获。没有刀，没有枪，造炸药的东西都被搬到了楼下的车上。大部分橱柜空空如也，只有洗手盆那里堆了些没用的垃圾。几瓶清洁剂，空可乐瓶，洗衣粉，洗手的碱粉，抹布，几卷锡箔纸，电线，电池……

没用，全都没用……

汗水从额头上止不住地流下来。

"你的脑袋比我的拳头厉害……"

"我不认输，我不会输！"她擦着汗，强迫自己镇定下来。

她的目光忽然落在清洁剂上。她飞快地拿起清洁剂，挨个检查配方。本来她是想找个腐蚀性比较高的试试能不能泼瞎那人的眼，但是一瓶盐酸含量超过20%的通衢剂给了她新的灵感。

"YES！"

她手忙脚乱地拿起可乐瓶，把通衢剂倒进去，放在大腿上，然后以最快的速度把锡箔纸撕成条。

"$6HCl(aq)$……加……$2Al(s)$ 等于……$2AlCl_3(aq)$ 加 $3H_2(g)$……"她紧张地默念着方程式。注意力空前集中，她的大脑高效运转，在瞬间解决了一个技术上的难题：盐酸和铝箔混在一起，反应会马上开始，大量的氢气会快速导致爆炸，除了自己谁也炸不着。李若颜把锡箔纸条的一头用可乐瓶盖夹住、拧紧，这样一来，只要不把瓶子倒过来，反应就不会开始。

"我很聪明，我很强……"连她自己都被自己的机智所折服，"我绝不会死在今天！"

她把做好的"炸弹"放在一大盒洗衣粉里，搁在大腿上。这样一旦爆炸，扬起的粉尘足以把人的眼睛烧伤。她把毛巾用水浸湿，蒙住口鼻。想了一想，又抓起一把铁钉，撒进盒子里。

"要打赢比你厉害的人，你必须在战斗开始之前就要当自己已经死了……"

扑通。

扑通。

心跳声清晰可辨。

抬眼望去，门已经摇摇欲坠。

"来吧，来吧，"她一手抓着可乐瓶，一手下意识地紧紧抱着胸前的盒子，双眼像是要喷出火，"看看谁挨炸之后更不怕疼！"

咚的一声巨响，门终于开了。庞大的身影粗暴地占据了门框里所有的空间。那个几个小时前还是守护神的面孔，现在堆满了嗜血和癫狂。

李若颜狠狠瞪着他，随时准备把可乐瓶翻转过来。

"真是个残废……有意思……"庞凤伟伸出舌头，舔了舔嘴唇。然而他却没有迈进厨房。

一束光忽然从他的左边涌了进来。随即又被黑影阻断。

有人从正门进来了。

"徐猛……"李若颜几乎喜极而泣。

"你……"

庞凤伟指着黑影说了一个字，然后就像舌头被剪断一样沉默了下来。对方右手里拿着一把手枪，用脚带上了门。沉默中，两人默契地一进一退。

"兄弟，你……"

这句话又被打断了。对方把左手食指放在嘴边，发出一声悠长的"嘘——"。

然后，他开枪了。

子弹从消音器里静静地飞出，却带着致命的热浪扑面而来，冲击力让他朝后横飞过去。

扑通。

肉体落地的声音。

李若颜吓得浑身一哆嗦，洗衣粉盒子连着里边的炸弹掉在了地上。

那人缓缓转过身来。这是一个肤色黝黑的男人，身材魁梧，脸上有一道刀疤。庞凤伟的尸体就在他的脚下，空气中弥漫着令人作呕的血腥味。然而他却丝毫不受影响。李若颜努力控制着身体，不让它在颤抖中分崩离析。

"徐猛？"她带着最后一丝侥幸，战战兢兢挤出一个笑容。

然而她得到的反应却是黑洞洞的枪口。

那人端着枪，面无表情地两步走上前来，抬手给了她一个耳光。

"啊！"她叫出声来。

从小到大，她不是没挨过打，但是这么狠的，还是头一次。她的耳边嗡嗡作响，嘴里尝到了咸味。

脑子里像有口钟在不停敲：

原来追杀还没有完！

难道徐猛才是对的？

对像王寿山这样的人，只有杀掉才能摆脱？

"你们几个人？"他开口了。

"我们……"李若颜发现自己的嘴肿了，半边脸麻麻的，说话费劲。电光一闪，又是一记耳光打了过来。这一下更狠，她的头连着半边身子倒向一边，长发乱飞。

"别浪费我时间，"男人把枪放下，慢条斯理地一个手指一个手指地脱手套，"想要个痛快还是让我把你卸了？"

"我……我不知道你什么意思……"形势很明显了。不管是不是王寿山，这回对方没打算留下一个活口。

一阵剧痛从手上传来。

男人麻利地拧断了她的小拇指。

李若颜大声叫了起来。

"我的确是不能直接杀了你，"对方的语气波澜不惊，好像刚才只是拧灭了一个烟头，"但是有些事比死难受多了——你下半身感觉不到疼是吧？便宜你了。但是你想想，我要是把你两只手再弄残了，你还剩下什么？"

这次惨叫似乎耗尽了李若颜的勇气和力量。她低着头，任长发低垂，很久都没有抬起来。

男人没有耐心，揪着头发一把拽起她的头。

"想好了吗？"

他从口袋里掏出一把大得骇人的折刀，啪的一声甩开，把刀刃贴在她的脸上。

"他待会回来……"李若颜哭了，像个无助的小女孩一样抽泣着。

"有暗号吗？"他显然没有掉以轻心。

"有……"

"好，"他笑了，拍了拍她的脸，然后扔给她一包面巾纸，"擦擦。咱们一起等。"

一个少年奔跑在浆水路上。

徐猛醒来后弄清楚自己身在何处就开始叫苦不迭——这里跟庞凤伟的出租屋隔着整个市区。他开始搜索房间，看看能不能找到点钱打车，结果令他大失所望。这次附身的人看面相最多十八九，高高瘦瘦，戴着个眼镜，十足好学生、书呆子的形象。他家的陈设也说明了这一点。床对面的书架里塞满了书，各种机电、编程以及电子学的教材，从飞机电子系统到列车运行控制系统，一应俱全。书名每个字都认识，但是连在一起徐猛能看懂的没几个。最后他只找到了二十块钱，只好摇摇头，出门碰碰运气。

出租车跑到一半车费就没了。他下车开始跑。但是这个躯体的体能实在差劲，每跑个一公里，就得停下来休息，否则肺简直要炸了。几次之后，他开始想开了。

"也没必要太快嘛，反正没人要杀她了，那个胖子又被捆得结结实实，慢慢走过去就行了吧……"

于是，他开始走，觉得恢复得差不多了，就再跑两步。这样走走跑跑，一个多小时之后，出租屋群终于出现在视野之内。

他松了口气，加快步伐，朝着那栋房子走去。

一阵敲门声像是一声炸雷，让李若颜浑身一哆嗦。目光一斜，左前方小沙发上坐着的男人用枪指了指门。她定了定神，深呼了一口气，转动了轮椅。

她的手被抓住。枪口顶在了脸上。

"想清楚，别耍花样。"他低声说。

她战战兢兢地点了点头。手松开了，轮椅继续前行。尽管她尽量拖延，那扇门却越来越近。她不禁开始想象，徐猛这次变成了什么模样。他的话是真是假，现在依然没有得到验证，但是她却在心里觉得越来越不用怀疑。

过去的几十个小时，是自己人生中最混乱最疯狂的一段，这种混乱与疯狂是这个男人带来的，但是自己现在能想到的，却只有他带来的温暖与安全。他让这几十个小时成了自己平庸、可悲、循规蹈矩而又乏善可陈的人生里最精彩刺激的一章……

轮椅已经走到了门边。

背后传来手枪上膛的声音。她知道抉择的时候到了。

咚咚。

她的指节在门板上回应着。皮肤接触着门板，体验着木料的厚重与冰冷、柔软与坚实，以及那一丝不知从何而来、若有若无的温暖。

咚咚。

又快速敲了两下，她停了下来，静静听着门外的响动。

咚咚。

她最后缓慢敲了两声。

"两长，一短，两长……"

一秒，两秒。

门外如同她希望的，再无音讯。

她把额头轻轻抵在门板上。

再见。

她笑了，无声地说。

然后，她把轮椅转了过来，勇敢地盯着不远处的枪口。

"滚开！"男人已经明白了什么，大步蹿上来，一把把她推开，打开了门。

门外空空如也。

"你……"他举枪对着李若颜的胸口，"把他给我叫回来！"

"这你可为难我了，我连他长什么样子都不知道啊……"

她说话的时候根本没有看他。而是在看对面墙上的穿衣镜。镜子里，那个肤色惨白的少女在故作镇定地强笑。她开始后悔，没有好好化妆，也没有挑选衣服。不过作为一个医院的资深住客，她知道，这副模样在遗容里肯定不算难看的。

再见了，这辈子，结尾还挺有意思的……

这回，她发自内心地笑了。

男人一句话都没说，但是看得出来，他气得发疯。

"进去！"他用枪指着洗手间。

李若颜无师自通地明白，他是想处理尸体方便。于是她死也不走，双手紧紧握住轮椅的轮子，跟对方对视。

就是死，也要你多费点事。

这就是她此时唯一的想法。

时间好像静止了，但是墙上的挂钟走了两格。

她闭上了眼睛，等待着扣动扳机的一瞬。

咣当一声巨响从厨房传来，像是宇宙大爆炸，瞬间激活了已经趋于凝固的时间和人。男人一脚把李若颜蹬出去好远，然后在她的惊叫声中就地一滚，就到了厨房门口，半蹲起来抬手就是一枪。

里面传来一声惨叫。

"啊！"李若颜叫了起来。

枪火像雷雨天连绵的闪电，又像是天皇巨星记者招待会的闪光灯，一下下照耀着房间里的一切。血迹，白墙，尖叫的少女，枪背后狰狞的脸。他继续扣动着扳机，一直把子弹全部打完，然后躲在门口的墙边，有条不紊地换着弹夹。

李若颜圆睁双眼，嘴唇颤抖，死死盯着厨房漆黑的门洞。她盼着，盼着徐猛忽然蹿出来，用什么自己想不到的办法出奇制胜。又或者他跳窗逃走，临走前说声"我还会来救你"。

然而时间一秒一秒过去，什么都没有发生。

那个黑洞洞的门洞好像怪物的巨口，吞噬着一切希望。

男人上好了子弹，冷笑一声，然后站起身来，有恃无恐地站在了厨房门口。

窗户开着，看来徐猛刚才是从这里爬进来的。桌子上一片狼藉，锅碗瓢盆散落一地，冰箱大开的门上弹痕累累，地上一摊血迹，一只鞋孤零零躺在那里。

李若颜这次什么都说不出来，眼泪无声地奔涌而出。

男人端着枪，慢慢朝着冰箱移动。只要转到冰箱后边，再补上两枪，一切就结束了。就在这时，他的视野的边界倏地一黑。

他的心一沉。

果然，随之而来的就是剧烈地碰撞。一直躲在冰箱相反方向的人扑在他的身上。

"徐猛！"李若颜惊喜地叫出声来。

他本可以走的，但是却还是选择来救自己。

他选了一个笨办法，一个必定会被发现，但是却是唯一可行的办法。

他确实破窗而入，确实被发现，也确实中了枪。她马上发现，他这次附身的人不过是个半大孩子，瘦弱纤细。更何况此时从右肩到右手，以及整个右半边身体都已经被鲜血浸透。

"傻瓜！"李若颜嘴里在骂着他，泪水却怎么也止不住，"你这样子跟人空手搏斗，就是送死啊！"

徐猛尽力了，他用丰富的经验伏击了对手，还利用近身的距离让对方无法开枪。但是这也是他的极限了。对方直接扔了抢，一个绊子就把他撂倒。徐猛像藤蔓一样顽强地用一条胳膊和双腿盘住对方，两人一起倒地。

然后，就是单方面的殴打。

那人压在徐猛身上，满脸杀气，脖子青筋暴露，就像一头食人野兽。

一拳，两拳。

徐猛受伤的右臂抬不起来，唯一完好的左臂似乎被压在身子底下，也根本无法招架。

每一拳都结结实实打在脸上。

李若颜用尽全力爬进了厨房，试图拉住那人，然而对方胳膊一抢，就把她整个人横甩出去。然后，男人仿佛进入了狂暴状态，放声大笑，似乎是准备好好享受这场虐杀。又是几拳过后，他放松了一下已经酸疼的右臂，转而抬起左拳。

他是准备把徐猛活活打死！

"别打了！"李若颜哭喊着。她从没有像现在这么痛恨自己，痛恨那个把自己撞成残废的人。

她只能眼睁睁看着这场惨剧，却什么都做不了……

就在这时，她摸到了一个方形纸盒。

"嘿！"正在疯狂殴打徐猛的杀手听到身后有人在叫自己。随后就是物体在粗糙地面上划过的声音。一抬头，一个纸盒滑到了自己面前。

上面写着"洗衣粉"。

砰的一声，盒子爆炸了。洗衣粉在空气中弥漫，升华，像是一场空前的雾霾，把两人罩在里边。盒子里的铁钉横飞，全部扎进了杀手的身体。

他惨叫一声，捂住右眼。

徐猛好像忽然活了起来，眼睛一亮，已经涣散的四肢猛然紧绷，一直藏在背后的左手猛地舒展开来，用尽浑身力气，当空挥击。

电光石火，彗星般直奔太阳穴而去！

一定要打中！

李若颜双拳紧握，似乎是要把浑身的力气输送给徐猛。

一声闷响。

骑在他身上的男人身体定住了，然后微微一晃，徐徐倒了下去。

"徐猛！"李若颜捂住自己的嘴，似乎是怕如果声音太响，会惊醒这太像梦的一幕。

一阵喘息声过后，徐猛慢慢爬了起来。他的手上，握着一个苹果。

那是从冷冻室里拿出的苹果！

那个已经冻得比石头还硬的，可以当作杀人工具的苹果！

他真的找到了！

他说的是真的！

杀手在地上呻吟着，用最后的力气朝门口爬去。徐猛手持苹果，撑着墙站了起来，想去追。然而刚迈一步，就重重摔在地上。最终，他们只能眼睁睁看着杀手爬出门外，消失在夜色里。

"你怎么样？你回答我！你没事吧？"李若颜终于爬到了徐猛身边，晃着他的手臂语无伦次。

相比之下徐猛就轻松很多。

"怎么样，"他满脸是血，却还故作轻松地把苹果抛起来，然后又接住，"这下你信了吧？"

第六章

谎言少女

"以前你告诉我的，全是谎话？"

　　一辆警车停在了梁沟村一处农宅前。车门响动，有人匆匆进了院子。

　　"说说情况吧……"叶四明人还没进门，咳嗽声已经传到了。最近他抽烟有点多。

　　"来了？去医院了吗？"先到现场的朝阳朝他打着招呼，"怎么样了？"

　　"还没醒。"老四皱着眉头掐灭了烟，"不过碰见了大夫，说得抓紧做个手术。要不醒不过来……"

　　"哎，我操……"朝阳点上一根烟，然后递给老四一支，"是这么回事。洛洋路那边凌晨出了个车祸，交警队在现场发现了枪，然后就联系了我们。到了一看，我操，熟人，胖胖。"

　　"左强？"

　　"对，这孙子又溜回来了。"

　　"回头你带个人，去把他哥弄进来，吓唬吓唬。妈的好说歹说，天天打马虎眼。昨天还说不知道自个儿亲弟弟在哪……"老四转身指挥张晋。

　　"胖胖呢？死了吗？"

　　"没死。但是腿怕是……"朝阳用手在左腿膝盖处比画了一下，"不过还不错。同车死了两个。其他都跑了。"

"枪是谁的？他承认了吗？"老四似乎对老朋友的死活不是那么关心。

"他说不是他的。他说他们拿着枪出去干活，结果去了扑了个空，回来一看，就看到了这么个场面，就毛了……"

老四沿着朝阳的手指看去，场面确实不好看。三具男尸，全部被烧焦。一具头朝墙，四仰八叉，显然是死后焚烧。另一具靠墙坐着，脑袋上的洞清晰可辨，往里看去，里边烧煳的脑子像是有人熬糖浆时忘了关炉子。

"子弹找着了吗？"老四在尸体边蹲下，端详着那个洞。

"老杨找着了。回去对比了。"

老四的目光落在了最后一具尸体上。这个生前身材高大的人蜷曲着，呈斗拳状，嘴大张着，露出参差不齐的牙齿。

"这是活烤的吧？"老四回头问张晋。后者看了一下，点了点头。

"汽油？"他看了看地上的痕迹。

"老杨说是活着的时候浇上的。油迹到处都是。"

老四没有说话，继续检视着尸体。

"一、二、三……三处，不对，四处……五、六……七刀？"老四站起身来，"起码七处刀伤，肠子都露出来了，烧焦了，应该也是生前造成的……谁啊这么大仇？"

"他是王寿山。"朝阳说。

"谁？"已经有段时间没上街工作的老四没听说过他。

"东北人，给别人干一些粗活。有关于他的一些传闻，但是都没有什么证据……"

"胖胖交代，他最近一直跟着这个叫王寿山的人干活。他说的一些生理特征也能对上号。当然老杨那里还得对比……"朝阳看着笔记本上的口供，"他们几个人怕了，就开车逃往黄镇的另一处窝点，结果车速过快，撞了……"

几个刑警热烈讨论了一下。主要观点是一致的，那就是这家伙死得好。但是推测死因，却又有不同的意见。

"仇家，肯定是仇家。这不是以杀人为目的，这是以折磨为目的……"

"这孙子作恶不少，得罪到狠茬头上了。"

"但是恨到这个程度，还能有这种自控能力，可不容易。反正我这些年来，复仇型的凶杀，我是从来没见过这样的。另外，这是王寿山的老巢，七八刀，浇汽油，点火，一套流程这么麻烦，他也真不怕被王寿山的人堵在这里……"

"这家伙要么是艺高人胆大，"老四不停点头，"要么是一伙人……不管是一个人还是一伙，我觉得这更像逼供。"

"逼供、复仇……不管是啥吧，"朝阳又蹲在尸体旁边，沿着伤口的走向，用手在空气中慢慢比画着，"下手的这孙子，是够狠的，而且是个老手……"

"对。"老四也蹲了下来，"而且，我看他八成还挺喜欢这样杀人的……"

一辆破轿车在横寺路停下。一个站在书报亭前的男人走向汽车。跟车上的乘客交谈两句之后，代驾司机下车离开。他钻了进去。

"你看什么？"徐猛被李若颜盯得不自在。

"这回挺帅的嘛，"她调笑着用手指在他脸上一点，让他换个角度，"这个是干吗的啊？模特吗？"

"别闹，"徐猛被她调戏得不好意思了，"我也不知道……家里好多衣服，制服，跟飞行员似的……好像是个裁缝吧……"

"那孩子没事吧……"李若颜恢复了正经。

刚才徐猛看见李若颜的伤就气炸了，不听劝阻，带着一身伤开车去找王寿山"谈谈"，结果梁沟村死活进不去。不管哪个入口都有警车。徐猛冷静了一点，把车停在远处，下车钻进看热闹的人墙里问了一圈，才知道出了什么事。

怒火下去了，他才开始疼得咬牙，一只眼睛都肿得看不见东西。

他只好买了点安眠药，去医院进行了最快的一次变身。

"没事。我在急诊室拿完号睡过去了。刚才去问了问，已经出院了……你怎么还看着我？"

"我就是不敢相信，"她一脸出神的表情，"世上居然真的有这种事……"

"你们女人就是没义气，"徐猛半真半假地埋怨，"给你卖命这么久，到现在才相信我……"

"眼见为实嘛，"李若颜做了个赔罪的手势，"你快说说，是什么感觉？"

"什么什么感觉？"

"就是变身的时候啊，是不是砰的一声，金光四射？还是眼前有一个通道，你钻进去就像万花筒一样转啊转啊……"

"转啥啊，什么都没有……"徐猛被她夸张的想象逗乐了。他蓦然发现活了这么多年，就跟她在一起这些天笑的次数最多。

"……总之啊，就是眼睛一闭，一睁，就换人了，比电视换台还快……"

"然后呢？"

"然后就跟喝完酒第二天早上醒来一样，浑身不得劲。头疼，眼前看天都发红，好一会儿才能好……"

"这么难受啊？"

"这不是最麻烦的。最麻烦的是你不能照着以前的习惯使劲。以前迈一步使多大劲，现在不行了，因为腿可能变长了或者变短了，按照以前的劲八成会摔跤。另外肌肉也不太听使唤，就像……就像……"徐猛琢磨了半天，终于想出来一个比喻，"就跟你第一天开新车一样……"

这个例子举给没驾照的李若颜听显然不是很合适。不过她也不是很介意。她凝神不动，似乎是在推测那是一种什么体验。过了一会儿，终于摇着头笑了出来。

"我说，就是这事在一直让你烦？那你岂不是很爽？每天都可以有个新的人生。"她拍着轮椅，"我真羡慕你啊……"

徐猛的表情一下子凝固了。脑袋忽然变得很重，抬不起来。

"不打岔了不打岔了，你接着说，"李若颜收拾情绪，"你上回说，你能拥有身体原来主人的本领？你还能运用他的什么？记忆呢？"

"那不行，"徐猛摇了摇头，"我现在用心试了很多次，我发现，只有没用心想的时候，身体往往能自己知道该怎么办。但是一旦用脑子控制，想故意做个什么事，或者试试这人会什么，就什么都试不出来……"

"哦，也就是只能运用一些低级神经反应对吧？"

"啥？"徐猛一脸茫然。

"就是……像条件反射，无意识的一些习惯……"

"啥反射？"徐猛继续一脸茫然。

"就是……"李若颜忽然觉得高中生物课本没在身边很可惜，"比如说，你饿了看见好吃的，就会流口水，你看见有东西朝你砸过来，就会躲开……"

她忽然顿了一顿。再开口时，语气变得如水般温柔。

"比如说，你醒过来，就会来找我……"

徐猛犹豫了一下，挤出一个笑容，点了点头。

"对不起，我没有早点信你。"李若颜努力拿出正经的腔调，"不过从现在起，我对你百分之百，不对，百分之一千地信任！你干什么，我都相信你是为了我好！就算你把我卖了，我也绝对相信你有自己的理由——不过话说回来，真卖的话给我挑个条件好点的村子啊……"

她又开始嘻嘻哈哈。徐猛却没有跟着笑。

"还有别的吗？"李若颜还在问。

他摇了摇头。

"你有什么推论吗？你觉得是怎么回事？"

"我……"徐猛挠着脑袋，"我觉得是报应吧。我捅过人，砍过人，开枪打过人，这些人……大概都在咒我吧……"

"瞎说，呸呸呸！"李若颜很不满，"不准你这么说自己！你怎么不往好的方面想想啊？"

"啊？"徐猛没想到这事还有好的方面。

"有啊，比如说，超能力、灵魂转移，美国电影漫画里特多。一个普通人，突然有了超能力，为了对抗罪恶……"她假装握着个麦克风，把手伸到徐猛面前，用标准新闻腔发问，"请问这位先生，你拥有超能力又是为了什么？"

徐猛茫然地摇头。

"当然是为了保护我啊！"李若颜对他的迟钝不以为然，"你是守护天使，你忘了？"

徐猛跟她的目光相碰，像是被烧红的铁棍烫了一下，立刻把眼睛移开。他觉得自己是一块松软的泥地，根本经不起她钢筋混凝土楼房一样沉重的信任。整个人在随着一些东西不断下沉，下沉……

假如再不挣扎呼救，他就会被口中涌进的淤泥活活闷死。

去他妈的，不管了。

再不说实话，我还算人吗？

"其实……"这两个字被二人同时说出。然后，他们惊讶地抬起头。

"什么？"徐猛忍不住地骂自己懦弱，但还是抢先开口询问。毕竟，站在火山口边上忍不住退一步，是人的正常反应。

"其实……想来想去……有个人可能……"李若颜吞吞吐吐，脸色发红，"可能知道，还有谁想要我的命……"

"谁？"徐猛来了精神。

"你别生气啊，"李若颜吞吞吐吐，"我是想早说的，但是……说不出口……"

"你就说嘛，以前你没告诉我，我理解。不管你做什么，我都理解……"

"最初，在医院劫持我的那个人，那个秃头……"李若颜的眼里全是感激，继而转化成了勇气，"是我爸……"

李长生不太记得女儿出生在几月几日，也不记得她出生时有没有胎记，是顺产还是剖腹产。但这并不是因为他重男轻女。那几年他除了几只股票的价格，什么都记不住。他觉得，自己天生跟股票有缘。红绿相间的曲线，像极了他的人生。

他出生在黄镇的赵家集，年轻的时候到九安打工。他干过流水线，干过运输，干过建筑。雇主对他的评价都差不多，年轻力壮，肯吃苦，肯动脑筋。这些评语大概不是客气。因为他来九安没几年就买了辆小车，开始自立门户，招揽装修生意。他手里有些是以前打工时积攒下来的客户，身边有几个会干活也有时间打短工的老乡，生意进展不错。然后，他结了婚，第二年妻子怀了孕。那年生意不好，冬天又太冷，他索性把生意停掉，想在家歇一阵，过了年再说。结果一切就在这时候改变了……

他到现在都记得第一只让他赚到钱的股票——某某工业。他听人说这个公司不错，就试着买进了一些。结果当天晚上就开始大涨。前后一个礼拜的工夫，他挣到了八万多。不用跑破鞋底招揽生意，不用挥汗如雨地在混凝土墙上打眼，不用低三下四地求甲方付款。仅仅是买进、卖出，就比一年的纯利还多。拿到钱的时候，他忽然觉得一扇通往新世界的门打开了。

李长生从此开始了无本生意。他不是没赚到过钱，但是干这些行当，钱就像水，在手里打个转，顷刻就再次流出去。

妻子开始跟他吵架。他也不知道她那次心脏病发作是不是跟之前的争吵有关。女儿寄养在母亲那里，他继续在九安打拼。当年年底赚的三十万让他觉得找到了之前没发财的原因——那个倒霉女人克我！

他又结了婚，这次的老婆比他小十岁。他觉得人生终于真正开始，大好前程在前方等待。他开始走所谓的内幕消息路线，借钱当本金，尝试更大手笔。一切都很顺利，账户里的钱开始逼近七位数。

这时候发生了一件事。母亲去世了。女儿找上门来。妻子开始跟他吵架。

股灾也在那年开始了。

开始有不明来历的电话打进来提醒他还账。家门口开始出现不速之客。他们一开始只是进来喝茶，坐到半夜，聊些不相干的事。后来就开始泼油漆、扔石头。他没有绝望，到处想办法借钱弥补空缺。他就这么又染上了赌瘾。赢钱的时候是有的，而且还不少。但是一个债主满意而去，其他的又蜂拥而来。

后来，他就只想着一件事——逃避。他消失的时间越来越长，妻子离开了。他不在乎。渐渐地，他忘了自己还有家庭，还有孩子，还有故乡，还有生活。他唯一想着的，就是搞钱、翻本、还债、发财……

"先生，你还要点什么吗？"侍应生不知什么时候站在桌前，带着警惕尊敬地提醒他，这杯咖啡你喝了快一个小时了，没事就滚吧。

"我还要等两个人，谈生意……"他的笑容总是很谄媚，就像对待债主。然后他想起对方的身份，板起了面孔。

侍应生走开了。他看看表，继续心不在焉地搅拌着咖啡。他没有注意到，十几米开外的一辆黑色轿车里，女儿正在盯着自己。

"就他？"徐猛眯着眼睛眺望。

李若颜点点头。她也希望这个人不是父亲。那天他三年来第一次出现在自己面前，张嘴问的第一句话就是：捐款还有剩的吧？

"你选的这个地方啊……"徐猛看着门口密集的摄像头，轻轻摇头。

"我是特意选了个不能喝酒的地方，要不然他肯定已经喝醉了，"李若颜叹了口气，"他可能是这么多年欠债愁的，见了酒必喝醉——要不然你以为我是怎么想到代驾那个主意的……"

"还有个事我不明白——他是你爸，正大光明给你办出院，我一打他他跑什么？"

"他可能……"李若颜说起来还是觉得很丢脸，"可能以为你是债主派来的……"

"他到底欠了多少钱？"徐猛无奈地问。

"没说，"李若颜摇摇头，"但是看样子不少，要不然也不至于把主意打到我的善款上……"

"你的善款还有多少钱？"徐猛沉默了一会儿，然后问道。

"我也不清楚，不过应该不少吧……安仁医院消费可不便宜，老刘从没提醒我说钱快用完了什么的；我要零花钱，他也从里边取了给我……"李若颜用与年龄不符的口气感慨着，"这辈子对我最好的，竟然是一群素不相识的人……"

她顿了顿，又叹了口气。

"我爸来找我要钱的时候，我真是觉得活着太没意思了，所以整个人听天由命了，爱怎么着怎么着吧……"

"那你在车上为什么要留暗号向我求救？"

"因为我认出了你，认出你这个舍得花自己的时间陪我的'推销员'。我忽然就有种冲动，觉得试一试，这回也许会有点不一样……"

徐猛手放在车门把手上，却又很久没有打开，一副欲言又止的表情。

"以前你告诉我的你自己的情况，"最终他还是没忍住，问了出来，"全是谎话？"

李若颜点了点头。

"为什么？"

"我就是虚荣，行了吧？"李若颜的脸被长发遮住，她没有把它撩开，"我就是不甘心，为什么别人都天生有个正常的家，而我没有。别人的妈妈，都操心孩子吃什么，穿什么，别人的爸爸，管着孩子，怕他学坏。他们正常上班，下班，回家做饭，谈谈单位的开心事、烦心事。他们每个月账户里都会有工资打进来，银行余额不会突然变成零。孩子想要什么，只要说一声，撒撒娇，或者拿成绩单来换……多么普通，对不对？可我，就是没有……"

她慢慢抬起头，靠在椅背上。

"我爸从来不问我学校怎么样。他都不怎么在家。有时候躲债回来，偶尔嘱咐一句，好好学习。多敷衍的一句话，我拿着好像救命稻草一样。我拼命学习，熬夜熬到有黑眼圈，考试前紧张到掉头发。我的英语全省竞赛拿过名次，物理化学全国都拿过名次，老师都说，我是他们见过的最好的学生……"

说到这里，她深吸了一口气，然后慢慢吐出来："可是，没有的，依然是没有……夜深人静的时候，我总是不明白，为什么我做得比所有人都好，非但不能得到相应的尊重，反而要低人一等？我要的那么少，却没有一个人给我，一个都没有……"

她把头歪向一边，看着窗外的街景。

"终于有一天，我决定不再等别人，我要的，我自己给自己，哪怕是假的，哪怕只有几年，哪怕，只是让自己麻醉一下，因为那是我应得的……"

沉默了许久，徐猛终于动了。他推开车门，袖子却又被李若颜拉住。

"干吗？不是要跟他谈谈吗？"

"你可好好谈啊，"李若颜警惕地提醒他，"不许难为他……"

徐猛歪着头，忍耐再三，终于还是按捺不住："他这么对你，你不恨他？"他恨铁不成钢地看着她。

"你爸爸……是个怎么样的人？"沉默了一会儿，李若颜忽然问。

"我……没有爸爸……"徐猛毅然摇头。

"你没见过他？"

"应该是见过，但是……没有印象了……"

"你就没想过他？不需要他？"

"没有！"徐猛干脆地回答。

"一次都没有？"

"别说了！"他朝李若颜吼了起来，"我没爸爸！杨叔比我爸爸强一百倍！"

"那你想想，"她丝毫没有被吓到，"要是杨叔对不起你，你会不会恨他？"

徐猛一愣，然后叹了口气，下了车。不过马上又把头探了回来。

"我明白你的意思了，但是，杨叔绝不会对不起我……我也不会恨他……"

"我也是这么想的，"李若颜挤出一个微笑，"我只恨那个撞了我的人……"

李若颜一在门边露面，李长生就看到了她，热情地迎了出来。看到徐猛，他愣了一下。

"哎呀，男朋友？"他惊喜地打量着徐猛。

"爸，别瞎说……"李若颜嗔怪道，"这是……一个朋友……"

"嘿嘿，好，你说是朋友那就是朋友……"他朝徐猛热情地伸出手。

然而后者却像没看到一样，双手揣在裤兜里，不准备拿出来。气氛眼看就要尴尬起来，一辆出殡的灵车忽然驶过。

"呸呸呸！"徐猛和李长生不约而同地朝地上吐着唾沫，随即用手在脑袋和身体周围扇风，试图驱散烦人的晦气。两人背后，李若颜带着惊恐的眼神看着这一切。

"走，里边坐！"李长生把徐猛挤走，推着李若颜往店里走去。进了门，打量了一下，他又跟徐猛一起把手指向东南角的那张桌子。

"哎，兄弟，同道啊？"他笑呵呵地拍着徐猛的肩膀，"有眼力见儿，知道坐离后门近的座位……"

这人亲切而豁达的态度，搞得本来以为自己要面对一个无耻之徒的徐猛很不适应。接下来看着这父女俩谈笑风生的样子，他甚至开始怀疑李若颜是不是又在骗自己。

"女儿又漂亮了，万人迷啊！"

"这话我爱听……"

"遗传我的基因嘛！爸年轻的时候，那是一表人才，不比你那个吴亦凡差……"

"爸你岁数大了，注意点，别闪了舌头……"

"若颜，太好了，"李长生关切地握住女儿的手，"接到你的电话，你不知道我那个激动啊，我还以为，还以为……"

"你以为什么？"徐猛实在忍不住了，冷笑着插嘴，"你以为她被你债主弄死了是吧？"

李长生看了他一眼，居然继续眉开眼笑。

"还说不是男朋友？"他惊喜地指着徐猛对李若颜说，"你看看，都心疼了……"

"爸你能不能不要这么贱……"李若颜的表情像是想撞墙。

"若颜啊，爸爸知道，有些地方，我做得不好，这些年你受苦了，"李长生从表情到语气都掏心掏肺，"我明白，你怨我对吧？但是，你得理解爸爸，我也是为了这个家，为了挣钱，让你、你妈、你弟弟过上好日子……"

"爸，我没事，但是……"

"那样她就不用睡厨房了是吧？"徐猛又插嘴。

"你们认识多久了？"李长生微笑着上下打量着徐猛，"小伙子，是个好人！但是你知道吗，我让她睡厨房，是因为讨债的人会朝着卧室玻璃扔砖头……"

李长生不急不躁地辩解着。俗话说，伸手不打笑脸人，他这种态度搞得徐猛有劲没处使，浑身难受。但是李若颜却从这笑容里看出了什么。

"爸，阿姨她……还好吗？弟弟呢？"

李长生一愣，随即又笑呵呵的。

"挺好，挺好，上个……月还打电话了，我说要去看看毛毛，她也同意了……"

他的头终于低下来，用手搓着裤子。

"爸，我这回找你，是为了……"

"我知道，你不用说了……"李长生抬起头来，不再嘻嘻哈哈。

"你怎么……知道的？"李若颜狐疑地问。

"你要结婚了是吧？"

"啊？"徐猛和李若颜同时叫起来。

"他是外地的，听口音能听出来，"李长生指着徐猛，长叹一口气，"你嫁过去，就不再回九安了，对吧？我理解，我理解，虽然有点舍不得，但我真的替你高兴……"

说着说着，他的眼角居然湿润了。

这让徐猛都忘了辩解。

这人跟想象中的太不一样了。

"爸，我求你了，别瞎猜了行吧？"李若颜双手捂脸，用额头不停敲桌子，"你这人怎么这么会加戏呢……我不是要结婚……"

"啊？"这回惊讶的变成了李长生，"真的？"

"我说李长生同志你没事读读书好吧？咱们国家结婚年龄是 20 岁……"

"你要改户口？这个好办，我认识……"

"我改你个头啊……"李若颜手扶着额头，彻底对父亲打岔的能力无语了，

"我是要问你钱的事！"

李长生长长地"哦"了一声。

"既然不结婚，你那个钱，能不能……"他终于换上了徐猛想象中的无耻表情，"我跟你说啊，这次我真的有希望把债还清——我看中了一只股票，绝对会……"

"行啦，"李若颜及时制止了一场长篇大论，"爸，我得问你一件事。你到底欠谁的钱？"

"那可就多了……"李长生的脸色顿时变得很尴尬，"你问这个干吗？"

"因为你的某个债主在追杀她！"徐猛终于等到了合适的发表机会，声震屋顶，半个咖啡店的人都看了过来。

"你别……"李若颜尴尬不已。

"把你债主的名字全写下来……"徐猛从怀里掏出事先准备好的纸笔，扔在李长生旁边。

"这个……不合规矩吧……"

徐猛忽地站了起来，一把揪住李长生的领子，用力一扯。对方毫无抵抗之力，趴在桌子上，咖啡杯在地上摔得粉碎。

"你干什么啊？"李若颜急忙拉着徐猛的袖子。

"对他这种人，有什么好留面子的？"李若颜也不知道徐猛怎么了，只好眼睁睁看着他像喝醉了一样失控，"他，气死你妈，由着你后妈虐待你；他，不给你零花钱，偷你的学费去赌钱。现在，他又贪图你的善款！你住院、康复，下半辈子唯一的指望！最卑鄙的是，他以为我是债主派来的，以为你被债主绑走了，他找过你吗？一次都没有！因为他不敢！他怕因为找你暴露自己在哪儿！你最恨的，难道不该是他？"

"你们干什么？出去！"店长模样的人气愤地走了过来，试图把他们轰出去。但是徐猛抬头瞪了一眼，他马上就不敢再往前走。

是人都看得出来，那是猛兽要吃人的眼神。

"你他妈也有脸来？"徐猛像疯了一样，指着战战兢兢的李长生破口大骂，"你老婆哭着找你的时候，你在哪？她被人逼死的时候，你在哪？孩子哭着闹着想要看看爸爸是什么样的时候，你在哪？他流落街头，没饭吃没衣服穿，为了他妈的一块烧饼被人差点打死的时候，你在哪？你居然说你是他爸爸？你也配！"

店里鸦雀无声。李若颜眼含热泪，伸手轻轻抚摸着他的胳膊。柔情中有感激，但更多的却是同情，和犹犹豫豫的提醒：你说的，超纲了……

徐猛像是刚从梦中醒来，四下看了一圈，满脸通红，气急败坏地往外走去。

"你等等我……你怎么了……"

徐猛大步流星，头也不回，李若颜好不容易才没被他甩掉。几个街口过后，他终于停下。背靠着墙，蹲在一个死胡同里，像个赌气的孩子，把脸歪向没人的一边。

轮椅的橡胶轮胎慢慢碾轧着布满龟纹的水泥地。坑洞里的积水微微震动，晃碎了另一颗残破的月亮。李若颜的手几次伸出去，又几次停在空中，始终没敢抚摸他的头顶。

"你……"她小心翼翼地问，"你没事吧……"

"傻瓜……"徐猛伸出手用手掌在脸上胡乱擦着，"我能有什么事……"

"你哭了？"

"胡说！"徐猛听起来很恼怒，可还是没有把头转过来。

"对不起啊，我之前跟你说的，可能让你有了误解，"李若颜的声音很轻，好像是怕吵醒了谁，"我爸虽然不是个正经人，但他真的没打过我，没虐待过我。实际上，我们父女俩还挺聊得来的，你也听出来了，我们说话风格很像，见了面就跟我爸斗嘴，是我成长过程中难得的乐趣……"

"我这人没文化，"过了好久，徐猛依然倔强地蹲着，看着巷子深处，"净瞎操心，说傻话……"

"那可不是傻话，"李若颜的声音在微微打着战，"你刚才说的，是我这十八年来听过的最过瘾的话……"

徐猛的身体忽然停止了玩世不恭的晃动。

"你一定觉得我可笑、虚荣、有公主病，才把自己包装成一个富二代，其实我以前也是这么以为的，可是今天，听了你说的那些话，感受到你的那些情绪，我才明白，我其实只是在表演自己的梦想。从小以来，我就在做着这些梦：有个完整的家，有个让人不会再嘲笑的出身，有个时时刻刻在关心我的爸爸……可是就连我自己都知道，这些除非在舞台上，是没可能实现了……"

徐猛终于把脸转了过来，愣愣地看着李若颜。

"你说的道理，我也明白，可是，可是我就是放不下……"李若颜把头靠在靠背上，看着逼仄的天空，"……那个哭着要见爸爸、做梦也要爸爸抱一次的孩子，其实还没死，其实一直活在心里，等着梦想实现的那一天……"

黑暗里好久没人说话。两人的目光相碰，像两根久久试探、终于相握的藤蔓。

"你爸呢？"徐猛终于想起了正事。

"不知道……"李若颜摇着头轻声说，她的嘴角微微颤抖要往下撇，却最终在中途向上扬去，"大概被你吓跑了吧……"

她终于含着泪笑了出来。徐猛看了好久，最后也跟着笑了起来。

"没事，跑就跑了，"李若颜一边笑一边擦着眼泪，"债主是谁，咱们一定能查出来。因为……"

"因为你是天才少女？"

"而且，是个有天使保护的天才少女……"

"他没跑……"胡同口忽然传来的声音吓了两人一跳。抬头一看，是李长生。

他模样没变，身上圆滑的气质却少了很多，走路颤颤巍巍，不时被小石子绊个趔趄。

"爸……"李若颜不敢相信，泥鳅一般的父亲这次居然没有消失。

"你别叫了，他说得对，"李长生摆了摆手，"我的确是没资格当你爸爸。这么多年没人当面骂我，我就自己糊涂了。鬼迷心窍啊……"

他抬头看看天空，然后又低头犹豫了一会儿，最终一拍大腿。

"但是有一件事你得信我。我那天接你出院，真的不是图你的善款……"

李若颜没说话。

"那你问钱干吗？还不顾她反对出院？"徐猛依然对此人印象不好。

"我是为了救她！"李长生紧握着双拳，"没钱，怎么跑路啊？"

李若颜叹了口气。她从小到大，早就厌倦了这种廉价而敷衍的谎言。

"爸，我不怪你，你告诉我们是谁，然后走吧……"

李长生还是第一次看到女儿如此冷漠的表现，不禁一愣。然后，他像是被刺痛了，顿时激动起来。

"长痛不如短痛！我就说了吧！"李长生激动起来，"我的确欠人钱！但这个钱，不是赌债！"

"你又碰期货了？"李若颜无奈地摇头。

"不是，你……你还昏迷的时候，我以为……大家都以为……你不会……不会醒过来了……"

"然后呢？"

"我那时候被追得特别紧，我就糊涂了……我……我……"

"你做了什么？"李若颜有点不祥的预感。

"那里有好多中介……他们到处发一些小广告……某某需肾脏，出价几十万。某某需肝脏，出价几十万……"

"然后呢？"李若颜的声音已经冷了下来。

"我就……你知道，那时候都说你没希望了……"

"我问你然后呢！"李若颜咆哮的样子连徐猛都吓了一跳。

"有个中介来找我，我就抱着试试看的想法，把你的病历、资料……还有血样……"

"然后呢？"本来以为要惊涛骇浪般袭来的责骂没有到来。李若颜的声音反而轻柔了一些。

"然后他们找到了配型合适的病人。听说特有钱，需要肾脏……"

"然后呢？"李若颜的声音已经薄得像层纸干脆透明。

李长生被这种穷追不舍逼得走投无路，最终双手抓着自己的头发，蹲在地上。

"然后我就收了订金……"

胡同外咫尺之遥的人车喧嚣刹那间都消失不见。整个世界似乎只剩他们三个人。徐猛站在原地，看着李若颜的背影，百感交集，一个字都说不出来。

"爸……"沉默了不知多久，她终于开口。

李长生没敢答应，只是抬起头来，像个等待宣判的囚徒。

"你走吧，别让我再看见你……"

广园教堂后边的烧烤摊上，一张桌子吸引了不少目光。桌子的一边坐着的是个高瘦的年轻人，来了就一声不吭，食量惊人，眼前摆了一百多个铁签子。他对面坐着轮椅的女孩更加吸引眼球，白净干瘦，可是上来就连干三杯啤酒，还叫着要续杯。

"你这酒量算是练出来了，很快就要比我厉害……"徐猛一半是为了转移话题逗她开心，一半是真心赞叹。

"蝴蝶效应。"她抛出一个莫名其妙的词，随即自嘲地冷笑一声。

"啥？"

"因为我爸炒股，他赌钱还债；他又欠了赌债，就跑路；他跑了，我连零花钱都没有，后妈也不给我好脸色，我就谎报年龄，去酒吧打工；我在酒吧打工，结果那么晚回家，被车撞了；我被车撞了，我爸就预售了我的器官；他预售了我的器官，我又醒了，买主不干了，要抓我，把你也牵连进来……"她一边说一边苦笑，"所以，当初教我爸炒股的人，就像一只蝴蝶，扇动翅膀，没想到在地球另一边引起了飓风……"

徐猛沉默着，没有说话。

"随我爸，"李若颜好像刚刚听到徐猛关于自己酒量的赞叹，"我长得随我爸，说话不正经也随他，命不好也随他，酒量也随他……"

"可你……可你聪明啊……"徐猛赶紧溜须拍马。

"这个其实也随我爸，你以为我爸混得这么惨，是因为他傻啊？他聪明着呢。也肯吃苦，比我强。他本来是初中文化，为了炒股，几个月时间自学到大学高数水平，为了打牌赢钱，心算概率从来不出错……他还教过我，我没学会……"

李若颜醉意微现，开始不时咯咯傻笑。

"还有，我奶奶说，我小时候长得跟我爸小时候几乎一模一样，都是很多毛，跟猴子似的……"

她不停说着一些自己怎么跟李长生相像的琐事，讲得眉飞色舞，徐猛看着她的醉态，不知该说点什么好，只好由着她说下去。他第一次知道，原来平时李若颜跟自己说话已把语速和总字数降低起码三分之一了，今天放开讲，真是机关枪一样。她此时已经彻底酒精上头了，两颊发红，不时无缘无故地笑得长发乱舞，引得几乎所有食客都扭头关注。

然后，就像水龙头被拧上，她的话忽然就停了。

徐猛惊讶地抬头看她，庆幸地发现她没有哭，而是在歪着头，好像在琢磨什么事。

"你……你在想什么？"徐猛赔着笑脸问。

"我就是在想啊，我什么都像他，我是他亲生的，对吧？一定是亲生的，"泪水在一瞬间决堤般涌出眼眶，在她的脸上流得到处都是，"可他为什么，为什么就是不要我……"

"哎你别……"徐猛凑上去递给她纸巾，结果却被她一把抓住手，放在脸上摩挲着。

"我尽力了，我真的尽力了啊……"她哭得像个孩子，"我努力学习，我察言观色，跟所有人搞好关系，我自己打工挣钱，没给家人添过一点麻烦……可到头来，没有一个人要我……我亲爸爸，要卖我的器官……我真的就这么多余吗……"

"为什么啊……你说这到底是为什么啊……"李若颜抓着他的手哭得撕心裂肺。徐猛想拍拍她的肩，却忘了她腰部用不上力，结果把她整个拉到自己怀里。意识到这一点，他被吓了一跳，完全不知道该怎么处理这种情况，想把她推回去，却又不敢，只好一动不动，任凭她的眼泪沾湿自己的衣襟。

"别哭……别哭……"慢慢地，她那些呓语般的哭诉对他有了意义，一种从未有过的同病相怜令他感到一种找到同类的温暖，令他不再因为孤独而战战兢兢，"不要拉倒，咱们还不要他们呢……"

桌上的电话忽然响了。来电显示是李长生。他刚才没有立刻走掉。作为一个老江湖，徐猛做事不像李若颜一样感情用事。他刚才追上去问了一个重要信息：要李若颜器官的富豪，到底是谁？这个人无比重要，因为他很可能就是追杀李若颜的人。他有钱，有钱就有人。他想活下去，想活下去就会不择手段。

但是李长生说，他也不知道。他们只写过邮件，因此没有手机号，没有地址。收钱是见面收的，但是那人戴着墨镜，也看不清长相。

"你到底知道什么？"

"我知道是哪个医生在做这种手术！"

李长生手里，有配型检查的复印件。

"我是身经百战了，警惕性很高的——我当时就跟他说，见不到配型报告那不行，谁知道你是不是骗子？一开始他还推三阻四，说这个东西客人不愿意透露，后来看我态度坚决，就给了我一个复印件。上面的重要信息都用墨涂黑了，但是有一个东西他们忘了——跟我玩，还嫩点，医院的东西我太熟了，我替人排队挂号的时候……"

"什么东西他们忘了？"徐猛不耐烦地打断了他。

"执业医师代码——这个东西是系统自动添加的，他可能没注意——上卫生部的网站一查，就知道是不是真的……"

"太好了！"徐猛双手抓住李长生的肩膀，把他吓了一跳，"文件在哪？"

"我忘在家里了……"

几条街的距离，磨蹭了这么久，果然是个不靠谱的人……

徐猛嘟囔着去拿手机。然而还没够到，电话已经被李若颜厌恶地挂断。

"别……别这样，"电话再次响起，徐猛赶紧劝她，"咱们接了这个电话，以后再也不理他了，好不好？"

一劝再劝，她才勉强点点头。

"你接。"

"好了没有？"按下接听键，徐猛不耐烦地问。

"能不能，让我和我女儿说话……"电话那边传来的是李长生的沉吟。

"啊？"徐猛看了李若颜一眼。她显然是猜中了对话内容，把脸扭到一边。徐猛没有办法，只好按下免提键。

"若颜，我……我知道你恨我……"李长生的声音听上去像是醉了，但却又夹杂着隐隐的咝咝声，像是在抽自己卷的劣质烟，又像是在痛苦地呻吟，"我有时候的确是浑，但我真的惦记你……比如现在……"

"喝醉了大概……"李若颜扶着额头，无奈地摇摇头，似乎是在诧异自己为什么要同意接这个电话。

"女儿啊，东北冷啊，衣服带够了没有？"李长生忽然说了一句让两人面面相觑的话。

李若颜迷惑地看着徐猛。后者皱着眉头，伸手示意她先别说话。

"女儿啊，"李长生开始咳嗽，"爸爸以后不会再烦你了，但是……我有个不情之请，你下一站，能不能下车，回九安，咱们爷俩再见最后一面……"

徐猛倒吸了一口冷气。他仿佛开了天眼，沿着电话的信号回溯到对话的另一边，看到那张被打得青肿的脸、那把八成顶在额头上的枪。

"他身边有人……"徐猛捂住话筒，轻声跟李若颜说。同时，他感到一丝愧疚。本来对这人的节操，他是不抱任何希望的，觉得就是不揍他，他恐怕也能毫不犹豫地把女儿引到火坑里。然而这个自己鄙视的人却能爆发出这种胆量和急智，用这种办法来保护女儿。

她一愣，然后脸色发白，手伸在空中，中途犹豫了一下，但最后还是把手机抢了过去。

"你在哪？你怎么了？"她的声音还是冷冰冰的，但有些波动还是掩饰不住。

"若颜你别说话，你听我说，"李长生的语速骤然加快，"我知道，你恨我，爸爸……我以前对不起你……但是，咱们也有开心的时候，对不对……"

徐猛紧张地看着李若颜。这通电话的目的很明显，就是要把她引回去。他怕她不忍心，真的去找李长生。

"你记得吗，小时候我带你去动物园，带你去博物馆，"李长生真的开始打感情牌，声音变得温柔无比，"还有那次，去……少年宫，你记得吗？我带你玩那个智力竞赛，你真的好厉害，数字两个两个连得那么快，没有一次是错的，那时候爸爸就知道，你比我还聪明……"

徐猛一时拿不定主意该怎么办。理智的做法是立刻把电话挂断。天知道对方有没有杨叔以前提过的那种什么……什么定位的机器。但是这通电话，八成是父女最后一次通话了，难道就这样挂断？

"若颜……"话筒里李长生忽然哽咽了，"爸爸再跟你说最后一句话……"

忽然传来几声惨叫。

"爸！"李若颜终于冲着话筒喊了起来。她和徐猛焦急地对望。彼此心里都明白，没有任何办法。

话筒里仔细听能听到一些含混不清的对话。

"我这是一种争取她的办法，这是感情攻势……"李长生似乎在跟什么人解释着。

又是一阵杂音之后，手机终于被交还到他手里。

"若颜啊，你记着，这是爸爸这辈子最深刻的感悟……"李长生清了清喉咙，然后用黄钟大吕般的声音庄严宣布，"瑞向药业和东南高新的股票绝对不能买！

R644 也是垃圾！"

话筒里传来啪的一声，随即是一阵杂音，和李长生哈哈大笑的声音。然后就是一阵奇怪的声音，像是电台的杂音，又像是一台空调机出了毛病。

"这是什么？这是怎么了？"李若颜焦急地问。徐猛低头假装没听见。他不忍心告诉她，这是人被勒死时发出的喉音。

好在几秒钟之后，有人替他作答。

话筒里传出一个熟悉的声音。

"你们跑不了。"

两人顿时打了个寒战。

这是那个人，那个拧断了李若颜手指，又差点打死徐猛的人！

他追来了！

"我不知道你是谁，也不知道你为什么要杀我，"李若颜擦干眼泪，毅然决然地拿起手机，"但是我保证，有一天我，或者他，要亲手杀了你！"

临近午夜，九安西郊的一间 KTV 包厢里，徐猛站在门口，不时开一条门缝朝外边望去。李若颜坐在轮椅上，面无表情。一进门，她就叫来侍应生，要了几瓶啤酒。徐猛也不敢劝，只好由她。酒来了之后，她仰头几下喝光一瓶。酒瓶咣地放在茶几上，把徐猛吓了一跳。这时候他才发现，眼泪已经在她脸上流得到处都是。

"你……想哭就哭吧……"徐猛怕她把自己憋坏了。

然而李若颜却始终没有哭出声。她用手捂着双眼，好长时间才放开。手拿开的时候，脸上浮现的是一贯的精明与坚毅。

"没事，没事……干正事吧。"

"别急，报仇要慢慢找线索……"

"线索就在那里了，"她的唇线上下波动了几次，最终苦涩地笑了出来，"我爸跟我说的，是暗号。"

"什么暗号？"徐猛觉得自己真的被这对父女的智商碾轧了。

"他以前跟债主躲猫猫的时候，我们经常用这种办法来让逼债的以为他真在外地。所以一说这个，我们就进入了传递暗号的状态，"李若颜又恢复了天才少女的自信，"他从来没带我去过少年宫，玩什么数字连线的游戏——根本就没有这种游戏好吧？他一定是在暗示我什么……"

"暗示什么？"徐猛对自己的智商彻底放弃了。

"数字，连起来，他想让我把……"说到这里，李若颜也沉吟了起来，"他跟你说，他手里有什么来着？"

"这个……医生……什么……医师……代码……"徐猛结结巴巴地回忆。

"医师执业代码吧？"李若颜用手机搜索了一下。

"对对对，就是这个……"

李若颜查了一下，发现这是一个 15 位的数字，国家最近规定，重要的文件必须填写，以便需要时追查到责任医生。

"数字？"徐猛难住了，他想不起李长生还提到过什么数字。

李若颜托腮想了一会儿，然后打了个响指。

"股票！股票是有代码的！"她飞快地输入网址，填写了瑞向药业和东南高新。两个六位的代码被搜索了出来。

"不是说 15 位吗？"徐猛难得跟得上她的思路。

"'R644 也是垃圾'，"李若颜略一思索，开始轻声重复着父亲对自己说过的最后一句话，"加上 644……"

一个十五位的组合数字就绪了。李若颜看着那个数字，肩膀不由自主地耸动，最终流着泪笑了出来。她搜索了一下，最终打开了卫生部的执业医师查询网站。数字被输入了，点击查询。结果出来了。

然而接下来，她像是被晴天霹雳击中。

结果显示的名字是刘兴继。

第七章

死亡之躯

～

我死了？

这怎么可能？！

我明明在思考，在行动……

他的思绪忽然停住了。一个巨大的阴影攫住了他的头脑，还有每一块肌肉。

我到底是个什么东西？难道，是个鬼魂？

～

　　九安的午夜，工人新村西路的十字路口，一辆车关着行车灯，缓慢停靠在路边。

　　"你准备好了吗？"徐猛拔下钥匙，扭头看着身边的李若颜。她面无表情，好像完全没有听到。徐猛没有催促，只是静静地等待着。毕竟除了丧父的打击，刚才她又遭受了一次震撼。

　　"这能说明什么？"一开始她不能接受，"老刘只是做了检查，他可能不知道那是我……

　　"再说就算知道，那也是另一边的人让他做的……"话说了一半，她自己也觉得跟老刘平日的人设不符。他这么好的人，怎么会跟器官中介有瓜葛呢？

　　"知人知面不知心，要装好人，那太容易了……"徐猛不停摇头。

　　"他对我的那种关心，可是装不出来的……省医明明都放弃我了，他主动把我要过来。他难道让我转院到安仁，就是为了摘取我的器官？"

　　"你看看他的医院。全是挣钱的部门，他也不是圣人……"

　　"这个世界上，我能信任的人就三个——他、你、虹姐。老刘是不会有问题的。"

"说不定那是……"徐猛愣了一会儿，然后欲言又止。

"说不定什么？"

"说不定……"徐猛用很快的语速含混着，"说不定他是因为心里有愧……"

"你怎么就见不得世上有好人呢……"李若颜还是不信。

徐猛又着腰，也想不出什么新词来劝她，急得抓耳挠腮。忽然，他想到了什么，走到李若颜身边，拉住她的手。

"你要干什么？"

"你先到沙发上坐会儿……"

李若颜坐在沙发上，莫名其妙地看着徐猛在一寸寸搜查自己的轮椅。

"你电影看多了吧？"她马上明白徐猛在找什么。

"你想啊，"徐猛一边搜一边解释，"一开始，我以为咱们被找到是因为咱们大意，没有换地方。但是王寿山呢？这次跟你爸见面呢？所以他们绝对有什么东西能跟踪咱们……"

"咱们整天都在大街上乱逛，怎么没被找到？黑灯瞎火的，打个黑枪不是更省事？"

徐猛没有回答。随着咔的一声，他的动作停了下来。他站起身，把手伸到李若颜面前。她看到，手心里攥着的是一个小小的黑色塑料盒，上面写着一行英文。

"患者……与医疗资产……跟踪管理系统……"

李若颜念了出来，随即一愣。

"这肯定不对，"她不停摇头，"这说不通。咱们整天都在大街上乱逛，怎么没被找到？还有咱们在王寿山家门口那么长时间，他们要是能跟踪，黑灯瞎火的，在那里给咱们几枪不是最好吗？"

这个问题徐猛也没法回答，但是他坚持让李若颜搜搜这个设备的资料。经过一番苦苦寻找，终于找到了一篇很久以前的网络文档。

"这是很旧的型号了，在不按键的情况下，只能每两个小时发送一次 GPS 信号……"

念完之后，李若颜也陷入了沉默。这无疑解释了她刚才的疑问。

"这说不定是安仁医院的政策呢，"她还不死心，"一个轮椅可不便宜，再说重症病人走丢了怎么办……"

"你不是说轮椅是他送给你的吗？"

李若颜终于沉默了。

"就算是为了老刘，你也得查一查这个线索。"徐猛灵机一动，"你想啊，几张——那叫什么来着——配型检查单，可都是用老刘的名义开的。你说他大好人，大圣人，那就更得查查，有人冒他的名做坏事啊……"

这个理由显然比较中听。李若颜没有再反对，乖乖坐上车，来到医院。然而接下来，她却始终犹豫不决。

硬币一次次被抛起来，卦象结果一次次翻转着。徐猛希望李若颜能在"大吉"的时候说声出发，但她总也不开口。

"准备好了咱就下车……"徐猛看看时间，忍不住提醒她。然而她却忽然抓住他的手。

"能问你一件事吗？"她的眼神看起来很奇怪，问的问题更是不相关，"这事完了之后，你要干什么？"

"那，"徐猛认真琢磨了一下，"首先，得看那个有钱人是个什么背景的……"

"我不是那个意思，"他的深思熟虑被李若颜打断，"我是说，彻底完了之后？我安全了，你不用再管我了，你的问题也找到根源了，治好了……"

"我……"徐猛不知道她为什么关键时刻提起这个。他还发现自己没想过这个问题。

"去找杨叔吧……"想了一会儿，他说。

"找到之后，"她赶紧笑了笑，"你又要去闯荡江湖了？"

"是啊，"徐猛蓦然发现，想到这事，自己居然不如以前兴奋，"继续……"

"哦……"她点了点头，"要是……找不到呢？"

"别瞎说，一定能找到……"

"你有没有想过，"她字斟句酌地问，"干点别的？"

"什么别的？"

"比如说，你刀工这么好，可以做厨师啊……"

"厨师……"徐猛笑出了声，"别的行业不了解，厨师我清楚——以前争地盘，饭店是最难料理的，因为厨师都有刀，都手狠——想干这一行，要学好多年的，光刀工好压根没用……你怎么老问这些？"

"没什么，"她摇了摇头，默默关上了手机。上面是她早就搜到的网页。《杨千里犯罪集团覆灭记》。

"能再给我削个苹果吃吗？"她吹了吹自己的刘海。

"现在？"徐猛一愣，马上点头。四下一找，还真有。那个救了他俩一命的苹果还在，冷冻化开之后已经有些变形了，但还能吃。

"你这是怎么了？"他一边削皮一边问。

"没什么，"她的嘴唇在打着战，"就是有种感觉，忽然很怕。怕以后就没有机会了……"

"别瞎说……"徐猛赶紧呵斥这种不吉利的言论，"怎么可能？"

"那，不管你以后干什么，"她转头看着他，不停把头发缠绕在食指上，然后放开，"你会来看我吗？"

"当然会了，"他认真地点头，"你是世界上唯一能认出我的人。"

李若颜脸上绽放出笑容。徐猛也跟着笑了。

"开始吧？"徐猛急不可耐。

然而李若颜却再次示意他等等。

"怎么，你自己都忘了？"她比画了一个抽烟的动作。

徐猛一愣，然后拍了一下脑门。他掏出三支烟，一一点燃，正要朝空中拜，却又被她拦住。

"也给我三根。"

徐猛奇怪地看着她，最终还是照办了。

挡风玻璃映出一副奇怪的画面。两人各自手持三根烟，朝空中鞠躬。拜了三次，徐猛照例把两支烟一扔，剩下的一支叼在嘴里，抽了一口。李若颜也想学，结果呛得直咳嗽。

"你这是怎么了？"徐猛轻轻给她拍背，"你不是不信这个吗？"

"万一呢？"她笑了一下，"另外……"

"另外什么？"

"另外，如果非要相信你的一个判断的话，我选择相信这个。"她深呼吸了两次，"你说老刘的那些话，一定是错的……"

感应门忽地打开，噪声盖过了电视里音量被调低的解说员的声音。正看到点球大战的保安不满地抬起头。

"哟，你不是五楼那个小姑娘吗？"看到来人，他站起身来，皱着眉头回忆着名字，"这两天没见啊，我以为你出院了……"

"我倒是想！可哪出得去啊……"李若颜叹了口气，旋即亲切地一笑，"再说我哪舍得走啊，想你们怎么办……"

保安被她逗乐了，憨厚地一笑。

"你叫张成是吧？"她笑嘻嘻腻了上去，"你看什么呐？球赛啊？有没有德国队？"

"有……"

"哎呀太好了太好了，小猪有没有上？"她试图挤到电视跟前。

"有点晚啊……"保安很为难，"大夫看见了得说我了……"

"哎呀你真扫兴，我跟老刘说说就行了……"

李若颜硬要往前台后边闯，保安有点手足无措，不知该不该硬拦，忽然听到身后感应门又开了。急忙回头一看，出了一身冷汗。一个身穿病号服的男人不知什么时候已经蹑手蹑脚地走到了门口，正要跨出门去。

"你干吗去？"保安吼了起来。

"我就去抽根烟……"那人有点不自在地辩解。

"不行不行，晚上十点之后不能出去……"保安失去了耐心，推着李若颜的轮椅，把他们俩一起赶到了电梯门口，"都上去吧，出了事我负责不起……"

电梯门合上了，开始上升。李若颜和徐猛互相看了一眼对方的样子，憋不住地笑了出来。然后，两人抬手击掌。

"演技不错……"

"我这么久的医院可不是白住的，"李若颜得意地一笑，"不过这个张成记性不好，巡逻的老李可就没这么好对付了……四楼。"

"好嘞。"

电梯开到四层。这里是深切治疗科，病人基本都不省人事。晚上没人查房的话，简直是鬼城。两人出了电梯，没人看到。然后他们换乘手术专用电梯。只有这部电梯可以直接开往地下室。

底层到了。安仁医院确实财大气粗，即使没人住的底楼也保持得非常整洁，墙壁洁白，地面干干净净，各种管线紧凑而整齐，井井有条。然而在信息管理方面，私立医院的缺点就暴露出来了。机房只是简单锁上，门卡、报警系统、摄像头一律没有。徐猛没费多大劲就撬开了锁，推着若颜溜了进去。

房间不小，三面是成排的白色大铁柜，每个侧面都有一个带摇柄的轮子。铁柜没有门，能看到里边塞得满满的全是档案。

"还有铁道呢？"徐猛看着铁柜下面的滑轨啧啧赞叹。

"别没文化了，这叫密集架。"李若颜转动摇柄，文件柜沿着铁轨开始移动，"这样就可以进去查资料，明白了吗？"

"从哪查起呢？"徐猛自言自语了两句，然后马上盯住一个铁柜，摇开距离，扎了进去。

"有进步啊……"李若颜发现他不但认对了标签上的"外科""移植"，甚至还贴心地把铁轨之间的距离摇得特别大，方便自己进来。

"一般吧……"徐猛略有些自得地挤眼。

"这是按日期排的……"徐猛马上又发现了一个问题，"你爸没说几月几号？"

李若颜摇摇头。

"我夏天出事，按照我对我爸的了解，他半年以内是不可能赶到的……"李若颜无奈地摇摇头，"赶到之后，他琢磨出这个缺德主意就应该很快了……但是没真把我论斤卖了，说明他操作时间也不太多，我就醒了……这么算，我估计是第二年第一、二季度吧……"

"好，那咱们分头，我从头，你从尾……"

两人开始紧张地翻阅。这里的存档是完整的病历，从入院到出院，如果有器官配型结果，也只是其中的一张纸，需要细细查找。一开始李若颜还不放心徐猛的识字水平，但听他不停轻声念着病历上的字，虽然有不少不认识的字需要跳过去，但是理解意思是没问题的。

"我操！"他忽然失声叫道，"这不是那胖子吗？"

李若颜紧张地靠了过去一看，照片上的脸果然是那天在段河家拿斧子的杀手。这张脸曾让她把苦胆都差点吐出来，印象不可谓不深刻。

"男，36岁……无医保，山西晋阳人。入院日期……"李若颜飞快地接着念下去，"肾癌晚期，坏死。移植1月15日配型成功，8月30日移植手术成功……主刀医师刘兴继……"

"你看看,"李若颜松了一口气,"手术他都做了!不是我,跟我没关系!"

徐猛没理他,又拿出一堆档案,不停地翻阅。李若颜发现,他只看照片。几分钟之后,他把一堆文件摊在地上。

"这不是段河吗?"看了第一张照片,李若颜脱口而出,"肝移植?"

"没错,你再看这个,"徐猛指着第二个病历,"记得吗?是那个小个子,司机;这个,是那个搞电脑的;而这个……"

李若颜打了个冷战。那就是现在徐猛的脸。

"你发现了吗?"他的表情像是在做梦,也不知是明知故问还是自言自语,"我所有的身体,都在这里做过手术……"

李若颜也震惊了。她让徐猛把这些档案捡起来,放在她腿上,徐猛机器人一样照做,脸上却依然是梦游般的表情。她飞快地浏览着每一页资料,理所当然地没有找到一个合理解释,但却不是一无所获。

"这些人……"她觉得喉咙发干,"都是在去年8月30日之后的几天接受的移植手术,医生全是……刘兴继……"

徐猛回过头来。

8月30日。

他最后一次在镜子里看到自己的脸的那个夜晚。

"这些人做的什么手术?"

"我看看啊……"李若颜没有注意到他的声音嘶哑发颤,"肾脏移植,肝移植,小肠,胰腺……"

"器官哪里来的?"徐猛也不知道自己为什么要问。心里有个巨大的乌云慢慢压下来,让他不敢去细想后边藏着什么。李若颜紧张地查找了好一会儿,才找到那个被掏空的捐赠者。病历一打开,她惊呼一声。

"你怎么了?"徐猛看到她脸色比纸还白,虚汗一瞬间遍布额头。

"这……"她用帕金森病人般抽搐的胳膊转过病历,"这不是你吗?"

徐猛像是被闪电击中。自己的照片赫然贴在病历首页。一行字像炮弹一样直直打进脑子,轰然炸开。

我死了！

他像是个刚爬上岸的溺水者，不管怎么急促呼吸，氧气都嫌不够。

我死了？

这怎么可能?！

我明明在思考，在行动，只是用别人的身体……

"你别急，你别急，我……"嘴上这么说，但是看到他失魂落魄的样子，李若颜自己先急得眼里闪现着泪花，"我再查查，一定是搞错了……"

"不用查了……"徐猛茫然地看着前方，"我死了……"

他的思绪忽然停住了。一个巨大的阴影攫住了他的头脑，还有每一块肌肉。

我到底是个什么东西? 难道，是个鬼魂?

徐猛的脑子一片空白。他的思绪无法组织成语言说出去，外界的信息也无法通过眼睛耳朵挤进来。他没有留意到李若颜还在翻阅着病历。她发现这个病人以前有过就诊记录。而日期，是自己人生毁灭的那一天。

"这是你？"

徐猛被惊醒。他看到眼前的李若颜眼含热泪，在指着病历问自己。

上面入院情况一栏清楚地写着：

"……伤者于 5 月 19 日夜驾车行经工人新村西路与建业路路口时发生车祸，额头有一处 5cm 伤痕……交警系统备案：车牌号 XQ 45082 ……"

他不知道该怎么回答。

"这是你？"李若颜又问了一遍。只是这次，眼泪已经流了出来。

"……对不起……"徐猛这才反应过来事情到底到了什么程度。一切谎言、伪装、机会、救赎都被撕得粉碎，剩下的，只有水泥地一般坚硬冰冷的现实。李若颜脸色煞白，眼睛瞪得有半张脸那么大，她好想跳起来抽徐猛一个耳光，又好像要原地爆炸。可是最终，她用难以置信的力量把这些冲动都箍在钢铁般坚硬的胸膛里。

"咱们在医院碰见，你带我出去，几次救我，都是因为你撞了我？"

"是……"徐猛蹲了下来，双手抓着头发，不敢抬起头看她。

"咱们相处了 79 个小时 48 分钟,一起出生入死了多少次,你就没想起把这事告诉我?"她带着哭腔吼了出来。

徐猛觉得每一声啼哭都像一把尖刀,缓缓切入自己的胸膛。他觉得自己的脖子失灵了,脸不管多么努力都抬不起来。他这才发现自己有多么希望自己生活在购物广告里。他是多么希望,一切都有一个确切而简单的解决方案。

"是你……"再次开口时,她整张脸都失去了控制,在抽搐着,在扭曲着,"是你……撞……撞……撞……"

她再也说不下去了。脸上涕泪横流,放声大哭。她哭得身子蜷曲着,脸上的表情只在某些被长刀刺穿肚子的人脸上才能见到。徐猛无法说话,无法抬头,他真的希望自己是个鬼,可以变小,小得像粒尘埃,那样就可以贴在地面上,不用再面对她。他觉得自己的脸像是在被火烤,心脏在被针扎,他觉得自己必须痛哭一场才能呼吸,可是又觉得在她面前,自己没有哭泣的资格。

"对不起……我……对不起……"徐猛不知自己什么时候已经来到她的轮椅前,双膝跪地,不停地重复着这句话。

砰的一声,李若颜抓起病历,拼命抽打着他的脑袋。

"你走……你走!"李若颜的长发被眼泪粘在脸上,"你给我走啊!"

她忽然像疯了一样,不管不顾地尖叫起来。徐猛被吓了一跳,抱住她想让她镇静下来,然而却毫无作用。他感到她在怀里挣扎着,又掐又打,最后狠狠一口咬在自己肩膀上。剧痛猛烈袭来,他的感觉却好了一点。他是多么希望自己的罪孽能够像鲜血一样汩汩流尽。

"你们干什么的?"终于,被叫声惊动的保安赶来了。他们的目光首先就被徐猛身上的病号服所吸引。他们冲上来,拽他,用警棍打他,拼命想把两人分开,而徐猛却像铁铸的跪像,纹丝不动。

"精神病区的吧?弄晕他!"

徐猛剧烈喘息着醒来,满身大汗。他坐起来,任由心脏狂跳,焦急地等待着视力恢复。他觉得自己大概是坐在一张硬板床上,木板粗糙,隔着薄薄的褥子硌得屁股生疼。床上的被套是粗布,在手掌的摩擦下发出窸窣的微响。他的大脑苏醒过来,慢慢回忆起刚才发生了什么。

"李若颜呢？"

惊悚和悔恨像毒药一样注射进来。他开始痛心疾首，自己怎么会让事态彻底失控。

医院会怎么对待她？

"废话！"他狠狠给了自己一耳光，"他是要她的器官……"

终于，视力慢慢恢复了。他睁开双眼，急切地打量着环境。虽说以前附身的人家境好像也不怎么样，但是穷到这回这个份上的还真没见过。床显然是哪个作坊自己做的，床头板没刨平，床腿还有毛刺。四面墙连刷都没刷过，露着水泥。没有日历，没有挂钟，没有电视。最夸张的是地板，直接是泥土夯的。徐猛穷尽了自己的所有记忆，都不记得九安有哪个小区会这么穷。

好在桌边有个电话，能够让他确认，自己还生活在 21 世纪。

他拿起来，犹豫了一下，拨打了李若颜的手机号码。等了好久，里边还是忙音。扔下电话，他开始寻找窗户，想打开观察一下街景，然后就发现这个房子更奇怪的一点。一共三个窗户，两个被用胶带和报纸贴得乱七八糟，几乎不透光。唯一透光的那一扇下半截又被用砖头砌死半截。他试着推了推，还挺结实，也就放弃了。

"不会是下边的乡村吧，"他径直朝屋门走去，"希望别离得太远……"

门锁有些锈，拧动的时候不得不用些力气，结果使劲的时候一歪头，他看到门旁边还有一扇小门。门半开着，能看到里边是洗手间。门上贴着一面小镜子，跟里边的卫浴镜互相反射，映照的东西令他情不自禁地走了进去，走到镜子跟前。

裸露的躯体慢慢浮现出来。赤裸的手臂和肩膀上肌肉发达而有线条感，腹肌和胸肌透过紧身背心棱角分明。肌肉结实的大腿，修长的小腿，没有一处不显示着无穷的力量。这个躯体是如此健康、完整、有力，令他开始在心里感谢冥冥之中鬼神的帮助，赐予他足以完成目前艰难任务的本钱……

等等！

徐猛忽然觉得哪里不对：皮肤怎么这么黑？

还没想明白怎么回事，脸终于入镜了。

震惊像是草丛中的毒蛇，毫无征兆地狠咬他一口。

"妈的，妈的……"他几乎把脸贴在镜子上，歇斯底里地摸着头上缠得死死的头巾和满脸的长须，"我他妈怎么成了个外国人了？"

一声和尚念经似的长啸声响彻天空。他被吓得一哆嗦，猛地回身，发现那扇敞开的窗户外，一面画着蚯蚓般文字的黑旗在迎风猎猎飘扬。

轰的一声，像是天上的神明按动了什么按钮，一切魔法般开始演绎。眼前的墙壁猛然炸裂，砖石泥土动脉大出血般喷了徐猛一头一脸。趔趄后退中，脚下一绊，他仰面摔倒，五脏六腑像是错了位，说不出地难受。他觉得自己好像是在叫，但却连自己都听不见，耳边似乎有个汽笛一直在嘶吼。他像个癫痫患者一样不成章法地使用四肢，好不容易才滚爬起来。眼前出现的，是一幅诡异的画面。灰尘弥漫，白天成了黑夜。墙上破了一个大洞，外面辽阔的荒原和山脉依稀可见。

这是哪？九安哪一块有这么多山？

还没来得及想清楚，一阵强风从洞里窜进来，像个巨大的拳头将他迎面打倒。一切都好像变成了慢动作。他看到整间屋子的所有物体上，灰尘都在有规律地做着共振。再把眼睛挪到洞口的时候，他有八成确定自己疯了。一个钢铁铸就的、比这个房子还大的铁盒子，缓慢地从天而降，款款出现在洞口，螺旋叶片在转动着，发出骇人的噪音。他从电视上学到的不多的常识告诉他，这是直升机。

怎么会有这种东西？这是他妈的怎么回事？

恐惧使他失去了最后的理智，变成了本能驱动的动物。他弹簧一样跳起来，拔腿就跑。门已经不复存在，被瓦砾堵得严严实实。他掉头朝着窗户跑去。天崩地裂，右边的墙壁忽然像是横过来的火山般爆发，徐猛被喷出的砖石打个正着，横着飞了出去。对面的桌子救了他。他打了一个滚重新站起来，两步跑到床边，裹着被子大叫一声撞开窗户，摔了出去。他当然知道自己有可能摔死，但是时间不允许他看一眼楼层有多高。不知多少人就是因为多看了一眼，直到被砍死也不敢冒险一跳。

咚的一声，五脏六腑剧烈地一震，他知道自己活了下来。挣脱开被子，他发现自己摔在了旁边房子的屋顶上。这下看清了，四周是沙漠，名副其实的沙漠。而脚下踩的，是几十栋、也许几百栋平顶小楼中的一栋。

汗毛倒竖起来，他终于意识到了这次附身出了岔子。

这不是九安！

这不是九安！

怎么会呢？

到底出了什么问题？

又是一阵剧烈震动。猛回头，看到的画面令他怀疑自己已经死了，到了阴曹地府：一群身穿黑衣、牛头马面般的妖怪举着枪，正沿着绳索从天而降。

到这里，徐猛真的觉得自己疯了。

要是没疯，我怎么会看见这种疯狂的画面？

枪声突突响起，连绵不绝。弹痕在地上画出线条，毒蛇一般迅速蜿蜒过来。徐猛滚到墙角，跳下二楼，开始疯狂地跑。耳朵慢慢恢复了功能。他听到街上的人都在尖叫、嘶吼。这些人说的话他一个字都听不懂。他只能听懂恐惧、愤怒和歇斯底里。爆炸声和枪声涟漪般阵阵传来，不可断绝，街两旁的建筑不时在巨响中被尘埃包围。

有人从废墟里摇摇晃晃走出来，灰头土脸，像出土文物。他们被恐惧夺去了反抗甚至逃跑的勇气，高举双手跪在地上，等着命运的判决。这一切都那么像一场噩梦。他简直想停下来，试试让子弹打中自己，看看会发生什么。可是心底里的一个声音却像钢索般羁绊着他，不让他放弃。

李若颜……

他只能跑。

像偷钱包被人发现时那样跑。

像刺杀成功后被几十人追那样跑。

像被警察追捕时那样跑。

像挣脱买主的双臂去找抛弃他的妈妈时那样跑。

像李若颜就在前边等着他那样跑。

轰！

又是一声爆炸，前边的街成了一片火海。他不得不急转弯，跑进右边的一条小巷。

他觉得自己的肺都快炸了，脑子乱作一团。从墙角探头望去，追兵已经赶了上来。跪在街上的人们被他们用枪托打晕，或者直接当胸一枪。

徐猛第一次感到如此绝望。他感觉自己像是回到了昨晚，仓皇惊悚，不知所措。

就是在这时，他忽然想到一件事：昨晚，我好像不是睡过去的……

烟火弥漫的街道上，出了一件怪事。一个人放弃了逃跑，高举双手从小巷里走出来，跪在大街中央。他的胸口不停起伏。他知道，自己的计划非常冒险，很有可能被一枪打死，但是世上有些事，让自己必须冒这个险。

去你妈的，反正是死过一次的人了……

他喘息着，颤抖着，眼睁睁看着持枪的仿佛鬼怪的人群围了上来，小心地用枪指着自己。有人从背后把他一脚踹倒。一个领头的摘下面罩，原来那下面隐藏的，也是一张人脸。他蹲在徐猛面前，仔细地用手检查着头发、胡须。徐猛的嘴里全是沙子，他感觉到自己的手腕被手铐铐住。

那个头目突然纵声长呼。他的大腿被徐猛一口咬住。他的战友们围了上来，有人狠狠一枪托打中了他的后脑。徐猛感到意识慢慢从身体里流走。剩下的，是仅有的植物性神经的反馈。他听到直升机带着巨大的噪声慢慢升到空中，尝到嘴里有些沙土，感觉到自己的脚在地上拖行。他觉得自己飘在空中，耳边相伴的，是风声，和电波里一些稀奇古怪的话语。

——Command, this is Bravo-two. Target captured! I repeat,

target captured! Copy? Over!

　　——Bravo-two, copy! All units, prepare to fall back in 10.

　　——Command, this is Alpha-one-zero, we have possible critical intel. Copy? Over.

　　——Alpha-one-Zero, Copy, send it.

　　——We intercepted a call from target to an unknown number, minutes before action. Break... Identifying the location. Currently lasting, stand by...

　　——Alpha-one-zero, send intel once collected...

　　——Command, this is Alpha-one-zero. Location identified. It's in China...

第八章

多重人格

～

唯一合乎逻辑的解释就在眼前，可我却拒绝看它。

因为我接受不了这个事实。

一切都是我的幻想。

好让我回想起前半生，不再为自己的混蛋痛不欲生……

～

一明，一暗。

光影如栅格般缓缓而过，受到刺激的眼球开始转动。他觉得口干舌燥，脑袋发涨，好像是刚刚从一个很长的噩梦中醒来，又好像根本没有睡过。昨晚的记忆像起雾的挡风玻璃外的景物，模模糊糊，脑子想集中注意力回忆一下，却始终做不到。眼皮分开，又因为光线的刺激而合上。几经反复，他终于看到眼前的一片洁白。唯一的杂色是几条棱线，在视野的四角延伸，接近，也许交会在看不清的远方。

原来这是一条走廊里。天花板上的一盏盏日光灯不断接近，又匆匆离去。万籁俱静中，这唯一的参照物使他确信自己在移动。可是他却感觉不到自己的双腿。

那我是怎么动的？怎么跟鬼片一样？

随即他就想起，自己的身体早就被开膛破肚，器官被搜刮一空。

技术上来说，自己确实是个鬼。

他花了九牛二虎之力，忍着脖子断掉一般的疼痛，把头歪了过去，终于看到了更多有意义的细节。右手边上，有一根锃亮的不锈钢铁棍。沿着它光洁锃亮的身躯看上去，就会发现顶端吊着一个大玻璃瓶，弯弯曲曲的透明导管从瓶子里延伸出来，把它跟手臂连在一起。在吊瓶下面，还有个不知名的机器在嘀嘀作响，显示器上跳动着红红绿绿的数字。

那股熟悉的消毒水味姗姗来迟，终于被他嗅出。

医院……我还在医院……我终于回来了……

随之而来的，是一个激灵。

李若颜还在医院！

浑身的肌肉一紧，他像以往不知多少次一样，想要站起来，去找到她，保护她。然而疼痛和麻木却把他狠狠推了回来。然后，一股冰冷的激流又当头冲了过来：那是她痛苦而绝望的吼叫。

昨晚的一幕幕像是有毒的刺，扎进了他的胸膛。结结实实的疼痛像是滴进泳池的墨水般漫延开来。徐猛觉得自己是一具被活埋的尸体。过去几年来的精神支柱土崩瓦解，把他自己深埋在地下。

是啊，我还找她干什么？可是不找她，我活着干什么？

痛苦的呻吟声像濒死的人的舌头，从嘴里慢慢延伸出来。

不同的是，声音得到了回应。

"爸，"一个年轻的女声在背后响起，他这才发现原来自己一直坐在轮椅上，被这个人推着，"坚持会儿啊，马上就完了。"

一切都乱了。

徐猛脑子里乱得像个装修现场。

本来一切都有章可循，一切都符合规律。

我总是重生在九安，我附身的人都是无恶不作之徒，他们都在安仁医院接受过器官移植手术。他们总是独居，总是在神神秘秘地一个人忙些奇怪的个人爱好。

然而自从那个揭露真相的夜晚，一切都乱了。

先是到了外国，现在又多了个女儿……

"我……"

徐猛本来想问自己在这干吗，然而说了一个字就咳嗽不止。

"行了行了，到了。"轮椅在一扇门前停下，推轮椅的人敲了敲门。

门前的消防栓门玻璃里，徐猛终于看到了自己这回的样子。满头白发，皮肤皱得像树皮，双眼浑浊，几乎睁不开。手上扎着吊瓶，鼻子上贴着氧气管。病号服像是随手扔在枯树上的一块布，松松垮垮，遮不住形销骨立。

"妈的，"徐猛只能在心里叫苦，"这次惨了……"

门开了。轮椅又被推动，进了房间。迎面是一张写字台，写字台后边是巨大的窗户。阳光射进来，照得徐猛一时睁不开眼。

"情况怎么样？"一个男人的声音响起。

"刚才恢复了一会儿神志，后来又不行了……"

"这回是失智还是分裂？"徐猛觉得男人的声音有些耳熟。

"应该是失智吧……又以为我是她女儿……"推轮椅的人终于走到了徐猛前面。她身穿白大褂，护士打扮。

是郑虹。

徐猛还没来得及反应，说话的男人已经走了过来，半蹲下身子，观察着他。那张脸无比清晰地摆在了徐猛面前。

"刘兴继！"他不知哪里来的力量，不计后果地朝前扑过去。在郑虹的尖叫声中，他重重摔在地上。随之而来的就是机器尖锐的报警声。然后，他被抬起来放回轮椅上。他发现自己是那么轻，那么无力，郑虹一个人就把自己抱了起来，而自己除了叫喊，什么也做不了。

"要不要镇静剂？"郑虹把手放在轮椅上的一个按钮上。徐猛看到，那里的电线连在一个点滴小瓶上。

"先让他说。"刘兴继摆摆手，飞快地拿出病历和笔，"他能叫出我的名字，这情况很不寻常，难得的机会……"

徐猛在轮椅上喘息着。刚才的奋力一搏，让他肺部像火烧一样疼，要不是有氧气，这会早已昏死过去。他只能瘫软在轮椅上，任由刘兴继发落。

"这样吧，"刘兴继的语气很客气，很平和，"你先说说，你是谁？"

"我是徐猛！"徐猛知道注射器里应该是镇静剂，反而定下神来。他决定利用对方有恃无恐的机会把话套出来。反正自己也是有恃无恐。大不了睡一觉变成另一个人。

"哦——"刘兴继面不改色,在写着什么,"徐猛?多大年纪?哪里人?"

"你少装糊涂,去年 8 月 30 日我入院,你把我的器官移植给了别人!"

刘兴继抬头看了他一眼,慢慢摘下眼镜,用笔轻轻敲着本子。

徐猛狠狠瞪着他。

"我移植了你什么器官?"

"心、肝、肺、脑髓……你没给我剩下什么……"

"哦——"刘兴继拖着长腔,"那你为什么还活着?"

"我是死了,"徐猛冷笑着,"但我的魂没死,也死不了。我从那天起,每次睡着,都会附身到接受我器官的人身上……"

刘兴继和郑虹对视了一眼。

"我总结一下啊,"刘兴继在本子上不停写着什么,"我把你的器官全摘了,给了别人。从那以后,你一睡醒就发现自己成了另外一个人,对吧?"

"这就叫人算不如天算,你可以不信,但你拿我没办法,"刘兴继这才发现,徐猛把手放了在麻醉按钮上,"你要杀我灭口吗?我一按这个按钮,麻醉药就会注射进来,我就会睡着。下次,我就会换个年轻的身体,来弄死你……"

徐猛终于大笑起来。可是马上被呛得不停咳嗽。

"有意思,有意思……"刘兴继似笑非笑。

"你装是吧?得到我器官的人,第一个叫段河!第二个叫杨九荣,第三个叫庞凤伟……"徐猛喘着粗气,把几个人的资料都说了一遍,然后歪头对着郑虹,"你可以去住院记录里查一下!我说的都是真的!这几个人的照片,在警察那里都有记录!你看到了就知道了,你得报警……"

然后他嘲讽地看着刘兴继。

"哎呀,这下你要灭口,连她也得杀……"

"你对医院很了解嘛,你以前来过?"刘兴继看了他一会儿,继续发问。

"对,我来过,"徐猛的声音变得嘶哑暗淡,"2012 年 5 月 19 日,我第一次来的。因为我在你们门口撞了人,我撞了一个女孩……"

他像受了电击一样，忽然激动起来。

"李若颜呢？你把她怎么了？"

"李若颜？"他又跟郑虹对视了一眼。

"装什么糊涂？"徐猛嘶哑地咆哮，"那个女孩，我撞的，截瘫！在这里住院，在这里醒过来！你是她主治大夫，你为什么要派人追杀她？"

"这得好好说说，"刘兴继丝毫不生气也不惊慌，而是越听越高兴，"这个李若颜，你们是怎么认识的？"

"这关你什么事？"

"我就是好奇，行吗？咱们等价交换，你告诉我一件事，我告诉你一件，好不好？"

徐猛打量着眼前这个人。的确像李若颜说的，温文尔雅，风度翩翩。更重要的是，眼睛里看不到戾气。徐猛知道，这有多么难得。现在马路上开个车，人人都是要杀了别的司机全家的眼神。他不禁有点佩服，文化人能坏到这个程度还能表面上滴水不漏。

跟这些人打交道，可能就是这么费劲。

"好！"徐猛决定引蛇出洞，他开始讲两个人相识的过程。这还是第一次回顾，他不知不觉讲了很久，而且他还不自觉地讲得很细，好像假如有些细节不描述一下，就会从自己的记忆里消失。

"这么说，你醒来变成另一个人，结果他的手机恰好就收到一个短信？短信里给你一个地址，结果就是我们医院？还有个病房号，你进去一看，是李若颜？"

"对。"徐猛点点头，然后急不可耐地提醒对方，"该你回答问题了……"

"别急，"刘兴继笑眯眯地说，"咱们这样，我问多少个问题，你最后再问我多少个，好不好？我不会耍赖。"

徐猛恶狠狠地瞪着他。对方却一直温和地笑着。

"你们被人追杀，又是怎么回事？"

徐猛又开始慢慢回忆。语言就像一根棍子，在大脑里搅来搅去，让他疲惫不堪。事情的细节就像雨后疯长的野草，说到哪里就从哪里冒出来，越来越多，越来越细密。徐猛忽然觉得自己好像并不是从记忆里提取信息变成语言，而是在用语言作画，画出一些自己以前从来不知道的细节……

"你救她的过程中就没有睡觉吗？"刘兴继听完，琢磨了一会儿问道。

"当然睡了。"

"你不是说，你一睡觉……"

"醒来我就去找她啊……"

"怎么就这么巧，你变成的人总是在她附近呢？"

徐猛愣了。这个问题好像早就潜伏在思绪里，此刻才忽然露出头来，扎进脚底。

"也不是……也不是每次都……我还有一次……去了……"徐猛觉得头疼欲裂，不禁用手捂着额头，费劲地组织着语言。

"你还去了外国，我知道，不过你不觉得奇怪吗？你描述的这个外国，像不像电影里演的那个？"

"哪个电影？"徐猛哼了一声，"我从来不看电影……"

"电视上、网络上的，就没看过一眼？"

徐猛没说话。刘兴继继续点头。

"既然李若颜处境这么危险，你为什么会离开她，不知道她在哪里？"

"我们……闹翻了……"徐猛沉默了很久，才说出这么几个字。

然后不用刘兴继追问，他就把两人决裂的事讲了一遍。他觉得自己好像有什么怪癖，明明是一碰就疼得要命的伤疤，却总忍不住要触碰。

"然后我就被你们保安弄晕了……再后来，变完那个外国人，我就变成了这个糟老头子……"

听他说完，刘兴继没有立刻说话。过了好一会儿，他叹了一口气，合上本子。

"哎，你不说话，"徐猛耐不住性子，"那就该我问了啊……"

"这样吧，"刘兴继伸出一根手指，"你变一次我看看。"

徐猛愣了。

"我一睡着，我就不在这了……"他有点不确定刘兴继是不是理解了自己的话。

"没事没事，"刘兴继全不在意，"你真不在了，我会注意到。"

"你不怕我报复？或者报警？"

"不怕不怕，"刘兴继笑了一下，"你就让我见证一下奇迹。"

徐猛琢磨了一下，恍然大悟。

"你把李若颜藏在哪？你要用她当人质？威胁我？"

"不会，"刘兴继连连摆手，"这样吧，郑虹，你发个广播，叫李若颜来这里。这样的话，全医院都知道她在我这里，她要是出了事，警察来了一问，我就没跑，好不好？"

郑虹愣了一下，然后还是掏出手机，打了个电话。不一会儿，走廊里传来广播声。

"李若颜小姐，请到 280 诊室报到。"

徐猛看着刘兴继。温和的笑容像是一道屏风，遮挡了后边所有的风景。他不得不承认，自己看不透这个人。

但是左思右想，目前自己也没有更好的选择。

"好，"徐猛郑重地点头，按下麻醉按钮，"待会见。"

一切顺利。

浑身的神经开始复苏，带来各种若有若无的疼痛，也表明了附身过程的结束。徐猛长出一口气，静静等着视力恢复。他感到自己是坐着，觉得很累，想换个坐姿，努力了半天却始终力不从心。他开始觉得有些不对。

为什么这里的气味这么熟悉呢？

"你醒了？"

一个声音在耳边响起，把他吓了一跳。

又有人？

然而半秒之后，另一个发现把睁开眼睛的他吓得惊叫起来。

刘兴继站在眼前。

"你！你是怎么……"徐猛彻底慌了，尤其是发现自己依然在同一间房间之后，"你对我做了什么？"

"你别怕……"

徐猛惊恐地发现郑虹也在身边。

"你不是人！"他彻底崩溃了，"你别过来！你是妖怪！你怎么可能……"

徐猛歇斯底里了好久，终于把体力耗尽，像条垂死的老狗一样喘息着。

"这样吧，"刘兴继叹了口气，"咱们出去走走，一边走你一边问。"

"刘主任……"郑虹欲言又止。

"没事，我看差不多到时候了……"

门开了，郑虹推动轮椅来到走廊里。徐猛这才发现它比自己来时感觉的还要长。自己醒过来的时候只是一半。走到尽头，有个铁门，刘兴继掏出钥匙打开，出现在徐猛眼前的是另一条走廊，跟刚才的那条差不多，只不过墙皮是绿色，灯光没那么亮，天花板上交界处每隔几米就吊着一台小电视。

电视的声音被关掉。徐猛看到上面在播放着电影。穿着迷彩服的美国兵在沙漠里打恐怖分子。

还没来得及细想，眼前出现了人。

穿着病号服的人。

他们形容枯槁，神情呆滞，或者呆坐病房里摆弄报纸，或者站在墙角窃窃私语，或者扒着门框。

这是一群疯子啊……

徐猛还没回过神来，刘兴继已经带着他走过了另一道门。

"你说，"刘兴继站在电梯门前，"你们昨晚去地下室的医院机房查资料？"

徐猛狐疑地点点头。

一行人进了电梯，刘兴继按下 −1 的按钮。

"你要干什么？"

"带你再去地下室看看。"

一阵吱吱嘎嘎的声音过后，叮的一声，电梯门开了。

这里跟昨晚完全不同。

昨晚整洁的过道、洁白的墙壁全不见了。眼前是布满灰尘的杂物间。

"你带我来这里干什么？"灰尘让徐猛又开始咳嗽，"昨晚……昨晚不是这个地下室……"

"医院，只有这么一个地下室。"刘兴继按下了五楼的按键，电梯的门关上的时候，他说。

在徐猛明白他的意思之前，五楼到了。

"你说李若颜的病房是 532，对不对？"

徐猛点了点头。

"去找她吧。"

轮椅慢慢前进。期待使他的身子往前探，但同时恐惧又让他的手往回缩。他不知道李若颜见到自己会有什么反应，更不知道自己该怎么面对她。轮椅很快到了门口。他的心忽然跳得快得让人受不了。他想阻止郑虹开门，却已经晚了。

门开了，徐猛目瞪口呆。病房里摆着六张床，每张上面都躺着一个不会动弹的肉体。床边复杂的维生仪器告诉他，这些人都在深度昏迷中。

郑虹推着他走了一圈，每一张脸都不是李若颜。

"532 一直是重度昏迷病人的病房，"刘兴继扶了扶眼镜，缓缓开口，"从来就没有住过醒着的病人。"

徐猛愣了，好久才明白他的意思。

"你……你别玩这一套啊，你把她弄哪去了？"他喊了起来。

"带他到其他病房找，"刘兴继扶了扶眼镜，"每一间都找一遍。"

病房被一间间打开。

一张张绝望或厌烦的面孔转过来，一个个尚在挣扎或者已经分崩离析的家庭。

一声声呻吟或者呵斥。

没有若颜。

"你……"徐猛浑身最后的力气都集中在双拳，瞪着血红的眼睛盯着刘兴继，"你把她怎么了？"

没人回答。

"李若颜呢？"他抱着最后的希望问郑虹，"你干妹妹呢？她多喜欢你啊，你知道……"

郑虹没有回答。她只是面带同情地看着他。

"从来就没有这么个病人。"终于，刘兴继缓缓开口。

这话像是一个炸雷在徐猛的耳边炸响。作为一个前江湖人，他对这话只有一种理解。

"姓刘的，"他的声音哽咽了，"你可以不信我，但是我还是要说：待会，等我睡过去之后，会有个人来找你，把你大卸八块，给她报仇……"

刘兴继对这话依然没有反应。他只是看了徐猛一会儿，然后对郑虹做了个手势。她推着徐猛来到最近的一间办公室。

"你的名字，"刘兴继关上门，郑重地俯身对他说，"叫康永军。68 岁。你的病是精神分裂。你已经疯了十几年。一切，都是你的幻觉。"

"妈的！你想用这招蒙我？"徐猛愣一会儿，然后暴怒起来，"妈的！你还想蒙我……"

"从你进医院开始，我就在治疗你，或者说研究你，"刘兴继摇着头，"你的多重人格是很罕见的。也就是说，你会不定期认为自己是另一个人。刚进来的时候，你大概几个小时就会变一次人格。后来就慢慢稳定下来，大概能维持一天左右……"

徐猛没有反驳。他睁大了眼睛，鼻翼在微微颤抖。

"这些人格有的可以解释，是你接触过的人，或者病友。但是有些实在没有规律。比如你看了战争电影，就分裂出一个新的人格，去了中东；再比如那天验血有护士推着你走错了楼层去了地下室，你就幻想自己去偷资料……这些都是我没想到的情况……"

"你别开玩笑……"徐猛开口时才发现自己控制不住自己的声带，声音尖得像个老太太，"这不可能，我明明……"

"李若颜是哪里来的？你想问这个对不对？"刘兴继犹豫了一下，最后还是抽出一沓档案，"她是你最早分裂出的人格。因为你确实杀了她。"

"你……你……"徐猛居然抬起了手，指着刘兴继，但是眼神里的狠劲已经消失不见。

一种不祥的预感排山倒海般呼啸而来。

"2001 年，你酒后开车，在家门口撞死了你的亲生女儿……"

"你闭嘴！！"

一种不知从何而来的力量彻底控制了徐猛，让他咆哮，让他心碎，让他歇斯底里，老泪纵横。

"这些事我跟你说本来不合适，但是今天是个机会！"刘兴继忽然激动起来，"你的病情有好转了！你已经能够流畅讲述自己的幻觉，还能觉察出里边的逻辑问题！更神奇的是，你有了本体人格！虽然你觉得他叫徐猛，但是这是一个重大突破！"

徐猛看着他，没有表情，没有思绪。只有两行浑浊的泪水滚滚而下。他第一次发现，原来自己并不能完全控制附身的肉体——如果自己真的是附身的话。一种埋藏很深的撕心裂肺被唤起，让他明确知道，这个肉体真的经历过这种人间惨剧。

忽然，有人敲门。刘兴继不满地走了出去，说了几句话，然后又拿着一个档案袋进来。拆开档案袋，里边是一些黑胶片。他把片子对着光看了一会儿，摇着头叹了口气。

"你还不信我说的是吧？"他又开始跟徐猛说话，"没事，我找个人跟你说。"

他拨了一个电话，过了一会儿，一个年轻人推门进来，对着徐猛叫了一声。

"爸。"

徐猛蒙了。

自始至终，他过的都是孤家寡人的日子，即使附身的人，也都是孤家寡人，他从来没想到自己有个儿子会是什么感觉。然而胸中无法控制的风起云涌却告诉他，就是这种感觉。更何况墙上的镜子里，自己还没有老得脱形的脸跟这个年轻人的相似之处是明摆着的。

徐猛开口想叫喊，却被痰呛住，咳嗽了半天。小康忙给他拍了半天背。

"刘大夫，我爸他……您把我叫来，有什么新情况吗？"

"他这个身体上，恶化不多。但是这里，"刘兴继指了指脑袋，"恐怕有新情况了。"

"新情况？"小康抽了一口烟，花了好久把烟吐完，"能有什么新情况？他分裂这么多年了，还能分裂出什么花来？"

"这也是我想跟你解释的。"刘兴继叹了口气，"他症状最近有什么变化吗？"

"变化？没有吧……"小康仰着头回忆，"还那样啊，整天胡言乱语，今天说自己变成东城一个卖菜的，明天说自己成了东北混黑社会的，后天说自己是通缉犯……操，比电影都好看……"

"你仔细回忆一下，"刘兴继喝了口茶，"他的这种角色代入，最近有没有什么加深的迹象？"

小康眨巴了几次眼睛。刘兴继不得不解释了一下什么叫角色代入。

"哦，还真有点……"小康恍然大悟，然后连连点头，"以前吧，也就是说说，什么我昨天去哪卖菜，去医院见什么人，砍过多少人，我也就听着。反正最后他卖菜路上，去医院路上，砍人路上，都得串到车祸那里去，最后一个人嗷嗷直叫，给他打上药睡觉拉倒。但是最近……"

"最近怎么了？"

"也不算最近吧，得有一年了……"小康把烟掐了，"你记得去年吧？他自己在家，剁了自己几刀，发现晚了，血流了好多，得亏省医正好有人献血才救过来……从那以后，越来越疯。一醒来就想往外跑，说什么时间不等人，要出去救这个救那个，拦都拦不住。我说爸你疯了这些年咱国家发展得也挺好，你就安心瘫着吧，不听，拦着就打我，家里刀都得藏着，要不拿起来就要砍人……"

"还有这么个事啊……"刘兴继一边听一边在纸上写着什么，最后站起来，把几张片子挂在光板上。

"你看，这是老康的CT片子。可以看到，他的大脑灰质普遍萎缩，颞叶脑沟增多，加深，颞中回变窄，鞍上池和环池增宽……"

他说了一大堆术语，把小康听得云里雾里。

"……总之，再结合他留院这几天我们的观察，可以基本肯定……"刘兴继停顿了一下，推了推眼镜，"他现在又患上了老年痴呆症。"

小康目瞪口呆。

一声长啸忽然打破了房间里死一般的寂静，把所有人吓了一跳。大家看到，轮椅上的他像一只被剁掉脑袋的公鸡，扑腾着，拍打着轮椅扶手。

"我不是康永军！我不是康永军！我叫徐猛！我叫徐猛啊！！！我要救李若颜啊！我不是康永军！"

小康上去想把他按住，结果一不小心手指伸到他嘴里，被他狠狠咬了一口。

"得打破伤风针啊……"惨叫声中，郑虹赶紧拿来绷带给他包扎。

小康脸通红，胸膛一起一伏，忽然暴起，一步跨到父亲面前，狠狠给了他一巴掌。

"小康你这是干什么……"刘兴继赶紧把他拉住，"他有病，再说是你爸爸啊……"

"他不是我爸爸！"小康双眼通红，唾沫星子溅到父亲脸上，"他是我爸爸？他十几岁混黑社会，就知道砍人！我小时候天天见不着他，他就知道打架、喝酒、砍人！我病了，我妈背不动我去医院，找他，找不着！我被同学欺负，找他，找不着！我妈被他仇人捅死，找他，找不着！好不容易他回来了，就知道打我！自己挣不到钱，逼我去偷，去要饭！"

徐猛呆若木鸡。心里的天平终于到了临界点。

他觉得轮椅像是一列驶向深远的列车，带着自己飞速下坠。

"好不容易你老了，混不动了，你又开始喝酒，结果……结果……"小康的眼泪也下来了，费了好大劲才能继续说下去。

"撞死妹妹。你疯了，我没扔了你，我养着你，给你看病，你他妈倒是争口气，好起来啊……老年痴呆症……你他妈知道要花多少钱吗……你他妈知道我挣钱多不容易吗……你不知道，你他妈就知道咬人……"

"刘主任，这人我不管了，你们爱送哪儿送哪儿，爱报警报警，爱扔大街上扔大街上，我跟他没关系了！"

小康拿起衣服，冲出门去。

"我这辈子最后悔的，"走出去两步，他又折回来，"就是没早一刀捅死你这个老东西。那样的话，妹妹还能活着……"

屋子里一片喧闹混乱，就像徐猛的脑子。小康激动之下打碎了茶杯，茶水溅到郑虹手上把她烫得尖叫一声，刘兴继忙上前查看伤势，又不小心撞倒了衣架。而这一切，徐猛都充耳不闻，视而不见。他的脑子里比这还乱。因为有个巨大的旋涡正在形成，要把一切都吸进去。

——我附身到各个人身上，是精神分裂？

——我小时候受虐待，被逼着要饭的经历，是我虐待自己孩子的记忆？

——我坐牢，砍人，当杀手，是我年轻时混黑社会的记忆？

——李若颜不存在，是我想象出来的？因为我撞死了自己的女儿，所以才想象出这么一个人，无论如何要帮她、救她？

——这么多天来跟她一起出生入死，原来只是我在等医生时打的几个盹？

——不可能！幻想怎么可能那么真？钢管的冰凉，手的温暖，怎么可能是想象出来的？

——可是，刘兴继和郑虹的解释，空荡荡的病房，还有儿子……还有那一页页的病历，不同深浅颜色的笔迹，不同时期的照片。最最重要的，是我明明睡着，却没有变成另一个人……

他仿佛看到自己初次入院，还身体强壮，头发半黑半白。后来随着时间的推移，目光越来越呆滞，衣服越来越空荡，脊背越来越弯曲，最后成了目前这个嘴角流涎、瘫坐在轮椅上的一堆枯柴。

他的嘴角不听使唤地抽搐起来，一直干得生疼的双眼背后也润滑了起来。他的头脑忽然间如同水晶般透明，久违的清醒凉水般灌进了头颅。

唯一合乎逻辑的解释就在眼前，可我却拒绝看它。

因为我接受不了这个事实。

哪里有什么变身？

我疯了。

我是个一辈子混蛋的老疯子。

一切都是我的幻想。

好让我回想起前半生，不再为自己的混蛋痛不欲生……

砰的一声，门被推开。走进来的是郑虹。她身后跟着的，是隔壁隐隐约约的争吵。

"你再考虑一下……"

"不考虑了，反正没钱继续扔了……"

郑虹关上门，站在徐猛身边，很久没有说话。

"郑虹……"他忽然轻声说道。

"你真清醒了？"郑虹惊讶地看着他。

他点了点头，没有抬头看她。

"来了这么多次，你从来没认出过我……"她叹了口气，"这回你能叫出来，也算个挺好的结果。以后，咱们可能见不着啦……"

"咱们俩……认识……很久了？"

"你第一次来，"大概是出于职业习惯，她说话的语速很慢，"就是我接你入院的……"

"我对你……好不好？"他看着她的眼睛问。

"好，好着呢！"郑虹一愣，然后乐了，"跟别的病人比，你算是老实的，起码没朝我吐痰，没咬人……"

"那……那……你跟我说实话，"他的喉头上下滚动着，挣扎了好久才能正常发声，"真的没有李若颜这么个人？我真的疯了？"

郑虹的笑容消失了。她充满同情地点了点头。

"我是个疯子……我是个疯子……"他像雕塑一样凝固，继而又活了过来，浑身乱颤，喃喃自语，"一切都是我瞎想的……我在医院里，我疯了，还要傻掉……我儿子不要我……不对，我先不要我儿子的……我对不起我儿子……我对不起我闺女……我对不起我老婆……我是个混蛋……我是个混蛋……我是个……"

最终，一声悠长的哭声从轮椅里慢慢升了起来，就像一堆难以点燃、却又终于烧起来的篝火。哭声里带着撕心裂肺的苦痛，简直不像是这么一个行将就木的肉体能发出来的。

郑虹赶紧俯身，抱住他的肩膀，却也不知该说些什么。她想说一切会好起来，可是诊断结果他刚才已经听见了。她又想说没人会抛弃你，可是他刚刚被最后的亲人放弃。

最终她放弃了。毕竟医学院里没教人怎么安慰一个刚刚发现自己失去了一生的人。

"你能不能……"过了不知多久，他终于能控制气息重新说话，可是说两个字就会噎住，"能不能……"

"你想要什么？药？水？"郑虹赶紧半蹲在他身旁，殷切地问，"还是自己待一会儿？"

徐猛点了点头。

郑虹慢慢起身，走到门边，推门走了出去。

房间里静了下来。几面墙中间，又只剩下他一个人呆坐在轮椅上。他死盯着眼前一两米的地方看，然而却始终像瞎子一样根本不知道自己看到了什么，直到一抹血红洒在他的脸上。转头望去，原来太阳已经不知不觉落了下去，天空红得像一池滴进了人血的水潭。远处的街灯开始亮起来。马路上的汽车堵成了一条条珍珠项链。每一颗珠子里，都是一个急着要回家的人。

他这时才发现，今天的真相到底对自己来说意味着什么。

他无处可去。没有一个地方、一个目标在等着他，引诱着他。

没有人需要他的亲情，没有人需要他的爱，没有人需要他的保护，甚至没有人需要他的存在。

他存在与否，造成的唯一不同就是拖累自己唯一的亲人，一个自己根本不认识、不记得的儿子。

他只是医院里一个可怜的灵魂。

他忽然笑了，在笑自己的愚笨。

都到这份上了，该怎么办还用考虑吗？

这很可能是自己最后一次清醒的机会，最后一次独处的机会，最后一次能够把握自己命运的机会。

他颤抖的双手放在了轮椅轮胎上。

我的确不知道我的病是怎么开始的，但是我可以决定它怎么结束。

一种不知从何而来的力量让他凭着自己的双臂开动了轮椅。他喘着粗气，来到窗户前。这个病房显然没有考虑过病人自杀的风险，窗台不高，也没有铁栅栏加固。他用力呼气，弯腰，把右手颤巍巍地伸向窗户把手。这么一个简单的动作，就让他胸闷气短，额头遍布汗水。

咔嚓一声，他好像听到了天堂大门开启的声音。窗户开了，外面掺杂着尾气和人间烟火的冷空气涌了进来，泼了一头一脸。

这感觉让他精神起来，继而鼓起劲，冲击今天的最大难度，那就是自己爬到窗台上。

说实话，在任何人看来，他一个喘气都费劲的老人要单凭双臂的力量把自己拉上跟自己肩膀平齐的窗台，都是一个不可能完成的任务。

然而室内的陈设帮了他。窗户前边有张比窗台矮大概十厘米的桌子。

他来到桌子旁，试了试高矮和坚固程度，把轮椅倒开到门口，深吸一口气，然后开始加速，让轮椅以最快的速度冲向桌子。轮椅的速度其实慢得可笑，但是在他看来，这短短的几米却像赛车冲刺一样刺激。敞开的窗户吹进来的冷风拂面，速度感十足。他感觉到心脏剧烈的跳动，体内最后一点肾上腺激素迸发带来了嘴里的苦味。

手刹被按下，轮椅骤然停住。他伸开双臂，任由惯性把自己从轮椅上抛出去。双腿残存的最后一点有用的肌肉在努力着，收缩着，支撑着，让他朝着桌子扑过去。

砰的一声，他重重砸在桌子上。

他剧烈地喘息着，咳嗽着，然后兀自笑了半天。抬起头，他看到眼前就是巨大的窗口，窗台跟桌子只有十厘米的高度差，爬上去一点问题都没有。

他成功了，他终于有了一个有尊严死去的机会。

病房的门依然紧闭着，不会有人来打扰。但是也说不准。还是抓紧吧……

他伸出右手，抓住了窗棂，朝前拉的同时借助左臂的撑力，开始朝着死亡爬行。他爬上了窗台，头越过了窗户，继而是胸，是腰。他呼吸着肮脏的空气，感受着无情的冷风，等待着最后一股力气酝酿完毕。只要再爬最后一步，他就能把自己像跷跷板一样担在窗框上，然后，只要稍微把重心改变，就可以一头栽下四五层楼的高度。

只要一厘米。

死是什么感觉？会疼吗？

跟所有人一样，这念头闪过的时候，他也感到害怕。

可是仔细想想，这个荒唐得令人害怕的人世，实在没什么好留恋的……

上路吧……

他高举右臂，重重拍下，好像是在为自己这荒唐的一生画下一个句号……

啪！

这却不是他坠楼着陆的声音。

在秋日最后一丝日光里，他愣住了。他看到了自己的手旁边，有几道红色的浅印。他的心好像一团泼进一瓢水的火，即刻熄灭，然后又骤然蹿到几尺高。

"我当时肚子担在窗沿上，双手撑着外墙，只要一松手，就能下去……"

"我真的松了一下，然后马上条件反射，又死死按住。指甲都撞劈了，墙上估计到现在还留着我的指甲油印……"

他的嘴唇颤抖着，右手慢慢贴着粗糙的外墙移动过去，手指依次附在手印上。他依然不能确定。

说不定是油漆……

假如不是，那么最值得感激的无疑是指甲油生产商，风吹日晒那么久，还没消失……

一、二、三、四……

五！

五根手指的位置完全符合。

他的双眼瞬间模糊了，心里火山喷发一样，只想朝着天空大喝一声，让全世界都听见。

我没疯！我没疯！一切都是真的！

李若颜，你真的存在！

九安市东郊，一辆六成新的五菱宏光开下高速。它沿着环城路开了很久，然后拐进了通往南部山区的小路。车子在树林里穿行，不时有石子被轮胎碾飞，发出砰的一声，惊起若干飞鸟。转了两个山头，一片黄土地出现在眼前，好像是群山怕司机开累了，所以在半路准备一个平原让大家休息一下。车子离开柏油盘山路，沿着土路慢慢前行。这里的土地基本已经荒芜，只剩远处一些残缺的田垄还能让人勉强看出农田的痕迹。平原和山的交界处，有一座独门独院的农舍。

车子停了下来。一个黑衣人被几个随行人员搀扶下来。

"穆老板，里边请！"门开了，有人把他们引了进去。屋门紧紧关闭之后，黑衣人脱下了罩在外面的长袍，露出了一头卷发和黝黑的皮肤。他的嘴唇没有血色，眼睛黯淡无光，好像大病初愈。

"兄弟，欢迎！"主人是个满头银发的男人，穿着对襟上衣加黑裤子黑布鞋。他在屋门口迎接客人，跟他紧紧相拥。

"早就说过，义乌太潮。秋天、冬天还是这里舒服一点……"他把穆老板引到八仙桌旁。

"司机怎么换了？杨……什么呢？"来客口音生硬怪异，"还是他开车比较稳。"

"哦，死了。"主人毫不在意地举起茶杯，做了个敬酒的姿势。

"死了？"穆老板有点惊讶，"怎么死的？"

"有点贪。"主人专心吹着茶水上漂浮的茶叶，"拿了经费。"

"哦，"穆老板明白了，"不过，有点可惜，他学得挺快的，都能跟我的手下聊天了……"

"一个司机而已，"主人放下茶杯，"无伤大雅。"

"可是，我听说，其他的人，也死了……这不是闹着玩的！"穆老板有些着急，"这么久的准备……"

"你听我跟你说完，你就明白了……"

"这么说，现在那个女孩找到了？"听完之后，穆老板脸色好看了一点。

"自投罗网。"

"知情人，真的处理了？"

"全都处理了。绝对不会影响大事。"

"没想到，医生那里会出问题……"穆老板站起来，身子晃了晃。身边的随从赶紧上来搀扶他。他摆了摆手，自己背着手踱了一会儿步。

"是没想到，不过，他也是无心之失，没造成太大影响……"

"好，那就按原计划。"穆老板点了点头，不过随即就咳嗽得皱起了眉头，"你……确定，那个……那个……能行？"

"没问题，各种检查都做了，完全符合条件。"

"什么时候能开始？"

"最早明天就可以。"

"越快越好，"穆老板坐下，长叹一口气，"我的时间不多了……"

亮光，血色，寒冷。

如同排练过无数遍的话剧，一切再次准时上演。徐猛闭着双眼躺在陌生的床上，等待着判决揭晓。刚才在病房给自己打进镇静剂的时候，他知道自己在干什么。这是一场赌博——仔细想想，外墙上的指甲油印，记忆中她的话，都可能是幻觉。那样的话，一觉醒来，自己可能又会陷入到幻觉的泥潭中，再也无法自拔，最终像条狗一样死去。

可是，他却没有别的选择。

他在急切地感受着周遭的一切。

这是一张弹簧床，床的两边有护手。床单细密而结实，在手掌的摩擦下发出窸窣的微响……

等等！

徐猛忽然觉得后背发凉。

这不会是病床吧？

难道我还在医院？难道我真的是康永军？

冷汗涔涔而下，徐猛却依然睁不开眼。他急得紧攥拳头，却毫无办法。

他念起了所有自己知道的咒语，呼唤所有知道的鬼神来帮助自己。

我知道，假如没疯，我就欠别人一条命。

但是，我宁愿她真的存在。因为我已经发现，自己离不开她。

在她身边的时候，我才感到活着是一件好事。

你说我自私也好，幼稚也好，随你便。但请给我一次机会！

终于，视力慢慢恢复了。真的是病房。

徐猛生平第一次要被绝望弄得放声大哭。

然而擦泪的手却让他欣喜若狂。

年轻的皮肤，健壮的肌肉，充满活力的凸起的血管。

不是康永军！是个年轻人！

徐猛喜极而泣，他猛地跳下床，大口地呼吸着。视野是那么清晰，他觉得自己能数清射进房间的阳光里灌注的一颗颗灰尘。弥漫着奇怪味道的空气中，灰尘被阳光加热到发烫，飞进鼻孔里，让人舒服得想打喷嚏。

不会错的，不会错的！

这不可计数、千差万别的微妙感受，怎么可能是臆想出来的？

赤裸的双脚接触着温热的地面，能量像温泉一样源源不断向上涌。这种感觉是如此美妙，积累在胸膛里，让他想大叫，想唱歌，不由自主地高举起双臂。

李若颜，我不管你恨不恨我，我要救你！

我不管背后的黑手是谁，我有信心战胜他！我能战胜任何人！

徐猛收拾起零散的思绪，像一部赛车一样动了起来。他搜遍了橱柜也没找到衣物，索性不管。打开一条门缝，看到门口没人，他低头走出病房，沿着走廊小步疾行。走廊里病人很多，沿着墙一排临时钢丝床，打着吊瓶的病人和陪床家属吵得像个农贸市场，没人注意到他。他顺利找到楼梯，下到底层，大厅里的电子显示牌告诉他，这里是省人民医院。他松了一口气，逆着拥挤的人流大摇大摆走出大门。这一切行云流水，一秒钟都没有浪费。不过，临出门的时候他还是停下了脚步。本来他已经没有心情管自己这回的长相，但是门口偏偏摆了一块不锈钢的标语牌。他无意中瞥了一眼，结果就看到了一张熟悉的脸。

段河。

尽管经历了这么多匪夷所思的事情，但是这一次的意外还是让他愣了好久。

虽然医学他不懂，但是目前基本可以确定，自己的变化跟器官移植有关。意识——或者随便你怎么叫它——好像击鼓传花一样在接受自己器官的人中间窜来窜去。可是跑到一个人身上两次，这是前所未有的事情……

杨九荣、庞凤伟……

他一个个默念着这些人的名字，回忆他们的相貌、职业、生活细节。一个个跟段河对比。

为什么就他会让我附身两次？这个家伙到底有什么特别的？刚才在康永军身上，怎么附身就失灵了呢？

这个名单念到第五次的时候，他猛醒过来，像受了电击一样抬起了头，不顾一切地转身，原路回到了病房。他冲到病床跟前，拿起床脚的查房记录查看。果然，几个小时之前，有"心跳骤停"的记录。

他恍然大悟。

自己的意识不会永远这么游荡下去，它只能在存有徐猛骨血的躯体里生存。其他体内有自己器官的人，都已经死了。段河几小时之前，也就是老康在刘兴继面前表演附身的时候，心跳骤停，等于死亡。

所以那次失灵了。

我不是疯了，附身是真的。

狂喜的同时，他也明白了一件事：这是轮回的终点，也是自己最后一次机会。如果段河的躯体死去，自己也就彻底死了。

一切了然于胸之后，他竟然感到了一阵轻松。他再次走到医院大门。看着外边的车水马龙，他意识到自己现在没有身份证，没有钱包，没有手机，没有衣服，那辆破车也不知去向。短暂的无所适从之后，他还是挺直腰杆，毅然决然地走出门去。

建业路两边原来有不少饭店，后来拆迁，附近的居民区没了，大部分也就倒闭了。南边那家火锅店算是硕果仅存。这家店不大，十张桌左右的面积。门头装潢很普通，木匾金字，大红灯笼。去过的人说里边服务员素质一般，叫好多声才能来给你加水。食材也很普通，不管是荤是素，只能大致保证在保质期内。这么一家店，居然能幸存下来，而且生意不错，必须感谢斜对角的兄弟单位。安仁医院的医生护士交班之后，面对空旷的工业区，想吃点什么只能组团来这里。

午夜刚过，火锅店里充满了掺着辣椒、啤酒、消毒水和烟味的热气。坐满了刚下小夜班的医生护士，用叽叽喳喳的聊天声和猛然爆发的哄笑声，驱散着门外的寒冷和白天积累下来的压力。郑虹跟同班的几个护士坐在一起，刚喝完第二杯啤酒，正在等着金针菇上桌。

就在这时，她感到皮包在振动。掏出手机一看，已经三个未接电话了。

看看号码，不认识。

她侧着头想了一下，没有回拨。

正要把手机扔回包里，又是一阵振动。

"怎么了？又来急救的了？"已经喝得满脸通红的同事探过头来问。

"哦，不是，不是，"她连忙把手机屏幕翻到下边，"家里的事……"

然后她对着桌上的同事歉意地一笑："你们继续，我先走了。"

出了门，湿冷的空气立刻把她包围，刚才浑身的暖意刹那间不知去向。眼前的大街上，汽车开着刺眼的车头灯缓缓驶过，像是海里的水母，让夜里的其他景物更加难以看清。不时有人把双手抄在口袋里，低着头匆匆而过。她站在原地，拿着手机的手在微微颤抖。

她看着自己呼出的白气，过了很久才有勇气把屏幕解锁，再次阅读那条来源不明的短信。

"在外边等你。"

她感到了脊髓里产生的一股凉气，和脑后的一阵几不可闻的风声。随之而来的，就是一阵带着剧痛的噼啪声。

一只大手捂住了她的嘴，堵住了尖叫声。两秒，三秒，四秒。

她晕了过去，身子倒在了一个男人的怀抱里。

"叫你别喝这么多……"那个男人嘟囔着。

一对路人擦肩而过，对这场景丝毫没有留意。

他把郑虹的右臂架在肩膀上，慢慢前行，直到消失在街角拐弯处。

郑虹发现时光倒流了几年，又回到了那个夏天。天气是那么热，空调却坏了。房间里闷得像蒸笼，太阳还在给它加温。她很想打开门通通风，然而却做不到。因为那扇门是唯一能把她和外面的人隔开的东西。

外面的人愤怒，凶狠，蛮不讲理，满嘴脏话。他们忽然就这么出现，就这么愤怒，忽然就恨她恨得要死。

果然，陌生人是最危险的。就像那个来历不明的、妈妈忽然就指着让她叫爸爸的男人……

"出来！出来！砍死你！"愤怒的吼声穿过门板，一下下敲打着她，让她随着节奏哆嗦起来。她的嘴唇灰白，双脚冰凉，眼睛灰暗，像一块冻肉一样失去生气，寸步难行，听天由命。多年前的一个夏天，继父怀里的她就是这么颤抖着接受命运的……

这时，刘兴继用手轻轻按在她的肩膀上。回过头，她惊讶地发现平时温文尔雅的他居然也会有怒发冲冠的表情。他咬牙切齿，把办公椅扛在肩头。

"甭怕，我在呢……"

"他们……我……我真的……"她还是说不出整话。

"我有数，绝对不是你的责任，"他好像有无穷的力气，一把把她从地上拉起来，拽到身后，"人死了，他们就顺便想闹事，要钱……"

她以前对他的了解不少，只是有些片面。她知道他的履历光彩夺目：本科临床医学，硕士病毒学，内科和传染病学博士，然后又曾在美国某个大学研究神经科学病毒学与分子病毒学。他是国内这个方面数得着的专家，曾跟全国选出的精英一起远赴非洲跟埃博拉搏斗，考察极地寻找被冰封的远古病毒。他是省医挑大梁的顶尖医生，无可争议的业内专家。

然而他的生活却很乏味。他总是拎着一保温杯的茶水，没事就靠在墙边喝两口。除此之外，很少看到他在医院里停下脚步跟谁说说话。他总是在看病人，从一个病房到另一个病房，要么就是在搞研究，写东西。聚餐时他不喝酒，不谈自己的私事。别的护士说，他跟老婆关系不好。不过他没事总是摩挲着无名指上的戒指。他的事业就是生命。

一切都因为八年前的那件事改变了。刘兴继被省医抛弃，像垃圾一样被扫地出门。临别时他请了很多同事，然而却没有人去赴宴。肯去的只有她。她一进门就看到他满脸通红，眼睛好像哭过，又好像只是喝得太多了。他怔怔地看着她，没头没脑地说了一句影响她一辈子命运的话："这不是我的错。我不认输！我要创办一个医院，证明给他们看！你愿不愿意来？"

她辞职的时候，几乎人人都问她为什么。她没有解释。

"你什么时候冒出这么一个傻主意的？"

她微微一笑，把答案留在心里。

当然就是那次啊……

"待会万一这门撑不住,我用这个凳子挡刀,你跳窗户。"他的手放在她的肩头,"你抱着那个沙发垫子。三楼,机会不小……"

按理说,这可以算是世上最可怕的安慰话语了。然而她却发现自己慢慢镇定了下来。一种从未有过的安全感像吗啡一样注入了血管,流到四肢百骸。

咚……

咚……

咚……

踹门声还在持续着,越来越响……

她站在他大山一般高大的身后,静静打定了一个主意。

我说什么也不会跳……我要永远陪着你……

郑虹的眼睛猛然睁开了。脊背传来火烧般的疼痛,让她叫出声来。眼前出现的是模糊跳动的色块,耳朵里充斥的是震得从耳膜到心脏一起颤动的噪声。她不知道自己身在何处,也不知道自己在干什么。她想站起来,却不管怎么努力也动弹不得。努力了几秒钟,虽然没有站起来,感官倒是开始慢慢清晰。她开始分辨出梦里的踹门声其实是疯狂的鼓点。而眼前慢慢清晰的电视屏幕、昏暗的灯光,还有大红大紫的装潢都表明,这是个 KTV 包间。

大概是喝酒之后跟同事来 K 歌时睡过去了吧……

她想。

不过,今天可不是周末啊……

忽然,就像溺水者开始呼吸,回忆不顾她的恐惧,涌进嘴里、耳朵、眼睛,就像 16 岁那年她主动跳进而又马上后悔的河水:我是被绑架了!

她的手脚齐动,向着水面挣扎,却越沉越快;张嘴想叫喊,却只能让自己被呛得苦不堪言……

一个男人的身影在眼前一闪而过。

"行了,别费劲了!"他似乎一点都不怕别人发现,声嘶力竭地趴在她耳边喊着,"没人能听见!老实点,咱们都少受点罪!"

她停止了挣扎。

这里是 KTV 包厢。

一个你架着不省人事的女人进来绝不会有人感到奇怪的地方。

一个你可以待一整夜没人打扰的地方。

一个隔音效果绝佳，而且你可以用噪声消除一切惨叫声的地方……

有这些顿悟，还因为她感到一个冰凉的东西贴在自己脖颈上。刀身沿着脖颈滑到下巴，然后像继父的手指一样，带着蛮劲往上挑，强迫她抬起头来。

"是你……"她失声说道，但是马上就冒着被刺穿下颌的危险猛然把头低下，好像看到了什么鬼怪。徐猛见她怕成这样，马上就明白了：这俩人认识。她怕被灭口。

"你……你想把我怎么样……"

"这得看情况……"他把音乐声调小了一点，不停把玩着手里的刀，"看你把李若颜怎么着了……"

徐猛盯着她，好像在等着底牌翻开的赌徒。

"你就是为了她？"郑虹终于开口了，她抬起头来，满脸怒气。

徐猛长出一口气。最后的一点隐忧也消失了。

她真真切切、确确实实地存在！

"你至于吗？老刘对你多好啊……"郑虹似乎忘记了恐惧，苦口婆心的语气里还带着不少愤怒。

"当初钱海军深更半夜把你送来，谁给你连夜动手术？老刘！你的肝被人捅破了啊！谁能那么快给你搞到器官？只有老刘！钱海军对你是不错，还知道把你送来抢救。可你跟着他干的是掉脑袋的活。他被枪毙了，然后谁收留你？老刘！好吃好喝养着你，零花钱从来不少，家里喝酒都少不了叫你，图你什么了？就让你帮着干点活！可你倒好，第一回，就撂挑子，还帮外人！你有点良心吗？"

徐猛终于对三人的关系恍然大悟。

刘兴继是黑道医生。而段河，是他豢养的打手。

"要说谁对谁好，"徐猛冷笑一声，"李若颜对你更好！她把你当亲姐姐，你怎么能狠得下心要她的器官？"

郑虹被他的全知全能吓了一跳。但是略微一琢磨，马上露出了鄙夷的神情。

"老刘不想让老板知道这个岔子，就私下派你去解决她，结果你失手了，然后失踪，害得老刘不得不去找老板认错，求他派人收拾烂摊子……"她干笑了两声，"这么多麻烦，原来都是因为你中了美人计，看上那小丫头了……"

"你说什么？"徐猛猛然抬起头来，"谁是老板？"

郑虹立刻闭嘴，把头扭到一边去。徐猛却兴奋起来。

刘兴继报告老板说段河溜了，老板派人收拾烂摊子……

这就说明，拿斧子的胖子和他的同伴，是老板派的！后边所有的人，弄不好也都是老板派的！

"今天，我要知道两件事，"徐猛的语调波澜不惊，"第一，李若颜在哪。第二，你们老板是谁。你要是不说，那别怪我手狠……"

郑虹犹豫了一下，咬着嘴唇，把头扭开。

一块毛巾猛地蒙在她脸上，郑虹后仰摔在地板上，还没来得及尖叫，冰冷的啤酒就倒了下来。

一、二、三……

徐猛用手和膝盖压着她剧烈挣扎抖动的身躯，在咳嗽和呛水的声音中数到八。毛巾揭开时，郑虹好像要把肺咳嗽出来。说实话，对一个女人能狠到什么程度，徐猛是心里没底的。手上沾过那么多血，但从来没有女人和孩子的。不过这次，他不得不逼着自己破例。刘兴继找不到，郑虹是唯一的线索。

"想起来了吗？"徐猛面无表情，再次举起啤酒瓶。徐猛知道这有多难受。水刑之下，度秒如年。能够呼吸的时候，就像是重生一样。这时候以再来一次相威胁，铁打的汉子也没几个能挺住。

"别……咳咳咳……别……"郑虹立刻就崩溃了，"求求你……我说……你说器官？"

"老刘创办安仁医院后不久，就开始做器官移植手术……"徐猛再次把音量调小，又把郑虹扶起来，她坐在地上，靠着沙发，眼神空洞地娓娓道来。

"我当时吓死了……那时候还没拿到资格认证。不在资质名单上，做这种手术，是要坐牢的……可是他不听……不过想想也能理解。他把一切都押在这所医院上。只要能挣钱，只要能避免倒闭，他什么都肯做……连黑道生意都敢做……"

"这玩意……"徐猛皱着眉头，"这么多人需要换器官？"

"很多有钱人，还有外国人，在公立医院等不到器官，就到我们私立医院来……"郑虹回忆起往事，眼睛里流露出一丝柔情，"偷偷摸摸的，他也不信任别人，就教我麻醉术。一般的手术，他主刀，我麻醉，做了那么多次，从没有失手过……他就是那么厉害……"

"这个老板，是什么人？"徐猛打断了她。

"我不知道……"

"你再想想……"徐猛扬了扬手里的毛巾。

"老刘不让我见他，他们每次会面也神神秘秘的。我只隔得远远地见过一次……好像……瘦高个，那是晚上，还戴着墨镜……其他的，我就真不知道了……"

"那你知道什么？"徐猛有点不耐烦。

"你确定有人要她的器官？"她反过来问徐猛。

"你装什么糊涂？"

"我说了，老刘尽量让我知道得很少，每次都是有手术才临时通知我……如果是的话，那这个患者，这个跟李若颜做配型检查的患者……八成是个外国人……"

"外国人？"徐猛用手指敲着脑袋，好像想回忆些什么，"还有呢？"

"我没亲眼见过他，老刘也从来不跟我说患者是谁，是为了保护我……但是他提到过，这个人非常有钱，非常有地位。好像医院当年接到的投资，有一大部分是他给的……"

"你什么都没见过，你是怎么知道的？"

"这个患者特别邪门，特神秘。他来过医院不止一次，每次都是下半夜，只有老刘一个人给他看病，看完匆匆离开。他来的时候，医院的监控什么的全部都要关掉。但是有一次，老刘实在太累，忘了，之后匆匆给我打电话，让我去把录像删掉。我就来了，删之前，实在好奇，我就打开看了一下。大部分时间他低着头，戴着帽子，看不清样子。但是，他身边的随从，有一个不小心摘下口罩喝水。我看到，那个长相绝不是中国人……"

"那个长相……像不像是……"徐猛搜肠刮肚地回忆了半天，终于想起了李若颜给自己普及的地理知识，"阿拉伯人？"

"还真有点像，"郑虹若有所思地点点头，随即又摇摇头，"我也说不准，不过……听说那边石油土豪挺多的……"

"他要移植什么？"

"那次录像里，我还看到了别的东西。我看到他们进了放射科，就去电脑上看了数据。那个人，有肾癌……然后过了几天，老刘就让我去给李若颜做了检查……"

徐猛有一阵子没说话。

"她在哪？"

"老刘下午叫我今天半夜去他家……拿到移植资质以后，移植手术一般都在医院做了，给患者编个名字，账上能对起来就行……如果是去他家做，那就说明，患者是不能让外人见到的那种，比如那个阿拉伯人……"

徐猛深吸了一口气，一把把她拉起来："带我去找她！"

凌晨的街头，寒冷而空旷。徐猛架着郑虹快步前行。

"李若颜，就剩一个肾了，你知道的，"他不停摇头，"移植完了她还能活吗？"

郑虹沉默不语。

"我不是什么好人，我见过的坏人更多，但是像你这么恶心的，还真不多见——你整天跟李若颜亲亲热热，你不亏心吗？"徐猛一直以为自己代表的这类人才是最狠的。然而事实证明，人心的残酷远在他的想象之外。

郑虹低下了头，抽泣起来。

"大家都以为她醒不过来了啊……没想到……我也觉得……觉得挺对不起她的……"

她哭了出来。

"那你以为你送她点化妆品，你们就扯平了？"徐猛怒吼起来。不过他旋即就意识到，自己也不是那么够资格说这话。

"你往哪儿走？"他忽然一把拉住她，"你的车停在哪儿？"

"医……医院地下……"

"别撒谎，"他的声音低沉而阴狠，"我看着你上班的时候朝国贸停车场开过去了。"

郑虹的脸红了，又白了。最后她叹了口气，认命地点了点头。

"段河，你跟我说，"再次上路，郑虹终于鼓足勇气开始问问题，"你到底为什么要救她？"

徐猛没有回答。

"你看上她了？"

"瞎说什么呢？"徐猛一瞪眼，郑虹不敢再猜了。

两人继续前行，脚步声在街上回荡，让人感觉尤其孤寂。

"她……是我撞的……"这句话传进耳朵里，徐猛才意识到是自己说的。他甚至不知道自己为什么要在这个时间，跟这个人说这些。不过既然开了头，就真的停不下来。

"我踩一脚油门，她一辈子就毁了……"徐猛的喉头颤抖着，"她那么相信我，那么依靠我，最后却发现，我是害她的人……"

说到最后，他走音了。定下心来，他发现郑虹眼神诡异地看着自己。

"你？你撞的她？"她终于大着胆子开口，"不可能啊，事故就在门口发生的，她和肇事司机都被拉进来抢救过，不是你啊……"

她打了个冷战。

徐猛知道她想起了康永军，冷笑一声，不再解释。

"这小丫头真是邪门……"郑虹忍不住自言自语，"昏迷了那么久，莫名其妙地醒了。明明是没接触过的人，却会莫名其妙地帮她。就连个老疯子，都会莫名其妙地知道她的事……"

"老康怎么样了？"徐猛忽然问。

郑虹惊恐地看着他。

"死了？"

她点点头。

"你们弄死的？"

"不是，"郑虹赶紧澄清，"是心脏病。还没尸检，不过应该是被他儿子刺激的……"

"他儿子？"徐猛笑了笑，"不是你们？你们为了他，没少折腾吧？地下室，病房……"

"你……"郑虹这下真的怕了，"你怎么知道的？你是人是鬼？"

徐猛一愣，然后嘿嘿笑了好久。

"是啊，"他长叹一口气，"我也想知道……"

郑虹的脚步忽然加快，徐猛手里的刀又贴在她的脸上。

"哦……你你你……你别误会啊……"郑虹这才发现了问题所在——去国贸的路口往左，她却往右走，"国贸停车场也满了，我……我停在教堂旁边了……"

徐猛没说话，歪着头看了她好一会儿。

"前边走吧。"

广园教堂慢慢接近。哥特式的尖顶如同钟乳石般刺向夜空，秋雨浇透的街面在彩灯的反衬下黑得像洞底的淤泥。街上一个人都没有，两人的脚步声听起来让人没有安全感。

"过了前边那个拐弯……就到了……"郑虹小心翼翼地回过头来，得到徐猛的点头许可，才继续走下去。

看着前边这个背影，徐猛心里开始琢磨，待会应该怎么办。他倒是不担心刘兴继身边有人——多年的经验告诉他，什么保镖之流，十个有九个是吹牛糊弄有钱人的。更何况自己在暗，别人在明，没有输的道理。他为难的是救出人以后怎么办。刘兴继、郑虹，都杀掉？可是不下手，李若颜这辈子能保证安全吗？要不，就看她的意见，她说杀，我就杀，她说……也不行，她年纪轻轻的，没必要让她手上平白无故沾血……

"要不……"一个从未有过的想法忽然钻进脑袋，"交给警察？"

忽然，他听到了身后传来脚步声。心里像是有一道闪电闪过，整个人紧张起来，等待着必定随之而来的惊雷。

圈套！

他连侥幸的可能性都不考虑。抬起头，郑虹已经消失在前边的转弯处。快走两步，拐过街角，漆黑的街头依然空无一人，好像童年时的噩梦。

就在这时，前方又有两个人朝他走过来。

这个女人……

徐猛不禁对郑虹佩服起来。演技精湛，用计深沉，计划周密，不露声色，老江湖都自叹弗如。

脚步声从背后急速接近。一只手搭在了他的肩膀上。

"兄弟……"对方刚刚说了两个字，徐猛的手闪电般抓住他的手腕，躬身后踢，啪地把他麻袋一样狠狠摔在地上。

"你！"对方显然没想到他会首先动手。徐猛转身就跑。身后两人的脚步声密集起来，加速追来。

这么多人，她到底是什么时候安排的？

强光像锤子一样迎面砸了过来。对手太肆无忌惮了，战术手电大得像探照灯一样。徐猛挡着眼，强迫自己看街边。他听见人们在奔走呼号，大呼小叫。每一次改变方向，跑不了两步，前方的喧嚣就会像一堵墙一样把他挡住。

不行，人太多了。

他开始觉得自己可能要栽在这里。

不行！这是最后一次机会！这次死了，就真死了！
不，更重要的是，李若颜就死了！

他像一头困兽，大吼着朝前冲去。一个人试图阻挡他，被他一脚踹中胸口，倒在地上。一棍斜着打来，被他歪头闪过，同时曲肘蹬地，肘尖铁镐一般击中了对方的心口。

过了一关……

跳过地上呻吟的两个人，他对自己说。

啪的一声，领子被后边的人抓住。他的手闪电般按住对方的手，猛地沉腰挪步，刹那间让对方的重心不知去向，麻袋一样摔在地上。

继续！

徐猛双目尽赤，疯了一般继续朝前冲。

李若颜！你不准死！我一定……

徐猛忽然觉得自己的心脏忽地一沉。

前边的人掏出了枪。

不是一个人，是四个人。

一切都结束了。

就是神仙也毫无办法。

身后的人追了上来，包围了他。一时没有人上前。

他低下头，笑了笑，又抬起头，想看看天上的星星。然而今晚的夜空却依然阴云密布。

我这辈子，原来就这样了啊……

没有一个人说话，他却听到那个熟悉的声音从冥冥之中传来。

"那我这辈子呢？"

徐猛的头慢慢低下来，平视着前边的枪口。他朝地上吐了口口水，然后纵声长啸。几个持枪的人面面相觑。一回头，徐猛像北美野牛一样朝着枪口冲过来。

"他疯了！"

眼前终于闪起火花，徐猛的脑子一片空白。

开枪了！

这世上见过用过的武器里，徐猛最恨的就是电枪。被这玩意打中之后，躯干的大肌群会全部僵直，不听使唤，你能做的只有整个人像癫痫一样哆嗦，忍受着每一丝注入身体的疼痛，即使电极断开，还会持续很久很久。

徐猛就是如此地抽搐着，被罩上黑头套，横拖竖拽。他心里毫无死里逃生的庆幸，恰恰相反，他一直在感叹报应终于来了。

这回真的要死了。

他不知道这伙人要把自己带往何方，但是也不难猜，无非是两个可能。一个是找个没人的地方杀掉，另一个是他们可能想从自己嘴里掏出点什么。这就意味着，自己面对的将是拷打和虐杀。

血开始往头上涌，他想叫骂两声，然而一开口却干呕起来。没人理他，他感到自己被架着上了楼梯，走了几十级台阶，然后听见了开门的声音。他被抬进房间，按在一张椅子上，紧紧捆了起来。紧接着，脚步声还夹杂着金属物件互相碰撞的声音慢慢接近。

他知道，这里将是自己生命的终点。

心脏开始空前剧烈地跳动，他觉得自己喘不过气。

上回被打到要死，还是 13 岁的时候吧……这么多年了，还真有点害怕……

"废物！怕什么！"他喃喃地骂着自己，"那时候都受得了，现在难道受不了了？给点出息！"

他低声重复了一遍又一遍，好像和尚在做一场给自己的法事。念着念着，他开始觉得好受了一些。

因为他忽然想到，死也未尝不是一种解脱。

越是惨烈的死亡，越是能赎清自己的罪……

想到这里，他的心绪开始平复，最终甚至笑了起来。

"来……来吧……"他笑得上气不接下气，"动手吧，求饶一声，我是你孙子！"

黑布被揭开，亮光闪得他睁不开眼。一秒钟之后，眼前出现的却跟他预期的完全不同。

这是一群身穿警服的人。他们都在盯着自己，好像在看一个史前的怪物。一个头发花白的胖子几乎把脸贴在自己脸上。此人穿着便衣，但徐猛一眼就看出他也是警察。

"你他妈不在医院好好躺着，出来瞎搞什么？"他嘴里全是烟味，口气却是掩饰不住的一种亲切的责备，"这娘们我们监控得好好的，你他妈瞎搞什么？行动差点被你搞砸你知道吗？邵刚你认不出来？朝阳你认不出来？"

他越说越气，抬起手来，好不容易才忍住没抽下去。

"我……"徐猛脑子像糨糊一样，"你们……找我？"

"废话！"他越说越气，"你昨天才心跳骤停，刚抢救过来，今天醒了，又跟上次一样，一整天不汇报不接电话，他妈的你第一天做特情啊？"

特情？这个词一般人不懂，但是江湖人是懂的。

"妈的！"徐猛觉得一个炸雷劈中了脑袋，"段河是警察！"

徐猛又开始觉得，刘兴继说的也许有那么一点道理，因为自己现在经历的一切都是那么像幻觉。这辈子他最怕的人就是警察，然而现在他却跟一群警察坐在一张长桌前开会。刚才穿便衣的胖子骂了好几分钟，最后终于被其他警察劝开。

"怎么回事？"旁边一个花白头发的男人问道。

"李厅，这么回事，"那人尽量收敛情绪，"他前两天卧底的时候被人黑了——掉到河里，上岸之后被人开车撞了，头着地，昨天休克差点死了……"

后边的话徐猛就听不清了。可以想见，是在帮他说话，描述他有多么可怜。不过有个细节徐猛还是留意到了。

被人黑了……被车撞了……

他有八成把握，这是刘兴继或者那个幕后黑手指使人干的。

"熊队，开会要紧啊……"

徐猛这才意识到，这胖子就是九安刑警支队的头，被道上的人戏称为"黑熊警长"的熊楚才。

"开会？"他恍惚地跟着重复。

"废话，把你找回来，就是为了开会，"熊队终于消了气，"有新情况，很紧急……"

大幕拉开，另一个房间里，摆着一张椭圆形的长桌。长桌中间摆着一个笔记本电脑、一个投影仪。大家入座后，被称为朝阳的警察吊着胳膊，指着墙上的投影侃侃而谈。

"我先介绍一下这个案子的大体来龙去脉。去年我们盯上了钱海军贩毒集团。我们的一名警员——李经武警官，"他把手指向徐猛，"化名段河，卧底调查时，遇上一场团伙间的遭遇战，被匕首捅伤。由于当时李警官深得钱海军信任，于是钱把他紧急送往一家私人医院，接受了肝脏移植，捡回一条命。当然了，整场手术都是非法的。而给他做这个手术的，就是刘兴继。这个意外事件让我们得知，原来有些医疗界的败类，为了钱，甘当黑道医生。同时我们也了解到，九安有一个地下的人体器官交易网。于是钱海军集团被一网打尽之后，我们就把注意力转移到这个线索上来。开始对刘兴继的监控之后，发现情况比想象的要复杂，这个非法的市场规模可能比我们想象的大。于是我们就派李经武警官继续用段河的身份作掩护，转而潜伏在刘兴继的身边，争取把这个国际买卖人体器官的网络一网打尽。李经武警官成功地赢得了刘的信任，成了专门给他干脏活的私人打手。眼看这个案子可以收网了，情况出现了变化。"

"什么变化？"徐猛脱口而出，把自己吓了一跳。他忽然理解了李若颜对自己的好感是怎么来的。以前只有在电影里发生的事，忽然就发生在身边，而且自己还是主角，太过瘾了。

"这个，还是让他来讲吧……"朝阳后退一步，然后朝着桌子的另一面一指。

徐猛望过去，顿时目瞪口呆。走到前边的，是一个金发碧眼的外国人。

而那张脸，正是在沙漠里围捕自己的一员！

"自我介绍一下，"更惊人的是，这个外国人能说一口标准的普通话，"Gabriel Johnston，中文名叫庄凯。"

"我呢，是英国人，小时候我爸在驻华使馆工作，"大概是看到了大家惊讶的表情，他微笑着做了一点解释，"我跟着他在北京八年，史家胡同小学，然后顺义中学。现在又回到了中国，在大使馆担任二等秘书，同时呢，也负责国际反恐的联络工作……"

座位上两个穿黑西装的人互相对视了一眼，微笑着轻轻摇头。

"欢迎国家安全局的李先生和赵先生。"庄凯大概是看到了他们的表情，也冲他们一笑。

"您继续，"其中一个黑衣人打了个手势，"不用介绍，老熟人了，谁不清楚谁啊……"

"就在前天，我国的特种空勤团在一次行动中……"

"什么团？"徐猛突然插嘴。他发现自己已经抑制不住好奇心。

"就是特种部队。"

"干什么的？"徐猛的问题已经引来了满屋子人鄙视的目光。

"任务很多，最近主要是在中东从事反恐活动。"

"中东？阿拉伯什么的是吧？"

"对。"

徐猛若有所思。

"总之，这次行动中，我们成功抓捕了一个人，易卜拉欣·赛义夫。"

一张照片打在墙上。听众们端详着照片，转头又互相端详，最终一脸茫然。没人知道他是谁。

只有徐猛除外。

他一眼就认出，这张脸是那天自己照镜子时看到的那个人！

"赛义夫大家可能不熟悉，但是说起他的老板，阿卜杜拉·艾哈迈德……"

大部分警察仍是面面相觑，但几个年轻的"哦"了起来。

"这个人是本·拉登之后的最著名的恐怖分子之一……"

"他不是死了吗？"一个警察问。

"他失踪了七年，我们一度跟你们一样，也以为他死了。可是，事情最近却有了变化……"庄凯提高了嗓门，"抓捕过程中，我们有一个意外的收获——赛义夫往中国拨打了一个电话……"

大家的脸色开始放光，等着下文。只有事先已经了解详情的熊队和国安局的两个人一脸严肃，一动不动。而徐猛，目瞪口呆，紧紧握住了不停出汗的双手。

"根据两国政府的反恐协定，我们立刻分享了情报，查到了那个号码所有人的所在地……"

"安仁医院……"徐猛满脸茫然，好像失控的机器一样说出了答案。

庄凯愣了一下，然后点了点头。圆桌顿时被一片嗡嗡的议论声笼罩。

"赛义夫为什么会犯傻拨打一个没有加密的号码，我们到现在也搞不清楚……但是，通过两国安全机构通力协作，我们终于确认……"

一幅航拍照片被投影仪投在墙上。庄凯按动按钮，把它不断放大，直到一张可以辨认的人脸赫然出现。

"阿卜杜拉·艾哈迈德，就在九安。"

嗡的一声，房间里炸了锅。有些刑警激动得脸都红了。只有徐猛继续保持着瞪目结舌的表情。他一眼就认出了跟那个阿拉伯人在一起的是谁。

"跟艾哈迈德见面的这个人，叫刘兴继，也就是那个号码的主人。他此前不在恐怖分子监控名单上，也没有任何人怀疑他。可以说，这完全是一个意外。"

徐猛觉得喉咙发干，双手出汗。他万万没想到，自己的举动有朝一日竟然成了李若颜口中的蝴蝶翅膀。同时，他开始为自己举动的后果感到害怕。像见到无底深渊或者近距离面对一颗星球时那样的恐惧。面对过于巨大的参照物时因为自己的渺小而产生的恐惧。

"什么时候抓捕？"九安的刑警们已经按捺不住了，站起身来请战。

但是庄凯却摇了摇头。

"情况比这复杂……"

他随即开始介绍英国情报机关的发现。赛义夫的护照表明，这些年来他曾多次潜入中国，每次滞留不超过十五天。他还去过欧洲，具体行踪不明，但是据卧底线报，他试图动员几个生物化学专家前往叙利亚。这些行为有什么联系，没人知道。

"不知道？"那个被称为朝阳的警察大摇其头，"都抓住这么久了……你们会不会审讯啊……"

庄凯没说话，只是按下遥控器，墙上开始播放视频。画面的角度像是天花板的监控摄像头。画面上一个人被拘禁在铁椅子上，东张西望，躁动不安。他的面前，一个戴面罩的人朝他吼叫着。

"就这？"一个被称为老四的刑警笑了，"这货你运过来交给我，你看看……"

话音未落，画面开始有了变化。审讯的人走出屋子，被拘禁的人忽然开始抽搐，继而剧烈呕吐。他浑身像过电一样颤抖着，双手死死按着脑袋，好像是怕里边钻出什么怪物。十几秒之后，大家注意到画面上的主色调变了。他吐出来的开始变成主要是血。眼尖的还发现，他的耳朵、眼睛、鼻孔，都开始出血。一开始还像是红色的汗水，后来就变成了涓涓溪流，最后，直接像裂缝的水坝一样，血箭喷射，很快就把一切都染红。仅仅不到两分钟，他就如面条般滑到地上，倒在血泊里，像一张煎饼。即便监控录像分辨率不高，大家还是被这血腥的场面震住了。徐猛觉得有个念头在脑子里飞，却一时抓不住。

"不是埃博拉，不是出血热，不是霍乱，不是任何已知的病毒。"庄凯双手撑着桌子，声音严肃起来，"这是一种人工培育的新型病毒。我们不知道这个人是怎么感染的——是试验品，还是实验室的意外。但是它证实了我们情报机构两年以来一直收到的风声。艾哈迈德掌握了一种新型的生化武器。他将用来发动一场空前的恐怖袭击。所以，我们必须活捉他。我们需要知道他要在哪里发动袭击。"

会议室里鸦雀无声。

"不会是在中国吧……"有人小声说。

"可能性不是很大。"庄凯微微摇头，"还没有针对中国的先例。另外从艾哈迈德的政治主张来看，也没有针对中国的理由……"

"那他来中国干吗？"有个警察开口问道。

"移植器官……"徐猛二愣子一样开口，引得大家都看他，"刘兴继不是移植器官的吗？"

"没错，"庄凯不停点头，"根据我们在赛义夫那里搜到的材料，艾哈迈德患有晚期肾癌，必须移植。"

"这货最好死在手术台上，"老四又点燃了一根烟，"正好袭击搞不成了……"

这话引起了一阵嗤笑，熊队不耐烦地示意他别打岔。

"恰恰相反，我们认为这正好说明袭击迫在眉睫。"庄凯的眉头皱了起来，"首先，根据我们对艾哈迈德的了解，他不是一个能把事业抛在一边，先顾自己身体的人。其次，这种非法的手术成功率不是那么高，他清楚自己可能会死在手术台上。所以，我相信，他是安排好了一切，才来中国的……"

老四和朝阳对视了一眼，然后抢着站起来。

"你们等等，"熊队抬手制止了他们说话，"这事得靠经武……他对刘兴继的情况比较熟悉……"

徐猛看出老四跟自己附身的这个人大概关系不太好。他刚才瞥过来的目光很是不善。

其他人，包括庄凯，也很不信任地看过来。

"您别理解错——我就是想知道，这位李警官是不是你手下最棒的。"庄凯字斟句酌，"如果是，你们刚才为什么会发生误会？"

"是这样，"高雷抢着解释，"他一直在住院，有些事我们没通知他，所以就有点误会……"

"他为什么会住院？"

"他接到刘兴继的一个任务，让他绑一个小女孩。他带着小女孩到了河边，想把她送到对岸，我们接头用的一个小屋。那里不是九安范围，比较安全，不会影响继续卧底……没想到在河上遇到了埋伏，他跟对方搏斗，掉进河里……"

"要是不会游泳的话，去了……"武警方面的人听到这里，也产生了疑虑。

"他会游，"高雷赶紧补充，"那回是上岸之后被不长眼的司机给撞了，摔到了头……挺危险的，中间心脏骤停了一次……"

"那你现在恢复得如何……"国安局的人也把头转了过来。

"没问题！"徐猛终于反应过来，拍着胸脯打包票。

几个人聚在一起商量了一会儿。散开时，熊队对他点了点头。

"下面我来说一下难点。我们之前从来没有抓住过艾哈迈德的直属手下，"庄凯又开始侃侃而谈，"原因很简单，他所有的手下，臼齿里都嵌入有氰化物的胶囊，一旦走投无路，都会毫不犹豫地咬开胶囊自杀——只有这个赛义夫，不知什么原因没有自杀，就好像是忘了一样——总之，没有理由相信艾哈迈德本人会不这样做……"

"这样的事咱以前也不是没碰到过……"老四不以为然。

"你们看这座房子的地形，"庄凯又换了一张幻灯片，"独立别墅，建在高地上，三层高，有围墙，有狗。四周全是农田，最小宽度两公里，这个季节，植被稀疏。无论我们从哪个方位突袭，都会被发现……"

老四和朝阳慢慢坐下，歪着脑袋冥思苦想。

"所以我们唯一的机会，"庄凯用手指敲着桌子，"就是手术室。手术中，是被麻醉的艾哈迈德唯一没法自杀的时候。"

徐猛猛地抬头。

"不行！"他斩钉截铁的拒绝让大家都吃惊地看着他。

"为什么？"熊队看样子又要火了。

"李若颜——就是跟他配型的小姑娘，"徐猛抬起头跟他对视，"她只剩一个肾了……"

"经武你别死心眼了，"老四叼着烟，悠然指点江山，"你非得等着动刀啊？你等那孙子麻醉了，直接把主刀大夫控制住，然后等着我们来支援不就完了？"

"对，"庄凯诚恳地看着徐猛，"那时候，艾哈迈德的手下都被隔离在手术室之外，在他们发现怎么回事之前，我们的人就会到窗口，把艾哈迈德转移走，然后，就可以开始强攻……"

"我怎么进去？"徐猛觉得还是不太可行，"刘兴继早就不信任我了……"

"她，"庄凯忽然朝着屋角一指，"可以帮你。"

大家把头转过去。

徐猛这才发现，原来黑暗里一直坐着一个人。头套揭开，原来是郑虹！

"她当然没跑掉了……"朝阳得意扬扬地看了徐猛一眼。

"郑虹，"熊队清了清嗓子，"刚才我们说的，你也听到了。你跟刘兴继的关系，我们也很清楚。刘兴继现在什么处境，你也很清楚。是不是为了他好，想不想救他，就看你了。"

郑虹的脸上全是水，也分不清是汗水还是泪水。她的双唇颤抖，好久才能开口说话。

"老刘……他……不会……他……没有……"

"刘兴继不知情？我们是不信的。"国安局的人忽然插话了，"我们查过了，2010 年的时候，医院资金构成早就变了。大规模注资进来的，正是艾哈迈德的一个海外空壳公司。刘兴继的这个别墅，也是那时候开始建的。院墙、狼狗，还有外边的一些防盗装置，你觉得他是在防贼？"

郑虹眼睛垂了下去。

"你要想清楚，"老四叼着烟走到她身边，"姓刘的掺和这事，不管成不成，他能活吗？"

"即使刘先生逃脱了死刑，"庄凯也适时插嘴，"袭击的受害国也有权要求引渡他。那样的话……你没有可能再见到他。"

郑虹久久没有说话。她的身体微微颤抖，屋角传来抽泣声。

徐猛站起来，走过去递给她一包纸巾。

"好，"她忽然想开了似的，抬起头，甩开额头上的乱发，"你们要我怎么做？"

凌晨三点，一辆红色 MINI 在乡间的小路上行驶着，翻山越岭，最终缓缓接近卧虎山麓的那栋别墅。车灯照在大门上，门前的摄像头开始沙沙转动。郑虹打开车窗，伸出头来，看着摄像头。过了几秒，传来一声咔嚓，铁门咣啷打开。跟以往不同，几百瓦的大灯照射下，院子里满满的全是人。有的认识，但大多数都是陌生人，而且还有外国人。

看到这些面相凶恶的人齐齐把目光投向自己，郑虹觉得脚发软，有一瞬间，油门死活踩不下去。冷汗开始冒出来，沿着额头往下流，让她觉得好痒。

人们说话的声音传了进来。她发现车窗还没有关，却没法移动手指去按一下按钮。

她觉得自己快要崩溃了。

"干吗的？"

"好像是给老刘打下手的……"

"怎么不走啊……"

老刘……

她一下子清醒了过来。

他需要我。他需要我……

默念着这句话，她恢复了对身体的控制。车窗缓缓关闭，发动机轻声哼叫，车子开始前行。人们纷纷让开，最终全部消失在背后。她松了一口气，把车子开进了地下车库。车子停稳，前灯熄灭，车库里一片黑暗。她把头靠在方向盘上，大口喘息着。她不想立刻下车，只想继续享受一下这熟悉的黑暗和寂静。

咚咚。

耳边突如其来的响声吓得她触电一样跳起来。

然后她就被窗边的一张人脸吓得叫出来。

"快点。在等你。"说话的人面无表情。

郑虹知道他姓韩，是老板的贴身保镖，至于名字，老刘说老板好像叫他韩张，具体是哪个"张"字搞不清楚。她一直有点怕这个人，因为他长着一张教科书级别的虐待狂的脸。今天这张脸更加狰狞可怖，因为上面多了不少伤疤，一只眼睛缠着绷带。

她不想知道为什么。

郑虹强笑着，打开车门，下了车，离开了车库。

车库的门关上之前，她的手悄悄在包里按了一下车钥匙的开锁键。

楼梯一级级在眼前消失，韩张打开了那扇熟悉的门。走廊的灯闪了几下，眼前的视野像快门般一明一暗。她隐约看到了两人第一次独处的情景。那还是在省医，她还是个刚分配到这里的小护士。他身材高大，嗓音洪亮而有磁性。在一堆或趾高气昂或油腻邋遢或好色猥琐的男医生里，他的和蔼和彬彬有礼显得鹤立鸡群。当时别的医生都离开了，他却低头观察病人的插管。

"你弄的？"他抬起头问。

"按铃没人来……我才……"她慌乱地开口。

"紧急情况，你处理得很好。"他对着她一笑，令她脸红得像个小姑娘，"新人能一次完成，不简单，好好干。"

灯光稳定了，韩张站在一旁，让她先走。她礼貌地一笑，走了进去，但是走得感觉很不舒服。背后的脚步声令她起鸡皮疙瘩。她想回头看，可又不敢，就像安仁医院刚创业的那几年的财务报表。他动用了所有的积蓄、人脉，借了所有能借的钱，求了所有能求的人。医院开起来了，但每个月都亏损。他用尽了一切赚钱的办法，五楼的保健康复、六楼的各种高科技养生美容等暴利部门都是那时候创立的，甚至没等到执照批下来就开始偷偷做器官移植手术，但医院还是入不敷出。这种压力差点把他压垮。以前没人知道他喜欢什么、讨厌什么，很多人因此说他是机器人。然而这个外号是不公平的。他也会烦恼，也会消沉。他变得沉默寡言，肤色暗淡，眼圈乌黑。每次见面时，她都想问问他这个月有没有改善，却总是不敢。

直到有一天，她走进办公室，发现他在偷偷地抹眼泪。

"有投资了！"他抬起头，终于不在她面前掩饰自己的红眼圈，"咱们熬出来了！"

郑虹终于走到了走廊尽头。左边的门通往那间改造过的房间。这里是手术准备室、更衣室、无菌室。他没有放弃研究，他要她给自己当助手。她不知道他在研究些什么，只是意识到可能不太合法，要不然犯不着把自己家改造成一个医院。她不在乎。不管他干什么，她都会支持他。他们在这里度过了无数个漫漫长夜。同样，他也是第一次对她说了那句话。

"要是人人都像你这么支持我该多好……"

门开了，看到刘兴继的时候，她忽然觉得想哭。她忘不了两人一起经历的痛苦，忘不了世人对自己的鄙夷和不公，忘不了一切苦难终于要结束、美好似乎要降临的时刻。经历了两年的争吵、厮打、诋毁、跟踪，还有撕破脸的上门大闹，一张离婚证书终于开启了一条金光大道。那天她哭了，在医院的餐厅里，当着众人的面哭得涕泪横流。她不再在乎别人怎么看怎么说自己。她只知道，这是自己应得的报偿。

"你怎么了？怎么脸色不好？"他一如既往温柔地问。

话语像是捅破肥皂泡的针，刺得她再也承受不了。一滴眼泪溢出眼角，承载着所有的憧憬和希冀，向地心坠落。

"出什么事了？"

"没事，没事，"她赶紧擦干眼泪，"一根睫毛……"

刘兴继今天心情挺好，话格外多。转身换衣服的时候，他还在背后说个不停。就像是医院拿到投资之后，南李庄新院区刚建好的那些日子。他总是神采飞扬，报复似的四处参加慈善活动、学术会议。那些日子里，他总是畅想未来。他搂着她的肩膀，跟她商量，下次度假可以一起去迪拜，在那个黄金套间住几晚。或者去黄石，一起看看那个可能毁灭地球的火山。或者去她一直想去的夏威夷，躺在海滩上，那里的阳光没有雾霾的过滤，纯粹得像金子一样。对，金子，像咱们的未来一样宝贵、一样闪耀的金子……

她猛地转过身来。

"你实话告诉我，"她的眼神坚毅而勇敢，"在医院最困难的时候，面对绝境的时候，你是怎么想的？你是怎么做到没有放弃希望的？"

"你没事吧？"刘兴继有点蒙。

"你就告诉我，你面对一切希望都要破灭，一切看起来都要完蛋的时候，你是怎么想的？"

"我……"刘兴继有些感慨地看着天花板，"就是不停对自己说，一切不会就这么着了……"

"对，"她忍住泪水，缓缓点着头，"一切不会就这么着了，不会的……"

一声轻微的咔嚓声响起，后备箱的灯光透出来。一个人影从里边翻出，箱盖随即被快速而安静地合上。徐猛蹲在地上，静静等着、听着，直到确定周围没有任何可疑杂音，才猫着腰快步走到门边。他伸手搭上小门把手，下压，门没有开。他毫不意外地点点头，从口袋里掏出钢丝做成的工具，伸进锁眼里探索，扭动。大约一分钟后，门锁发出一声轻轻的咔嚓。他又拉了一下门把手，这回，微弱的月光在车库的地上划出一道长长的亮痕。徐猛点了点头，把门小心地虚掩，然后坐在角落里，手持手机等着。

按照计划，郑虹在手术准备好之后会给他发信号。然后，他爬到二楼的手术室窗边。郑虹打开窗户，他会进去，然后……

他慢慢拉开夹克拉链，把手伸进去，摸着已经被身体焐热的枪把。慢慢拉出来，是一支锯断了枪管的霰弹枪，是他唯一懂得怎么用的枪械。挑装备的时候，他因为选这个被大家笑话了半天。

"城乡接合部的黑社会才用这玩意……"那个叫老四的笑得最响。

不过他也没错。

我就是个城乡接合部的黑社会。我就懂得蹲点、阴人、动刀子、接喷子。

除了这些，我什么都不会。

除此之外，我什么都不是。

我一件好事也没干过……

一阵酸楚忽然涌上来。

她不会原谅我，也不该原谅我。

我害了她，我这辈子，就是害人、被害，然后再害人。

我从头黑到脚，我居然天真地以为，自己能够洗白……

徐猛又掏出硬币，抛了几次，却无心查看结果。

有生以来第一次，他发现自己居然忍受不了孤身一人。空荡和失落是如此疼痛，就好像好不容易扎下的根被残忍地拔起。一片黑暗里，他却好像怕光一样用右手捂着双眼，一动不动好长时间。一直到手机的振动把他惊醒。

一个未接电话。他用衣服遮着屏幕，激活屏幕，发现是郑虹的号码。

开始了。

他把手伸进口袋，掏出红色的铅弹，面无表情地一颗颗塞进枪膛。

李若颜，我能用来还你的，只有这个。

不够，我也没办法。

因为我唯一还拥有的东西，就是这半条生命……

咔嚓一声上了膛，他站起身来，头也不回地走了出去。

　　门的后边是狭窄的走廊。沿着走廊尽头的楼梯上去，开门就是客厅的屏风背后。那里人声嘈杂，在这里都能听见。徐猛的目标当然是另一个方向。走廊的尽头，墙上有一扇窗。这窗户一米见方，透过玻璃能看到外边刷着白漆的铁皮。徐猛走过去，慢慢拧动窗户把手，直到听到轻微的扑哧声。他慢慢打开窗户，把头探出去朝上看。果然跟郑虹说的一样，这是一个透气用的天井，上面盖着铁制格栅板。郑虹说这是德国设计，用来给地下室透气的。徐猛反身抓住窗沿一拉，蹿到天井里。他抬着头保持静止，直到确认没有脚步声才把手指穿过格栅，慢慢用力把它推起来。

　　徐猛终于从地下钻了出来。盖好天井，他贴着墙，又等了一会儿。跟郑虹说的一样，这里是房子背阴面，跟院墙之间只有一条很窄的过道，没人会到这里来。他蹲了两次，活动了一下膝盖，然后纵身，双手双脚分别蹬住屋墙和院墙，一步一步朝上爬去。

　　几秒钟之后，他又反身一跳，抓住了二楼阳台的栏杆。抬头望去，亮着灯的那个窗户近在咫尺。郑虹说，那就是手术室。只要上了阳台，再爬一层，就能进去。

　　他站在三楼狭窄的窗台上等待着。窗户玻璃贴着膜，没法看到里边是什么情形。

　　时间像石头一样难以流动。

　　这令他想起了当年最后一次伏击人的情形……

　　嗡——

　　裤兜里一阵振动。拿出手机，是郑虹的短信。

"就绪。窗开了。"

开始了。

徐猛深吸一口气，轻轻一推，窗户无声地开了一条缝。他像猫一样敏捷地钻了进去，置身于墨绿色的窗帘后边。用手拨开窗帘，远处隔着手术台，郑虹就站在那里，正在朝这边看过来。手术台的另一边，刘兴继背对着自己站着，正在忙活着什么。

除此之外，空无一人。

徐猛悄悄从窗帘后边走出来，把手指放在嘴唇上，朝郑虹示意别出声。他端起枪，慢慢朝刘兴继逼近。直到枪口抵在后脑，刘兴继才觉察到身后有人。

他愣了一下，慢慢举起双手。

一切顺利。

接下来，只要通过无线电……

忽然之间，徐猛觉得有什么东西不太对劲。

不知是空气中太稀薄的消毒水味道，还是无影灯太过暗淡的亮度。他慢慢抬起头。对面，郑虹正在朝自己看过来。她咬着嘴唇，脸上的表情像极了那些第一次拿刀见血的新手。

徐猛觉得有股电流好像沿着脊椎传导上来，在脑子里炸开。火花四射，照耀得一片空白。

圈套！

一支枪从刘兴继的腋下伸出来。躺在手术台上的"病人"掀开绿布，慢慢站了起来。脸上的伤痕和眼睛的绷带使徐猛认出，这就是那天晚上折断李若颜手指的老对手。持枪人微微摆了摆枪口，让他后退保持距离，同时把食指放在唇边。徐猛默不作声，顺从地退了两步。脚步声从背后的各个方向传来。两只手拍在他的肩膀上。力度不一，不是一个人。

完全没有机会了。

徐猛闭上了眼睛，任两人粗暴地把自己拉扯着转身。睁开眼睛，他看到搜自己身的人是个面相凶恶的瘦子，他的身边站着的是个大胡子外国人。窃听器被瘦子得意扬扬地捏在手里晃了晃，然后他像条逮住猎物的狼狗一样小跑到屋子的一角。灯光照不到的地方，有几个人站在那里。

一阵窃窃私语之后，窃听器被瘦子小心翼翼地放进一个金属盒子，捧了出去。

徐猛站在原地，愤恨地看着郑虹。

"对不起，"她快速地把目光从徐猛脸上挪开，点燃了一根烟，手和声音都在发抖，"我和老刘经历了这么多，不能在最后一步倒下……"

"你是警察？"几个人从阴影里走了出来。发问的人高鼻深目，一脸的胡茬刚剃不久，中文虽然口音很怪，但用词准确，句式娴熟，显然是下过不少功夫的。要是徐猛看他一眼，准会认出，这就是刚才在会议上多次出现的艾哈迈德。

然而他的注意力却不在于此。他正目瞪口呆地看着另一个人。

此人身材高大，瘦骨嶙峋，一头花白头发朝后梳着。他穿着中山装，扣子一丝不苟地扣着，手里挂着考究的拐杖，墨镜下面露出一片触目惊心的浅色疤痕。

"杨……杨……"徐猛觉得喉咙似乎被什么哽住了，他瞪着眼睛，嘴唇颤抖，结结巴巴地重复着。这话像一颗深水炸弹，声音不大，甚至很难听清，却把周围貌似静止的一切都震成碎片。

那人转过头来侧耳倾听，然后慢慢走了过来。

"警察，是吧？"他走到跟前，徐猛的膝盖被身后的人一踹，跪倒在地，"哪个局的？身手可以啊，在你家，两个人，在商场，八个人，都没拿住你……"

"杨叔，你还活着……"徐猛说话依然像是梦呓。

"行啊，你们可以啊，"杨千里双手按在拐杖上，古怪地大笑，然后慢慢蹲下，用手轻轻抽着徐猛的脸，"我躲了那么久，还以为能掩人耳目，闹了半天，早就被你们识破了……"

徐猛感觉到的，不是抽打的疼痛，只有杨千里的手掌传来的体温。这温度像是闸门，猛然打开，往昔倾泻出来，不可阻挡。这些让徐猛竟然忘了自己的处境，恍惚间回到了那个冬夜，又成了那个孤苦伶仃，人间哪怕一丝温暖也会让他觉得像熊熊烈火般不可承受的小乞丐。就是这个人，给了自己此生第一次慈祥的抚慰，给了自己第一张干净的床，第一个睡在里边不用担惊受怕的家。

往日的一幕幕涌上心头。那个夜晚，那碗救了他的饭，还有那些温暖的话语。

这就是你的家……

有我在，不会有别人敢伤害你……

有我一口饭吃，就有你一口饭吃……

我真希望有个儿子，就像你一样……

"杨叔啊……"不知什么时候，他已经痛哭流涕，伸手抱住杨千里的双腿，"你这么久到哪里去了……我是小猛子啊……"

徐猛已经忘了自己目前的样子是另一个人。而杨千里居然也没有发现。

"小猛子？"他愣了一下，然后用双手摸着徐猛的脸，"你说你是谁？"

"杨叔，你的眼睛……"徐猛一怔——他这才留意到杨千里的墨镜。心疼骤然袭来，但同时，他也看到了希望。一个只凭话语就让人相信自己的机会。

"杨叔，咱们第一次见面是火车站后边的利民巷，你救了我，请我吃饭，吃的是炸里脊。我第一次帮你料理别人，是去捅韩老六，我捅了他五刀，肚子一刀，大腿两刀，屁股两刀。事后你请我喝酒，那是我第一次喝酒，喝了一口就喷了你一脸，你笑着说没关系……"

徐猛滔滔不绝，把两人当年相处的细节如数家珍地抖搂出来。他说的细节越多，杨千里的脸色越难看。到了最后一句，他猛地蹲下来，两人面对着面。

"徐猛？"他的嘴唇颤抖着。

徐猛拼命点着头。

杨千里缓缓站起身来，左右踱了两步，然后忽然勃然变色，飞起一脚，正中徐猛的下巴。

"你欺负我眼瞎啊？"他暴怒着，一把抓住徐猛的领子，把他提了起来，"欺负我身边没人能帮我认出你？徐猛？徐猛的声音你以为我听不出来？"

明明挨了打，徐猛却感觉心里暖暖的。

"我真的是徐猛啊……"

"徐猛早就死了！"杨千里怒吼着，青筋暴露，唾沫横飞，"都死了！就跟我老婆、我儿子、我所有的小兄弟一样！都死了！死在了武警包围圈里！连着我一双眼睛！"

"杨叔，我没死……"徐猛哭得像个无助的孩子，"有一天，我醒过来发现……"

徐猛抽泣着把自己难以置信的经历和盘托出。讲述的过程中，他丝毫没有怕对方不相信或者以为自己疯了的顾虑。因为他对这个老人有着父亲一般的信任。然后，他感觉自己领口的双手松了。他也松懈下来，像被久违的五月温暖的阳光一起包围着。

杨千里沉默了好久。

"刘大夫，"他略一歪头，"他说的，在技术上有可能吗？"

"这个……"刘兴继也是刚从目瞪口呆中回过神来，谨慎地措辞，"人名没错，次序……这些人倒是的确按照这个顺序发病的……但是……意识转移，这个……"

他没有把后边的判断说出来。

"再说了，有一个人你没法解释：康永军，那个老疯子。"又是一阵琢磨，他忽然想到了一个破绽，"他可没接受过你的器官啊……"

"什么？"

"他想要器官我还舍不得给他呢……"

"可他什么都知道，对不对？要不是我附身……"

一记击中腹部的重拳打断了徐猛的话。他弯着腰，痛苦地干呕。

"我老婆、我儿子、我兄弟、我妹妹，全都死在你们手里。我费尽心机，培养了十几年的干儿子们，也全都……"杨千里说话时面无表情，但是语气却让人听了能感到那种由内而外延伸的疼痛，"你们想把我连根拔起，可惜，下手还是不够狠……"

他的右手伸出去，在空中抖了两抖，一把枪立刻被放在掌心里。

"别说你不是徐猛，"他咬牙切齿，"就算你是，跟警察合作，我也照杀不误！"

"杨叔，我不是二五仔！"忽然意识到自己行为实质的徐猛慌了，结结巴巴地辩解，"我是为了救那个女孩啊！他们要把她的器官卖给……"

杨千里微微侧头，耳朵指向艾哈迈德，后者哈哈大笑起来。

"晚了，"艾哈迈德轻轻摇着头，汉语说得铿锵刺耳，"配型成功后我正忙着，等到有了空，已经扩散……天意……不过你放心，她还活着。我们想出了一个别的用途……"

徐猛愣了。

"我不管你为了谁……"枪口顶在了徐猛的额头。

嘀嗒。

挂钟的秒针好像在宣布徐猛的结局。

别墅南方大约五公里处的一处低洼地里，国安局的头头正在用夜视望远镜观察别墅的情况。他把望远镜拿起来，又放下，反复几次，最终还是交给了熊队。他们的身后，上百名全副武装的武警和特警队正在严阵以待。直升机和装甲车足以说明行动的决心。

"要不要攻进去？"熊队向国安局和武警建议。

"我觉得可以再等等，"姓赵的特工摇了摇头，"窃听器还在正常运转……"

"可是什么动静都没有，也说不过去啊……"庄凯虽然是观察员，但此刻也是忧心忡忡，忍不住插嘴。

"会不会是他发过信号，咱们错过了？"特警队的队长提出一个大家都在默默担忧的可能性。

"再看看，无人机的倍率也放大点，仔细看看每个窗户……"

熊队的话音刚落，步话机立刻传来了沙沙的响声，以及惊惶呼叫声。

"火！火！"

抬头望去，别墅的窗口里开始隐隐冒出火苗，还有滚滚的浓烟。

"强攻！"熊队把望远镜一扔，掏出枪，第一个上了装甲车。

"强攻！"他冲着无线电大吼着，"一定要把经武救……"

他的话就停在了这里。

一阵巨响打断了他，装甲车里的人也感到大地在微微颤动。

所有的警员都目瞪口呆，像是中了邪一样整齐划一地缓缓站起身来，向着远方的地平线行注目礼。

在那里，一朵裹着火焰的蘑菇云正在冉冉升起。

第九章

疯狂列车

～

徐猛第一次对这人世间感到留恋。原来这世上其实温暖一直都在，只是自己没有好好感受过。

他想挣扎，想喊叫，想让人们赶紧逃命，却什么都做不到。

他只能听任自己被当作致命的武器，像他的前半生一样，毁灭一切……

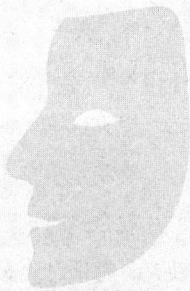

〜

　　凌晨，又是雾霾。二十米开外，基本是伸手不见五指。黄日生拖着行李箱，
走在黑乎乎的街道上。冷雨下了一夜，一切都冰冷而黏稠，包括空气，令人生厌。
他打了个哈欠，左手不停地捶腰。想想今天的工作，他有点头疼。

　　待会儿黄日生将一个人把列车开到西京终点站，休息一个小时，再开回来。
一个人驾驶，没有帮手，没有替补，中间连上厕所都不行……

　　忽然，他停住了脚步，因为他发现自己不知身在何处。

　　新站启用不到一个月，这是他第二次在这里发车，路本来就不熟，更何况
今天的雾霾格外邪门。举目四望，周围都是灰蒙蒙一片，目不见物。呼吸道的
痛痒感突然爆发，他带着惶恐咳嗽起来。他感觉自己就像那个美国电影里的人
物一样，孤身一人，目不见物，被隔离在寂静岭上，与一群不知隐藏在何处的
怪物为伴……

　　想到这里，他还真有点起鸡皮疙瘩。

　　又不是小孩子了，他摇着头自言自语，怎么胆子……

　　就在这时，一阵轻微的响声从身后传来。他的脚步又一次停住，慢慢回过
头来。想透过迷雾看看是什么东西。然而看到的却依然只有一片黑灰色。

不对，还是有什么的。

他看到那团混凝土一样的空气慢慢变亮了。那声音越来越近，越来越大，空气在震荡，人行道上的小石子也晃动起来，滚到路上……

最终，一辆巨型卡车瞪着怪兽一般的眼睛，从迷雾中破墙而出，呼啸而过。

妈的……怎么这么胆小……

一场虚惊，使得他的精神略微振奋起来。他惊喜地发现，在车灯的照射下，路又清晰可见。他擦了一把汗，摇头苦笑着，继续朝前走去。

沿着他前进的方向画一道直线，延伸不到一公里，就是宏伟的九安南站。

郊外，别墅冒着烟的废墟中，数不清的警察在一片狼藉中翻找。国安局、武警、刑警的头头无一不是眉头紧锁。装甲车强攻的时候，遭遇了顽强的抵抗。但是双方火力的差距决定了这些抵抗不过是螳臂当车而已。满地焦尸散发出恶臭，令人隐隐担忧，待会别墅废墟被挖开，会不会找到一些熟人的尸体。

"找到艾哈迈德的尸体了吗？"每次有人来汇报，庄凯都焦急地询问。

"找到李经武了吗？"熊队也会跟着问。

然而结果是一次次的失望。

"别墅里的尸体，都烧成炭了，还炸得四分五裂的，得做法医鉴定，才能认出来……"来汇报的老杨摇着头。

屋子里的警察都低下了头，纷纷点起烟，默默地抽着。

"经武……有没有兄弟姐妹？"熊队终于打破沉默，说起了谁也不愿提起的可能性。

"有个姐姐……"朝阳低着头答道，"好像身体也不太好……不过他妈身体更差……"

"那……万一……"熊队缓缓点头，"还是通知他妹妹吧……"

砰的一声，把大伙吓了一跳。抬眼望去，原来是高雷朝墙上捣了一拳，然后愤恨地走了出去。没有人指责他。

大家继续沉默着。

"四明，你认不认识他姐姐？"熊队叫着老四，"你们不是同学吗？"

然而叶四明充耳不闻，盯着地面愣神。

"叶四明！"熊队提高了嗓门。

"妈的！真巧啊……"他依然没有回答。

"什么真巧？"

"都是重重包围，然后半天没动静，砰的一声自己炸了，最后谁是谁都辨认不出来，"他猛地吸了一口烟，"你们觉不觉得，跟抓捕杨千里那次的经过，有点像？"

卡车在转盘里转了半圈，然后前行、左转，一直开到火车站的西边的工地入口处。

"可来了，"看门的人打开传达室的门，披着大衣走了出来，"王老板等着呢。"

司机摇开玻璃，递给他一根烟。看门人点着头道谢，点着烟，打开锁，费力地拉开铁门。卡车开了进去。

车停住了，司机开门下来，一边走一边竖起领子，压低帽檐，朝一排集装箱改成的房屋走去。刚走到门边，还没敲门，门就开了。

"操你妈的！你怎么搞的？"一个黑脸胖子走出来，当胸推了司机一把，"你他妈拍着胸脯担保，怎么这才来？还有你他妈说好的人呢？"

"别急嘛，"司机点头哈腰地递上一根烟，"高速那边堵了一下，结果就……"

说着，他朝身后招了招手。卡车的门打开了，驾驶室好像机器猫的口袋，络绎不绝地出来一堆人。

"高速？"王老板一把将递烟的手挡在一边，"你不是说你的老乡都在三元吗？上高速干吗？"

"说来话长，咱们里边说吧……"司机把一盒烟都塞给王老板，搂着他的肩膀往屋里走，"你看这不人都来了嘛，差的时间我们不要工钱不就结了……"

"这不是钱的事！要不是工程紧，我能额外找你的人吗？"王老板嘴里不饶人，态度倒是软了一点，"说好了昨天半夜来跟着加一宿，你说说……"

说到一半，他火又上来了，回身又要指指点点，手指却停在空中。

"你……"在日光灯下，他看清了司机带来的工人的脸，"怎么他妈还有老黑啊？暂住证办下来了吗？你就往我这领……你……"

司机的手忽然往他的喉咙上猛地一砍，他的话陡然断掉。身后不知什么候绕过去一个人，嗖的一声把皮带套在他脖子上，然后一拽，一背。几十秒之后，王老板像一块冻肉一样摔在地上，脸贴着地，一双血红的眼珠子怔怔地瞪着，再也闭不上。与此同时，传达室那边也传来了差不多的声响。司机踢了踢，确认他没有反应之后，急匆匆跑了出去。没几分钟，门又开了，一群人抬着几个大箱子鱼贯而入。

"抓紧抓紧！"司机看着手表，松开领口的扣子，把帽子扔到一边，"一个小时！"

门再次打开，进来的是两个壮汉，抬着一个头上罩着黑色头套，像面条一样瘫软的人。

头套被揭开，徐猛的眼睛被刺得生疼，头不自觉地歪到一边。眼睛慢慢睁开，他看到地上摆着的一口口箱子。身边的一个已经被打开，里面装的是各种铁管、电线，还有乱七八糟的电子元件。

啪的一声，另一边的一口箱子被打开，打断了徐猛的思考。

里边全是枪。

下巴被一把抓住，韩张像检查牲口一样扳着他的脸，左看右看，然后转头招了招手。刘兴继出现在眼前，旁边跟着谨小慎微的郑虹。他的身后，是杨千里和那个阿拉伯人。

"醒了？一路辛苦了，警官……"杨千里皮笑肉不笑地问候了一句，然后抬起手腕摸摸表盘，"抓紧，时间不多了……"

刘兴继点点头，郑虹立刻打开随身医药箱，从里面拿出一支针剂，弹了弹，然后走上来，撸起徐猛的袖子。

"没有酒精棉球了……"她忽然回过头对刘兴继说。

"这是病毒，又不是药，你消什么毒……"

徐猛猛地挣扎起来，把郑虹吓得退后几步。他马上被身后的两条壮汉按住。

"别怕，别怕……"刘兴继安慰着郑虹。

"我不是怕，我是……"郑虹的嘴唇哆嗦着，费力地咽着唾沫，手抖得厉害。

"给我吧。"刘兴继摇了摇头，接过注射器。

"这是几号？"阿拉伯人忽然抓住了他的手。

"5号。"刘兴继被吓了一跳，赶紧殷勤地解释，"就是致死率最高、效用最强的那一款……你给你那个伙计，赛义夫试的那个……"

"5号不好，"艾哈迈德摇了摇头，"用17号。"

"17号的潜伏期起码半个多月啊……"刘兴继眉头微皱，"有必要吗？"

"有。"艾哈迈德咧嘴笑了，露出驼峰般的硕大牙齿，"这样效果好。"

刘兴继还想说点什么，但是对方的笑容忽然消失，他就唯唯而退，犹豫着走到徐猛身边。

在一旁的郑虹身子晃了晃。

别人不懂，但是她是懂的。病毒潜伏期越长，传染的人就越多。

"杨叔，"徐猛在做着最后一次努力，"你问我！你随便问我什么！我答不上来，你就……"

杨千里大笑起来。

"你还是不死心，这倒是有点像小猛子……"

"算起来，当初你被人捅破了肝，我救了你一命，现在……也不算欠你……"刘兴继蹲在徐猛身边，擦了擦额头上的冷汗，拍打着他的胳膊找静脉，"那事儿不会也是警察安排的吧？"

胳膊上微微刺痛，刘兴继已经给他打完了针。徐猛觉得心脏失去了依托，飞速地不断下落。他的脑海不停重播着庄凯录像里的那个倒霉鬼。原来，一切将要那样结束……

"你看过录像了？别怕，"杨千里拍了拍他的肩膀，"别怕，你不会那样死的。"

徐猛还没明白他是什么意思，阿拉伯人打了个响指。脑袋又被黑布罩住，他感到几个人按住自己，撕开上衣，往身上绑着什么东西。他拼命挣扎着，却毫无用处。等到头套被撤掉，他低头看见，那分明是一排雷管。

"你……"徐猛抬起头，终于留意到墙上的火车头标志，如梦方醒地抬起头，"你……"

一个硕大的塑料袋从后边套过来，砸在徐猛的肚子上。突如其来的刺痛让他叫了一声。低头一看，袋子里满满的全是一次性针头。

"对，"杨千里面无表情地点着头，"火车站人多。"

哗啦一声，吓了大家一跳。循声望去，原来是郑虹腿一软，跌倒在地，打翻了器械盘。徐猛也明白了对方的计划，顿时打了个寒战。他仿佛看见自己化成碎肉，针头扎进成百上千的人们身上，带着病毒的血液沿着针孔注入他们的身体。他们奔跑呼号，逃离火车站，然后再把病毒带往其他地方。

开花散叶，生根发芽。

然后就是遍地骷髅……

"杨叔，你……你不是……你一直教我要守江湖规矩，不要伤及无辜……为什么你要这么做？"徐猛急了，语无伦次，"这么多人，哪一个跟你有仇？他们哪一个没有家人，没有父亲？就像你儿子……"

"别再提我儿子。"一记重拳打在徐猛左脸，让他整个人跟椅子一起摔在地上。杨千里控制着胸脯的起伏，揉着手腕，静等着两个手下把徐猛扶起来。

"杨叔，我错了，你别生气……"徐猛带着哭腔，做着最后的哀求，"可你这么做，有什么好处啊……"

"好处？"杨千里一愣，随即笑了，"没什么好处，我不是为了好处……就像当年我们去缅甸闹革命，也不是为了好处……"

他仰着头，沉默了好一会儿。

"我们同班同学，十二个人，只活下来我一个。政府军把我们重重包围，我们就学着样板戏的英雄，引爆了炸弹……就像那次我全家……"杨千里低下头，无意识地抚摸着拐杖，"我再一次活了下来，可是我所有的亲人、兄弟，都死了，我自己也成了大半个瞎子，只能看到眼前一点亮光……"

他抬起头，长叹一口气。

"我剩下的全部生命，只有一个目标，那就是复仇。可这里有个问题，"他自嘲地一笑，"我该找谁复仇？那些武警吗？所有的警察吗？太多了……太多了……让他们聚在一起，几乎不可能。直到我发现，今天，全国缉毒英模报告会，要在那里召开了……"

"杨叔，不相关的人太多了，"徐猛泪流满面，做着最后的努力，"这样是要遭报应的啊……"

"报应，报应……"杨千里大笑起来。

"杨叔你忘了狗子了吗？还有刘四？还有……"

"他们都是我杀的！"杨千里面目狰狞，"谁不听话，我就杀谁！这跟训狗驯马，是一个道理！我不知道你怎么知道这些的，但那些什么江湖道义，什么因果报应，我自己都不信！我想给那些小野狗讲什么思想理论，他们听得懂吗？"

"不，杨叔你不是……"徐猛像是被闪电当头劈中，不停地摇着头，"你快说你不是……"

杨千里沉吟片刻，随即嘿嘿一笑。

"我不知道你为什么老是想冒充徐猛。别说不是，就算是……"他冷笑一声，"他出狱以后，在等着我找他。我当然找过他。那些卖血、参加新药试验的广告，就是我安排人塞到他手里的……"

"为……为什么……"徐猛怔怔地问。

"病毒研究到了最后一步，需要活人来做试验，作为培养皿……所有的候选人中，徐猛的体格最合适……所谓药品实验，就是接种不同特质、不同阶段的病毒……"

"不……不是这样的，"徐猛一怔，然后拼命摇头，"你骗我……"

"而他试吃的口服药，都是为了把他的体质改善到最适合病毒繁殖……没错，是我，用他来试验病毒。是我，在八月底的那个晚上，一直在监视他，趁他喝醉，安排人把他麻醉了弄进医院，培养最终的病毒……是我安排的。每一个以为自己身患绝症的人，每一个通晓一门这件大事所需的技术的人，都是我安排的……为了这件事，我什么都可以牺牲，谁都可以牺牲……"

"到时间了！"艾哈迈德看了看表，打断了他们的对话。人们从里边拿出背包、枪支、子弹，换上各种便服。杨千里也换上一身高级西装，把手枪装进公文包。然后，他注意到了呆若木鸡的刘兴继和郑虹。

"你们俩怎么不换衣服？"

刘兴继吓得一哆嗦，说不出话。

"我们……我们不去行不行……"郑虹歇斯底里地拼命摇头，"你……你之前不是这么说的啊……"

杨千里几个手下手里动作都停了下来，转过头来直勾勾盯着她。

"你……你说……老刘给你药，我们就去机场，出国，不用跟着的……"郑虹的脸白了，说话更加结巴，"你还说……你还说只要感染……感染几个人……怎么……怎么……"

艾哈迈德也听到了她的话。一个眼色，两个人高马大的阿拉伯人朝着她走过去。结果他们被杨千里伸开双臂拦住。

"老刘，"他走到刘兴继面前，拍着他的肩膀，"管管你女人。"

刘兴继脸色煞白，满头是汗，唯唯诺诺地点头。可是还没来得及说什么，郑虹已经完全被恐惧击垮，失控了。她腿一软，瘫倒在地，抱住了他的大腿。

"老刘，我们走吧，我们走……这事我们不能再掺和了……"

刘兴继看着她，一脸无奈，说不出话。

"老刘，你受的委屈……我理解你……"郑虹强行挤出一丝笑容，拼命控制着颤抖，好像一放松自己就会像一捆稻草一样散掉，"病毒……病毒你可以……拿去评奖啊，去写论文啊……你可以的，你一定能出名的……可你千万不能……"

"别说了！"刘兴继好像醒了过来，赶紧用手去捂郑虹的嘴。然而她却像一只待杀的鸡，谁都按不住。

"潜伏期太长了！"郑虹猛然挣脱了他的手，像看见了鬼怪一样，拼命朝后爬，嘴里发出的尖叫声简直不像个人，"火车站那么多人，跑出去，会感染十万，百万，千万人啊！几千万人啊，我们不能……"

她的这句话没能说完。一个年轻人走到她身边，掏出套着消音器的手枪朝她的头开了一枪。脑浆喷在墙上的声音有点像摔湿毛巾。

刘兴继和徐猛同时啊了一声。

"想好了吗？"杨千里转过身来面对着他，"跟我走，还是跟她走？"

"跟……"刘兴继脸色煞白，浑身颤抖着，拼命点着头，努力了无数次也只能说出一个字，"跟……跟……"

杨千里笑了笑，拍了拍他的脸颊，好像爱抚一只宠物："那你帮我让他安静下来。"

刘兴继点了点头，拿起另一支注射器。徐猛的嘴瞬间被绳子勒住，紧接着就是一针扎进左臂。徐猛不知道这回打的又是什么病毒。但是感觉比上次要糟很多。药水里好像掺了水泥，沿着血管不停往脚下沉淀，凝固。渐渐地，他感受不到自己的双脚、双腿，接着对双臂也失去了控制。他惊恐地要喊，却发现自己连嘴唇都张不开。短短几分钟，他竟然成了一个活死人，一具有思想的尸体，除了任人摆布，什么都做不到。

"睡会吧，"刘兴继的手自上而下轻抚过来，他的眼皮乖乖合上，"一会儿就完了……"

"到车上给那女孩也打上。"杨千里说。

刘兴继尽管已经吓得魂不附体，但听到这个命令还是迟疑了。

"不是说……她不是……"他的牙齿不停打战，话都说不利索，"她也要……"

"一次爆炸不够，"杨千里冷笑一声，"你以为我留着她这么久要干什么？"

刘兴继不敢再说，叹了口气，拿起了注射器走了出去。

"一切就绪！"杨千里一挥手，"出发！"

徐猛听见自己的心在剧烈跳动。一阵冷风吹来，大概是门开了。随即他就感觉自己被推出了门。声音开始从四面八方传来。硬底皮鞋走在砂石上的声音，踩在铁轨上的声音，人们沉重的呼吸声，背包里的枪械被压抑的碰撞声。

从病毒植入，到劫持整个列车组，原来这是杨千里蓄谋已久的计划。

远处车站的播报声从渺不可闻到渐渐清晰，随之而来的还有嘈杂的人声。

他感到自己被沿着斜坡朝上推，大概是上了站台。他在心里暗暗祈祷，能有人发现这群人是从工地混进来的。然而事与愿违，什么都没有发生。无数的脚步声、说话声把他包围。家人亲友间的嬉笑，孩子声嘶力竭的哭喊，熟人分别高声的道别。徐猛第一次对这人世间感到留恋。原来这世上其实温暖一直都在，只是自己没有好好感受过。

他想挣扎，想喊叫，想让人们赶紧逃命，却什么都做不到。

他只能听任自己被当作致命的武器，像他的前半生一样，毁灭一切……

轮椅忽然停住了。他心里一凛，知道自己的人生走到了尽头。他的呼吸开始急促，胸口不停起伏。

"准备……"他听到身边的人说。

他开始鼓励自己，不要丢了面子，就这么一回，忍忍也就过去了。

可是胸口的起伏却越来越剧烈。

记忆好像一股清泉，奔涌而出，把天下所有的水都变得清澈透明。从小到大，所有的细碎回忆也像水藻般被带了出来，他的一生像电影胶片般在眼前一闪而过。

他看到了一个蹒跚学步的儿童试图晃醒胳膊上还扎着针管的母亲。

他看到那个无知的少年第一次捅人之后半夜里惊叫着被噩梦吓醒。

他看到了，那个出狱后的天真心灵，还以为自己能得到新生。

回忆像线性的光一去不回，然而一张张脸却留下来，在身边萦绕。

一张张他怀念的人、伤害的人、感激的人、痛恨的人……

然而最终，停留在眼前的，只有李若颜。

若颜牵着他的手，求他别走。

若颜吃着冰激凌，嫣然一笑。

若颜拍着他的肩膀，指着他的鼻子说，这辈子我一定不会忘记你。

若颜，你是我这辈子最对不起的人，然而你却给了我这辈子大部分的快乐。

若颜，这是我这辈子最最希望你对的一次。

因为我多么希望，我欠你的下辈子能够还清啊……

永别了！

耳边响起的却不是爆炸声，而是温柔的女声。

"欢迎乘坐 G×××次列车……"

我上了火车？

这是怎么回事？

他们不是说要在火车站引爆吗？

车上人怎么可能比火车站多？

思绪乱如旋涡，在脑海里乱转。

直到撞倒了一个可怕的礁石。

难道……

"都上来了吗？"杨千里在手机里低声问。

"3 号车厢就位。"

　　"6 号车厢就位。"

　　"7 号车厢就位……"

　　他闭着眼睛，微微点头。

　　"好，待会见。"

　　"G×××次列车检查完毕。"

　　"关门灯亮。信号开放……"

　　"车门关闭，到点开车……"

　　"G×××次，九安站，正点开车。"

　　"十公里，道口注意……二十公里……"

　　"G×××次离开九安站。"

第十章

很高兴认识你

"嘿……"他虚弱得几乎张不开嘴，但还是给了她一个微笑，"很高兴认识你！"

刹那间，李若颜明白了什么。

"这次你真的会死啊，"她绝望地哭泣着，"傻瓜……"

〜

　　雾霾笼罩的华北平原，永远是无边无际的灰暗与空旷。稀疏的树木和建筑偶尔在窗口出现，又匆匆消失。只有它们，才能让乘客觉察出列车正在以 300 多公里的速度飞驰。今天不是周末节假日，发车时间又早，这趟车乘客显然不是很多。铁路局肯定也知道这一点，所以只挂了八个车厢。即便如此，大约一半的座位依然空着。在车头的 VIP 包厢里更是如此，除了杨千里一伙根本没有别人。

　　"早知道这么空就不用把商务票买光了……"杨千里歪头跟坐在身边的艾哈迈德低声交谈，"看样子备用计划用不到了……"

　　"希望不要用到。"阿拉伯人礼貌地点头微笑。

　　"不好意思，这次这么晚才通知你……"杨千里满怀歉意，"没想到，刘大夫也出了疏漏……"

　　"没关系，谁也不是神嘛，哪怕是刘……幸亏咱们早就约定，我也要培训一组备用人员……"艾哈迈德微笑着摇头，"其实挺有意思的，突然一个个失忆、精神失常……就好像那个家伙，说得跟真的一样……"

　　说完这话，他和杨千里同时沉默。一秒钟之后，又同时笑出声来。

"好了说正经的。居奈做的炸弹没问题，他是专家。你们的枪呢？"

"没问题。都试过了。开车的问题呢？"

"优素福在法国做过高铁司机，操纵中国的也问题不大。看见那个小孩没有？"艾哈迈德朝着前边虚指一下，"沙米尔是黑客专家。即使被发现，也能在两分钟之内关掉 ATP 系统，避免被遥控刹车……"

"那就没问题了。"杨千里微微颔首。

"你的这些枪手……"艾哈迈德沉吟起来，"可靠吗？别误会，但是他们都是新招的吧……"

"他们跟我时间不长——我的老人都死光了——不过他们爱钱啊。"杨千里笑道，"我给他们的报酬是天价，许诺的以后的收益更是天价，没人能抗拒得了……当然了，得逃出去以后……"

两人又一起笑了。

"那个城市，有多少人口来着？"艾哈迈德忽然想起似的问。

"足够你在教科书上存在好些年的了。"杨千里微微一笑。

"兄弟，请允许我这么叫你，"艾哈迈德拍了拍杨千里的肩膀，"咱们认识……四十年了吧？"

"四十三年了，"杨千里点点头，"那时候，你还是个左派留学生，我还是个一心要闹世界革命的傻小子，没想到一转眼，咱们都要以恐怖分子的身份留名史册了……"

"你真的不打算走了？"艾哈迈德轻声问，"一次爆炸其实就够了……"

"不走了，"杨千里摆了摆手，"你的追求，我其实理解不了。我要的，只是复仇。但是杀我全家的凶手太多了，太多了，我只能做我力所能及的。那支武警部队驻地就在那里。你完成了你的任务之后，我会在暗处二次引爆。我要让那些背负我一家血债的警察，连同他们的家人，都付出代价……"

刘兴继别墅废墟外依然热闹非凡。各种车辆人员来去匆匆，直升机轰鸣着降落，又飞起。指挥车里，狭窄的空间被喧嚣所填满。几乎每个人都在吼叫，对着同僚，对着麦克风。

叶四明的建议得到了熊队的支持，搜查队和消防人员相互配合，尽快扑灭了余火。大约一个半小时之后，一组工程队姗姗来迟，开始对废墟进行挖掘。挖了十来分钟，铲斗在松软的土壤里碰到了一层硬物。

"那是什么东西？"国安局的人问。

"好像是混凝土……预制管，可能是……"

"挖开！"武警指挥急了，"马上派人下去！"

几分钟之后，真相终于大白于天下。别墅下面埋着一条长达数公里的地道。里边偶然发现的食品包装可以证明，建筑日期起码在三年以前。手持微冲的武警小心翼翼地搜索了好久，才看到亮光。走出出口，眼前一片开阔。这是广袤空旷的沙河北岸。

"地上有轮胎印……往南开的……"

"无人机拍到什么没有？"

"没有。这里不是监控的范围……"

"最近的摄像头在哪里？"

"大约两公里以外……"

指挥车里一阵嗡嗡的讨论声，最后省厅的领导拿起了无线电。

"调用所有的人员、所有的设备，一定要找到车辆的去向！"

高铁再次缓缓启动，加速，把途中唯一的车站甩在视野之外。商务车厢里，刘兴继失魂落魄，把头靠在车窗上。他的身边，一个面相凶恶的光头陪着他愣神。杨千里的人散布在四周，一个个不太自在地陷在真皮沙发座椅里，不时扭动着身体，尽力寻找一个能够随时站起来的坐姿。列车安静地飞驰。光头闲得无聊，大概是要验证网上的见闻，拿出一枚硬币，想把它立在窗框上。然而手一滑，硬币掉在地板上，一路朝右滚，一直滚到旁边的残疾人座位才倒下。

座椅被收起，停靠着一辆轮椅。徐猛端坐在上面，一再努力，却依然对身体毫无控制能力。沉默的焦急中，他不时觉得背部被推得紧贴椅背，窗外的景物瞬间加速消失。他知道，这是列车在加速。它载着一车人向着终点奔驰。他实在不甘心，就这么像一具行尸走肉般走完这一生。

更何况，李若颜还坐在右手边的轮椅上。两个人互相找了这么久，现在终于在彼此身边，可是却连互相看一眼都做不到。他们像是两座火山，一动也不能动，任由炽热的岩浆在心里翻滚。

"他怎么能睁开眼了？" 光头本想起身捡硬币，结果看到徐猛，于是用胳膊肘捅了捅刘兴继，"不是打了蒙汗药了吗？"

后者看了徐猛一眼，什么都没说，又把头转回去继续愣神，好像不愿从冬眠中醒来的动物。

"那叫麻醉剂……"身后一个穿着灰西装、正在看报纸的同伙插嘴纠正。

"我操！分到身西装你就文化人了？"光头不屑地一笑，"报纸没拿倒吧？"

一声轻微的咳嗽传来，光头循声望去，看到了杨千里戴着墨镜的脸。他立刻意识到自己声音太高，悻悻地缩回原座位。

这时，刘兴继说话了。

"是神经阻断药剂，"他的眼神直勾勾地看着前方，很像是自言自语，"我自己胡乱改着玩的……那是十年前的事了……"

"那……"光头眨巴着眼睛，想问点什么，却又不知从何问起。

"这是正常现象，"刘兴继好像终于睡醒了一样，扶了扶眼镜，看着徐猛，"它对下肢神经效果比较好，像眼皮这种……人毕竟神经网太庞大……"

他停了一会儿才继续说下去。

"……感觉太多了啊……"

他喃喃重复着这句含意不明的话，头渐渐低下去，手慢慢抬起来，因为他偶然地在袖口发现了一抹之前没有擦去的暗红。

他就这么盯着自己的手看个没完，好像大麻上了头。

"那年4月2号，是你生日……"刘兴继眼神空洞，絮絮不止，"开酒瓶的时候我的手割破了……你给我包扎……那是咱俩第一次碰到对方……"

"6月9号，你跟我说你爱上了我。我害怕了，我逃跑了。回到家，我心里好像有了一个洞，那么难受，那么痛苦。我才意识到，我从没因为要失去谁这么痛苦过……第二天，你没有走，你又来上班了……"

"9月19号，我拿到了离婚证书。你哭了，你扑到我怀里，哭了那么久，你说，这辈子，终于开始了……"

忽然，他开始抽泣起来，带着古怪的笑容哭得不能自已。

光头警惕地看着他，手开始悄悄地伸进夹克里，去摸腰间的刀子。不过刘兴继似乎恢复了正常。他站起来，又蹲下，在地板上摸索了几下，捡起了那枚硬币，交给光头。后者看着硬币，又看看刘兴继，耸耸肩，摇着头把硬币塞进裤兜。

他放松了下来，而对面的徐猛却没有。他被注射的药剂能够让他肌肉麻痹，却不能阻断他的皮肤感受疼痛，比如说刚才那阵短暂的刺痛。

他的心在狂跳着，脑海里一遍遍考问自己的理智，以确认刚才那个奇迹般的怪事是不是真的：刘兴继趁着捡硬币的空，给自己扎了一针！

"他们最早找上我的时候，"刘兴继平静地半躺半坐，眼睛直视着徐猛的眼睛，似乎是为了打消对方的疑虑，"我正在最低谷。省医出了医疗事故，有人赖在我头上。我的同门师弟落井下石，陷害我，还窃取我的研究成果。我一气之下辞职，创办安仁医院，一开始赔得厉害，每天吃了上顿没下顿，看着那个小人飞黄腾达……你可以想象，在这种境遇下，我接到国外的投资，有多高兴。除此之外，他们还给了我建实验室的钱，帮他们研究病毒，要多少经费给多少。我那个高兴啊，我下决心要把这辈子所有的本事都使出来，证明我行，你哪怕剥夺了我的一切，我还是行……

"病原体不难搞，基因改造也不难，不考虑安全设施，几十万足够了，难的是精确控制，这必须做实验。"他的上半身慢慢俯低，双肘撑在大腿上，"是我提出直接用人做实验的。奇怪的是那时候我说这话，只感到兴奋，完全没想这是什么意思……

"一开始培育的病毒太脆弱，必须在脑髓里培养到成熟，然后移植，"回忆起本行，刘兴继又开始摇头晃脑，指指点点，好像在医学院讲课，"第一个试验品，就是徐猛。各项指标特别合适……后来就有了你、杨九荣、庞凤伟……"

一声微弱的气息打断了刘兴继的回忆。李若颜大概是出于极度的愤怒，竭尽全力控制气息，对他嗤之以鼻。刘兴继看着她，好一会儿才抬起头来。

"若颜，本来这不关你的事。我想你爸可能跟你说了：你昏迷的时候，我给你做过配型测试，那时候阿拉伯人的病很重，杨千里急着给他找肾源。他的血型那么特殊，我手上没有。直到有一天，我偶然翻到了你在这里抢救时的病历……别怪我，那时候所有人都以为你没希望了。省医的人也这么以为。我去要你的时候，他们都要给你拔管子了……你醒了，我不知道该怎么办。我三天两头给你做检查，就是为了留住你，好给自己一点思考的时间……对不起……"

"别说了！"前边传来低声怒喝。光头赶紧试图捂住刘兴继的嘴。可是却被一把推开。

"我该听她的！"刘兴继站起身来，两眼泛着泪光，旁若无人地捶胸顿足，"她当时就提醒过我，哪有这种好事……我当时还不高兴，觉得她说话丧气。可她是对的……

"她总是对的，她总是为我着想……她劝我服个软，她劝我不要辞职，她劝我不要利用李若颜……我对不起她……我对不起她……"

刘兴继哽住了。他蹲下身子，激动地抓着徐猛的手，不停晃着。

"对不起，时间大概就这么多了……"

徐猛觉得视线暗了下来。不知什么时候，有人按动按钮，商务舱跟驾驶舱之间的电子雾化玻璃变成了一片模糊，隔绝了视线。五六个人围了过来，把刘兴继围在当中。有人把手机的音量调到最大，播放一些广场舞的曲子。光头从包里掏出一根短铁棍。另一个人解下领带递给他。刘兴继的胳膊被两个人控制住，嘴被捂住，缠着领带的铁棍狠狠砸在他的后脑。光头狠狠砸了十几下，从站姿一直砸到几乎趴在地上，才喘着粗气站起身来。

杨千里挂着拐杖站起身来，让出自己的轮椅。刘兴继被放了上去。一个阿拉伯人用毯子包着他的头，以免血流得到处都是。然后他跑到艾哈迈德身边，低声说了一阵子话。

"他刚才跟这个人说了很多话，"艾哈迈德指着徐猛对杨千里说，"而且他的眼睛睁开了，怕是药劲要过……"

"怎么会这么快就过？"杨千里一抬眉毛。

"怕是剂量不够吧……"艾哈迈德耸了耸肩膀，"谁知道他是不是上车前就下定决心要捣鬼……"

"好，两个都处理了。"杨千里略一思考，"快到了，不能出岔子。到残疾人厕所，一个个弄进去。"

光头和灰西装推着两部轮椅，一前一后朝着最近的 3 号车厢走去。列车行驶依然很稳，空调使车内气温保持在 23 度，可是他们的手心却全是汗，推轮椅的时候几次滑手。杀人，处理尸体，他们都干过，可是在这么多人的包围之下干这些，还是个新鲜事……

残疾人厕所不远，几步之外，那个半圆形的金属镶边自动门赫然在目。门口没有人排队，厕所也没有被占用。两人松了一口气。光头打开背包，里边有一大卷塑料布，还有一个事先准备好的"洗手间故障"的贴纸。前者用来防止血液从门缝里流出来，后者用来防止事后有人进去……

呼的一声，门忽然打开了。里边出来的乘务员小姐和光头同时被吓了一跳。

"不好意思不好意思，"乘务员连声道歉，"您要用厕所吗？"

"对对，"光头指着徐猛，"他们要用……"

"不好意思先生，"乘务员一边道歉一边把钥匙插进锁眼，反转几圈，"这个残疾人洗手间坏了。麻烦您用车尾的那个，在6号车厢。"

车厢之间的自动门一个个打开，又依次闭合。光头和灰西装推着轮椅，费力地在座位之间的过道穿行，嘴里低声骂骂咧咧。每到一节车厢，他们都会发现有人默默注视着自己，同时微微点头。他们这才知道，原来杨千里在每节车厢都布置了人——原来这就是所谓的"掺沙子"。这个安排给了他们很大的安全感和勇气。最终，他们无惊无险地到达6号车厢的残疾人厕所。拉下扳手，自动门缓缓打开。

"一个一个还是一起？"灰西装问。

"一起吧，"光头很烦躁，"反正都跟死人差不多。"

他们走了进去。灰西装回身反锁了门。

"先弄哪个？"他又问。

"这个年轻的吧，"光头把背包放在地上，打开，从里边拿出绳子，"你按腿。"

灰西装答应了一声，走到徐猛身前，撸起袖子，按住徐猛的腿。

"哥们……"他咧嘴笑了一声，"得罪一下……"

徐猛的腿忽然弹起，狠狠踢中他的两腿之间。一声尖厉的号叫声充斥了狭小的斗室。徐猛的上半身像被触发的老鼠夹子一样闪电般折叠，躲过身后套过来的绳子。双脚一蹬地，轮椅狠狠撞在光头的膝盖上。

又是一声惨叫。

徐猛没给他任何反应的机会，转身一拳打过去。光头满脸是血，后背撞在厕所门上。

咚。

门外，乘客纳闷地歪头看着厕所。

徐猛没有乘胜追击。不是他不想，而是腿不撑劲，差点一个趔趄摔倒。他开始庆幸自己的判断——其实刚才刘兴继还没说完话，他的四肢就有了知觉。但是一种直觉让他不要盲动，宁肯冒着一定的风险继续等待，给机体争取一些恢复的时间。果然，肌肉还有点麻痹。

光头用袖子擦干嘴角的血，从腰间掏出刀，小心地在空中画出一个半圆，阻止徐猛接近。徐猛紧紧盯着他，始终面对对方，同时抓紧每一秒，不停甩动手脚，让肌肉和关节彻底醒过来。他知道，这并不容易。刘兴继研制的麻醉药药性极强，刚刚醒过来就想活动自如，谈何容易。但是徐猛却有绝对的信心做到这一点。

"这跟每天醒来换一个身体相比，有什么难的？"

嗖的一声，光头抓住徐猛的一次斜视，脚步一垫，挥刀突袭。刀刃在喉咙的高度画出一个银色的圆弧。角度、力度、速度，无可挑剔。然而跟徐猛相比，他还称不上用刀老手。刀尖倏地落空，在空气中微微颤动。徐猛身子闪电般一侧，右脚已经抢了进去，双手抓住了对方的手腕。

"走！"

一扭一绊，光头凌空飞了起来，狠狠摔在地上。

紧接着，徐猛的膝盖像打夯一样砸在了他的喉咙上。

门外，被从小睡中吵醒的乘客也加入到了盯着厕所的队伍当中。

徐猛把刘兴继从轮椅上抱下来，平放在地板上，拍打他的脸，又打开水龙头，往他的脸上浇水。

"醒醒，醒醒！"

刘兴继睁开了眼睛。

"你挺住，"徐猛把毯子盖在他身上，"我这就叫人……"

刘兴继的情况很不乐观。看了他一眼，什么都没说，又陷入了昏迷。

徐猛开始搜两个人的背包，大大小小的杂物扔得满地都是。他惊喜地从中找到一把锯断了枪管的霰弹枪。

就在这时，刘兴继醒了。

"你……"

"我知道，我这就去救李若颜，"徐猛一边说一边把包里的子弹往各个口袋里装。

然而刘兴继问的却不是这个。

"你说的……变成……变成……"他又呛住了，咳嗽了好几声，"是真的？"

"我骗你干吗？"徐猛无奈地摇头，"不过说实话，我也不知道跟你的试验有没有关系——你说得对，我的确是解释不了老康……"

"可惜……"刘兴继的眼睛里突然放出光彩，"这么有意思的现象……却……却没有实验记录，没有文档，没法……没法重现……我……也没时间研究……"

徐猛准备完毕，拉住刘兴继要把他往外拖。

"李若颜！"他忽然抓住徐猛的领子，"她……她没……"

"你说什么？"徐猛忽然意识到了什么。

可是刘兴继咳嗽了半天才有力气继续说下去。

"她没瘫……她的脊椎……做个手术就能……我怕她出院，才……骗她……"

徐猛怔怔地看着刘兴继好久才反应过来。

"真的吗？"他抓着刘兴继的领子，不顾后果地摇晃着，"为什么？你怕她出院？"

刘兴继的点头对徐猛来说，就像是天堂的门开启了。肩上的千斤重担瞬间消失，让他觉得反而不会呼吸了。

就在这时，一声野兽般的叫声从身后传来。徐猛的脖子骤然被勒住，呼吸为之一停。他马上就明白了。刚才大概是药劲还没完全过去，腿部肌肉力量受到影响，灰西装居然这么快就站起来了。眼前生花，他试图把手插进对方的胳膊和自己的脖子之间，但是试了几次都不成功。对方的臂力的确不凡。洗手镜把双方这决定生死的僵持摄入镜头。镜子里，徐猛看到自己的脖子和脸被勒得青筋暴露。

突然，徐猛双手放开对手的胳膊，转而抱住他的后脑，以一种奇怪的姿势挂在对手身上，同时双脚离地，朝着洗手间的墙壁狠狠一蹬。灰西装猝不及防，后退几步，后背狠狠撞在墙上。

6号车厢里，乘务员款款而至。她收到了乘客的投诉，带着备用钥匙匆匆赶来。然而到了厕所门口，却被两个乘客拦住。

"先生麻烦您……"她面带微笑。

"不麻烦了不麻烦了，没事……"说话的是个穿着休闲夹克的胖子，"他们……他们没事，就是轮椅啊，碰了一下门，所以比较吵……"

乘务员端详着这两个人。胖子人高马大，表情语气倒是挺和气的。他身后是一个留着小胡子的年轻人，皮肤黝黑，也在努力朝自己笑，那副笑容让人觉得有点怪，却又说不出哪里奇怪。

"这样吧，先生，您敲一下门，让您朋友自己跟我说一下……"

胖子和小胡子互相看了一眼。

"有乘客投诉了，我必须亲自确认，要不然只能通知列车长了……"

"里边怎么着了？"胖子没有办法，敲了敲门。

没有回音。

"先生……"乘务员欲言又止地拿出了钥匙。

"您再给我一点时间哈，"他脸上堆着笑，"推车的这俩哥们啊，其实也是残疾人，耳朵不好使……"

他身后，小胡子似笑非笑地看着乘务员小姐。身后，他的手紧紧握住了腰间的枪把。

"行了行了搞定了。"里边忽然传出模糊的声音，"这就出来……"

"您看我不是说吗……"胖子如释重负，"您回去吧，没什么事了……"

说着，他挡在乘务员小姐身前。生怕门开了她看到什么。

之前布置的时候，杨千里对各种情况的应对措施交代得很清楚。他可不希望被人发现自己的备用计划真的实施……

乘务员狐疑地看着他。

就在她还没打定主意是走是留的时候，门缓缓打开。光头的脸露了出来。

小胡子松了一口气，然后马上机警地用手拉住了自动门。

"你这孙子……"他低声骂道。

阻止他继续说下去的，是光头忽然靠在他胸口的冰冷额头。

小胡子的眼睛蓦然圆睁。

"我操……"

砰的一声巨响，把还在跟乘务员纠缠的胖子震得两耳轰鸣。墨镜右上角的镜像里，小胡子像是被汽锤当胸打中，向后横飞。一个念头像闪电一样劈进来，把谜底照得毫发毕现。他大叫一声，一手把乘务员揽进怀里，顺势转身、掏枪。时间就像变成了慢镜头。他看到了空中飞散的火星在坠落。他闻到空气中呛人的火药味正在奔涌而来。他听到小胡子的身体撞到车厢墙壁，发出的声音像是一扇处理好的肉猪……然而这 180 度，却似乎永远也转不完。

等到他终于掏出枪并且藏身于乘务员身后的时候，烫人的枪口已经顶住了他的额头。

"别……"

乘务员的尖叫声中，车厢里好像开了一朵巨大的玫瑰。

"警察！"徐猛抱住吓得神志不清的乘务员，高声叫喊，"前边有恐怖分子！快打电话报警！"

枪声传到餐车的时候，已经变得隐隐约约，但不少人还是听见了。

三秒钟不到，电话响起，杨千里闭上了眼睛，静了一会儿，他轻轻呼出一口气，然后又坚定地睁开。

"备用计划。"

话筒里沉默了一秒钟。

"明白。"

7 号车厢里，两个年轻人收起手机，互相看了一眼，点了点头。然后他们同时站起，从座椅下边拿出运动背包。

"先生请坐好……"乘务员尽力控制着惊惶，朝后边车厢跑去，路过时顺口对他们说。

回答她的是满车厢的尖叫。回过头来，她的脸也白了。两个年轻乘客手持着 AK 冲锋枪在狂叫。

"都给我出来！蹲在走道里！手机举在头顶上！谁敢打电话就打死谁！"

"严查手机！在 ATP 隔离之前，绝对不能消息外泄，否则列车会被远程停车。所以每节车厢的人互相配合，全方位监督，有人打手机，直接击毙！"

徐猛端着霰弹枪，听到这段话从腰间的步话机里传来。这玩意是他从死尸的背包里搜出来的。这样杀气腾腾的消息通过人人可以听见的无线电传递，说明他们已经控制了每一节车厢。过一会儿，所有人都会朝着这里赶来。

"管你有多少人，"徐猛把枪上了膛，"她这一辈子，我得原物奉还。"

"往后跑往后跑！"他飞奔着穿过车厢，大声喊叫着，"后边安全！"

乘客们目瞪口呆，看着这个来历不明又凶神恶煞的人，谁都不敢轻举妄动。徐猛也没有时间停下来说服他们。他知道，自己只要多前进一米，就能让伤亡少一些，让对方手里的人质少一些，让救出李若颜的困难少一些。这些人现在不信，待会枪声会让他们信的。

"往后跑！"他继续边跑边喊，"前边有……"

自动门忽然打开，出现在门框里的，是一群持枪的人。

"操！"

跟国骂同时出口的，是 12 号霰弹。

火花飞溅，最前边的三人应声而倒。徐猛听到了身后车厢里传来的尖叫声和脚步声。乘客们如梦方醒，朝着车尾狂奔而去。然而时间不容许他高兴。对方挨了迎头痛击之后，立刻反应过来，开始反击。

子弹瓢泼一样打了过来，徐猛飞身跃进身旁的茶水间，背靠着墙蹲坐着，心里默数着枪声。有一个好消息，那就是听起来对方大部分人用的是手枪。这玩意他不爱用是有原因的——手腕稍微一震动，就会差之千里，不经过大量训练不行。从对面墙上的弹孔来看，对方显然不具备这个素质。但是对方相互配合显然不错，子弹打光，不会一起换弹夹，而是相互掩护。更何况他们还有不少于两支的霰弹枪和冲锋枪。

震耳欲聋的枪声越来越近，就像一列永无止境的火车隆隆碾轧过来。徐猛知道，自己必须做点什么。要么逃走，要么反击。否则就会被这张火网活活撕碎。

然而对方火力太强大了。他试着把枪伸出去盲射，结果刚露出个枪口，手枪就被直接打飞，震得整条左臂都发麻。他被困在这个铁棺材里，无法躲避，无法露头，更无法反击。

空气被火药的爆炸震荡着，加热着，充斥着硝烟的味道，很像以前过年时的氛围。徐猛忽然想起，自己跟杨千里在腊月里一起干过的一次活。对方人多枪多，把他们两堵在一张不锈钢桌子后边。他强作镇定，抬起头看着杨千里，却发现后者的嘴角露出一丝微笑。

"甭怕，看我的……"

徐猛忽然笑了，把右臂弯过来，枪口用很小的角度指着外边的地板。他在心里默数着一二三，然后猛地把枪往外一靠，同时开枪。

砰！

钢珠以小于30度的角度打在坚固的车厢地板上，随即反弹、飞散，朝着前方所有敢于挡住自己飞行路线的物体狠狠扎过去。惨叫声骤然响起，对面的枪声为之一顿。徐猛抓住这不到一秒的机会，又用同样的角度继续开了两枪，然后把枪管伸出去，连续平射。椅背和人体被击中的噗噗声，钢珠击中玻璃和钢板的叮当声夹杂在枪声里不绝于耳。他站起身来，走出茶水间，边走边不停射击，霰弹枪打空了就捡起手枪，不停朝前开枪，开枪，直到所有的弹夹被打空。

此时车厢里已是另一番景象。尸体横七竖八躺了一地，还没死的人呻吟着，伸出手，也不知是在求助还是试图阻挡即将射来的子弹。徐猛蹲在地上，警惕地看着前方，喘息着，也不管死活，伸手在对手身上和口袋里摸着，把找出的霰弹子弹一颗颗从枪身下方压进弹舱。

眼前，就是餐车。自己和李若颜之间隔着的最后距离。

那扇门后边有人是肯定的。以少胜多，他以前做到过许多次。经验就那么几条，最重要的就是快。要在对方反应过来之前开枪命中，要在对方组织起有效防范之前，破坏他们的指挥。但是这个经验今天很难复制。首先车厢之间的自动感应门打开太慢，就破坏了奇袭的可能性。更别提门上的大块玻璃，和开门时气阀的声音……

他深吸一口气，慢慢朝着餐车摸过去。

一声巨响。对方没有等到门打开就开了枪。子弹穿过玻璃门，擦着他的脸飞过。枪声大作，玻璃门化为粉末。徐猛一个趔趄，手里的霰弹枪不知去向。然后，响起了一种今天还从没听过的枪声。

这是 AK47 的声音！

弹壳不停敲击着地板，弹头和钢珠把车厢连接处打得碎片横飞。三个枪手，一个拿着霰弹枪在前，两个端着 AK47 在后，疯狂扫射着。这东西的威力完全不是霰弹枪和手枪可以比拟的。椅背上多了一个个酒盅大的洞，子弹像穿透纸一样穿透它们，寻找着自己真正的目标。

徐猛尽全力缩成一团，在一张座椅下苟延残喘。他左手捂着脑袋，右手哆哆嗦嗦地在地上摸着，试图够到一把离自己不远的、不知谁扔下的霰弹枪。他的右手抖得太厉害，又无法控制，几次触到枪身，却又把它推得更远。他在暗骂自己胆小，却又无法控制这种恐惧。当年亲眼看着同伴隔着树被一颗子弹削掉了大半个脑袋之后，这种枪的威力令他终生难忘。

枪终于抓到了，然后徐猛发现里边唯一的那颗子弹的外壳是红色的。

这是一颗独头铅弹。

这玩意一般是用来破坏门锁的，用来打人瞄不准就完了。

但是现在这种火力差距，哪有机会瞄准？

再说对方有三个人，一颗子弹，瞄准了又有什么用？

咔嚓。一把冲锋枪的子弹打光了。另一个同伙立刻切换成单发点射，一颗一颗掩护他换弹夹。同伙换好，他的弹夹又空了。这时候霰弹枪又开始火力掩护。

三个人互相配合默契，就这么火力压制着不停小步前进。

徐猛看到，那支上满子弹的枪就在对过的座椅下边。他知道，自己必须马上去拿。这是唯一的生机。可是面对三个人，这怎么可能？

砰的一声，徐猛开枪了。

三个人下意识地一蹲，然后发现谁都没中弹。庆幸了不到一秒，他们就意识到有些不对。徐猛瞄准的，不是人，而是他们身旁的车窗。独头铅弹带着巨大的动能狠狠撞在玻璃上。玻璃尽了所有努力阻止铅弹穿透自己，同时也使得子弹携带的能量全部转移到自己身上。

哗啦一声，巨大的玻璃在一瞬间破碎，然后列车 300 公里的时速所带来的风带着恐怖的力量像巨大的拳头一样狠狠打进来。三个枪手感觉自己像是被一只大手从侧面狠狠推了一把，同时歪倒在右边的椅背上。他们的余光看到，前方，一个人从座椅下滑出来，伸手从对面拿起一支枪，朝向自己。他们瞪着眼睛，拼了命想要举枪，然而却始终被离心力和推力紧紧攥在手心里。

一声巨响。成百上千的钢珠飞蝗一般袭来。徐猛边开枪边缓缓前进。枪火闪烁，子弹横飞，他的脸一明一暗。

喷子在手，我怕过谁？

当年你救过我，今天又要杀我，咱们俩，扯平了！

七枪过后，三个人瘫坐在座椅上，好像几个被闷片看睡过去的观众。就在第八发子弹被击发的同时，韩张从另一边的转角处闪了出来！

时间忽然变缓，心跳骤然轰鸣。

徐猛倒吸一口冷气。

他果然在算我的子弹！

"枪战不同于打架，你在后边跟着起哄开枪是没有用的。"他的脑海里又浮现出多年前杨千里给自己上课的一幕，"不但打不中，还容易误伤自己人。所以，如果你在大部队后边，你要做的很简单，那就是算和等！算对方什么时候子弹打空，等这个机会出来补枪！"

这是杨千里教的！

徐猛躲无可躲，最后豪赌的时刻到了。

一路追杀与反追杀的宿敌相距不到十米，以命相搏。而徐猛的最后一颗子弹已经无可挽回地冲出枪口，按照既定路线打在了一具尸体上。韩张手中的枪举了起来。他的嘴角上扬着，好像在看一只落网的猛兽，看一只没了羽毛的飞禽，看一只走投无路的狼。

这霰弹枪只能装八发子弹，你来不及装弹了！

然而他没有看到，徐猛的左手心里，一直扣着一枚子弹！

弹壳带着热气向后运行，把出弹口冲开。徐猛把枪身微斜，左手猛地朝着弹口拍去。弹壳跳出的同一瞬，新子弹被拍进弹仓。咔嚓一声，前护木瞬间复位。

"不好！"杨千里暗叫一声，"这是我教他的……"

电光石火之间，徐猛已经扣动了扳机。

韩张腹部中弹，横飞出去。

突然，眼前一片漆黑。

隧道。

黑暗中，徐猛靠在椅背上，大口喘息着。

九死一生，他现在有种虚脱的快感。同时，心底里油然而生的是空前的慰藉。

只剩杨叔了，他眼睛看不见，应该没问题……

终于结束了……若颜，我要带你走，我现在有了固定的身体，我再也不会变成陌生人，你没有瘫痪，你一定能原谅我……

扫码收听
精彩音频

隧道过去了，日光打断了徐猛的思绪。他缓缓站起来，愣愣地看着前方。杨千里站在轮椅后边，手里拿着一把手枪，枪口顶着李若颜的太阳穴。

"黑暗里，找人找东西谁也比不过瞎子，"他冷笑着用左手掐住李若颜的脖子，"枪扔了！"

徐猛没有动。

"别干傻事！我说过，眼前一两米的明暗，我还是看得清。"他提高了声调，枪口在李若颜的太阳穴上转了半圈。李若颜咬着嘴唇，强忍着哭泣。徐猛扔掉了枪，脑袋里在飞速盘算着，还有什么办法可以挽回败局。身上连把刀都没有，唯一的锐器只有刘兴继给自己打针的注射器。

难道，就这样了？

前边哗啦啦传来一阵脚步声。一群荷枪实弹的阿拉伯人从车头方向赶了过来。一切彻底结束了。

"跪下！"杨千里把李若颜交给一个阿拉伯人看管，拿着手枪走了过来。

徐猛知道，这是枪决前的最后一步。

一切就这样结束了啊……

脑海里往昔的一幕幕浮现出来。他俩第一次相遇，第一次一起喝酒，第一次一起战斗。

他们曾那么快乐，又是那么痛苦。

想起这些，心里全是不甘。

我已经尽力了，可是就差那么一点……

随之而来的，是愤怒。他用生命里最后的一点时间来诅咒着所有相关的人。

该怪谁呢？杨千里、阿拉伯人、郑虹、刘兴继……

对，刘兴继，哪怕你最后幡然悔悟，我还是恨你！

假如没有你把我当病毒源来培养，没有你把我的器官移植给那么多人，没有你……

然而，忽然之间，他又对这些人恨不起来。因为他看到了李若颜的双眸。他的脑子里没有了恨，也没有了怕，甚至没有了怨天尤人。

他忽然觉得自己这辈子也不是那么糟。

脑子里回响着的，只有她那句话。

"对不起……"

这三个字在无意识中脱口而出，徐猛一愣，然后抬头看着她。她的脸上，几种表情在不停交替：惊讶、惋惜、厌恶、怜悯。最终，微笑定格下来。

"我不怪你……"她含着热泪，"经历了这么多怪事，谢谢你。"

他在一瞬间热泪盈眶。是啊，要是论怪，有谁的一生比得过自己呢？

我变成过警察、逃犯、杀手、骗子、小偷、老年痴呆症患者……

干了一辈子坏事，最后却在试图干好事。救过李若颜，打败过几个人渣，甚至还捐过款，献过血……

他的思路就在这里冻结住了，全部的能量都集中在一点上。

康永军。

为什么我忽然觉得，他似曾相识呢？

李若颜突然发现，徐猛的眼睛亮起来。他抬起头，又恢复了百折不挠的神态，朝自己眨了眨眼，同时悄悄比出三根手指。

"你小子，让我多费多少事你知道吗？"杨千里走过来，咬牙切齿地用枪对着徐猛的头，"你给我……"

三……

徐猛大喝一声，朝前扑过去。杨千里试图后退躲避，然而李若颜突然转动轮椅，挡在他身后。徐猛抱住了他的腿。两人一起倒了下去，开始了在地板上的翻滚扭打。阿拉伯人围了上来，用枪托狠狠砸下去。然而徐猛就像钢浇铁铸，死死不撒手。李若颜瞪大了眼睛，好像在期盼奇迹的发生。他坚持了整整半分钟。直到枪声响起。徐猛躺在地上，肚子上多了一个弹孔。血汩汩而出。

"啊——"李若颜尖叫起来，泪流满面。

最后的希望也破灭了。

杨千里爬起来，气急败坏地朝着徐猛踢了几脚。

"没事吧？"

"没事没事，"杨千里拍着衣服上的灰，"一点皮外伤……"

他趔趄了一下，手下赶紧上来。

他摆摆手，拒绝了搀扶。

"情况怎么样？"他通过步话机问道。

"行车一切正常。"说话的是正在开车的艾哈迈德，"还有十分钟到西京。我监听到别的频道，警察正在朝这里赶来，还有直升机，"随后，他笑了，"ATP我已经隔离了，他们已经没法远程停车了……"

"做得好，"杨千里松了一口气，"一切按原……"

他忽然觉得屁股有点刺痛，伸手一摸，上面扎着一个针头。他愣了一下，然后目光在地上急切地扫了一遍。果然，在刚才打斗的地方，有一个已经碎裂的针管。上面沾着血。

"想拉我垫背？"杨千里怒极反笑。

"快给杨叔拿药！"有人朝车头跑去。

"行，行，"杨千里坐在椅子上感觉很疲倦，闭目养神时还在由衷赞叹，"九安的警察，本事不赖……"

列车继续飞驰着。李若颜绝望地看着越来越密集的建筑物和电线杆从车窗两旁飞奔而去。西京眼看就到了，而自己面对的将是无比惨烈的死亡。

"杨叔，给……"有人把一支绿色的针剂交给杨千里。后者愣了一下，然后点了点头。

"给我吧，待会打。"

一个阿拉伯人看看表，走过来解开李若颜的外衣，按动了炸弹上的几个按钮。嘀的一声，红色的数字出现在小小的显示屏上。

她浑身一震，汗水涔涔而下。

"遥控器呢？"杨千里伸出手，"给我。我要亲手做这件事。"

杨千里推着轮椅朝车头的方向走去。轮椅上，李若颜脸色苍白，颤若筛糠。但是她宁肯把自己憋到几乎窒息，也不肯哭出声来。

"我……我不哭，"她倔强地大声宣告，又像是在给自己鼓劲，"徐猛……说……说过，哭……就是孬了，死……死了……别人也看不起你……"

轮椅稍微一顿，随即又继续前行。

"深呼吸，"耳中传来杨千里嘶哑的低语，"冷静下来……"

"你……你能不能……"李若颜深吸一口气，终于使自己说话不再打噎，"能不能跟我后妈说一声，就说我……我已经不恨她了……我不恨任何人了，哪怕是徐猛……"

杨千里的手忽然抓紧了她的肩膀。

"说起来很好笑——这辈子没几个人对我好，以前我脸上笑得比谁都甜，拼命讨好每一个人，可是心里的恨简直没边了，我决心一辈子一个也不原谅，要是有机会报复，一个也不放过。可是，如今真的要死了，我却发现谁也恨不起来……就好像……就好像塞子被拔掉，积累的所有的委屈都已经漏光了，提不起劲头来再恨别人……"

李若颜彻底平静下来，漠然看着前方，絮絮诉说，说到最后，不自觉地微笑起来。

轮椅又一次慢了下来。

"不对，徐猛我还是恨的……"她忽然补充道，"谁让他骗我那么久……"

背后传来杨千里叹气的声音。

"你好像对徐猛知道得不少，但是他还有些话，不知你听过没有？"

"什么话？"

"他以前嘴上说得好听，但其实心里也怀疑，神仙鬼怪、因果报应到底存不存在。要是存在，那么多人，什么坏事也没做过，却活得那么痛苦，死得那么惨？那么多坏人，坏事做绝，却依然活蹦乱跳？有时候，他觉得自己只是必须相信世上真的有一种包治百病的药，解决所有问题的东西……就像电视购物广告里的神奇产品……才能有勇气活下去……"

"我就知道他是嘴硬……"李若颜莞尔一笑。不过旋即又想起自己应该恨这个人，板起脸来。

"但是现在，他却坚信不疑：真的存在啊！正是因为有些事、有些人，惨到天地都看不下去，才会亲自插手。比如，让你醒来，比如，让一个死人留在人间，把这一切改变……"

李若颜一愣。与此同时，一丝微弱的刺痛伴随着难以察觉的凉意刺进了皮肤。

"你听我说，"杨千里把空了的注射器扔掉，把嘴凑到她的耳边，"你没有瘫痪。那是刘兴继为了不让你出院骗你的！你明白了吗？只要一个小手术，过上几天，几个星期，几个月，你就会站起来，走路，能跑能跳。重新成为一个天才少女，就像你以前一样……"

"你……"李若颜猛地回头。

"你还会重返学校，考上大学，到大城市去读书，去找个好工作，认识更好的人。李若颜，你还有很好很好的人生，在前边等着你……要去那里，你现在要做的，只有一件事……"

驾驶室就在眼前。列车骤然减速。透过广角玻璃，壮观的西京车站缓缓接近。玻璃门自动打开，艾哈迈德迎了出来。

"要开始了，我的兄弟……"他朝杨千里张开双臂。

"活下去！"

这句话说完，杨千里忽然掏出枪，顶在阿拉伯人的胸膛上开了枪。一声脆响，在场的所有人都惊呆了。杨千里不等任何人反应过来，一步跨进驾驶室，把枪顶在司机的背部，连开两枪把他撂倒。然后他把李若颜从轮椅上抱下来，摸索着解开她的外衣，割断带子，把炸弹卸下来。

餐车里的阿拉伯人闻讯而来，看到这一幕，立刻像疯了一样朝着驾驶舱开枪。杨千里把李若颜死死压在地上，用身体掩护着她。在她的尖叫声中，他用手枪还击，几下就把子弹打空了。对方发现了这一点，掏出长刀，冲了过来。杨千里跳起来打开驾驶舱的舱门，抱起李若颜，费力地推出去。然而她却抓住他的手不放。

他摇了摇头。李若颜这才发现他上身几乎被血浸透，腹部有两个发黑的血洞。

"嘿……"他虚弱得几乎张不开嘴，但还是给了她一个微笑，"很高兴认识你！"

刹那间，李若颜明白了什么。

"徐猛！你是徐猛！"

然而他的手却松开，李若颜摔在地上。她看到别的车厢门已经打开，人们都在惊惶地向外跑。天空中直升机轰鸣，远处全副武装的警察都在朝这里狂奔。

"走啊！"她带着哭腔，"一起走啊！"

然而回应她的却是缓缓关上的驾驶舱门。门缝里，他抓着遥控器的手在朝自己摆着。

"这次你真的会死啊，"她绝望地哭泣着，"傻瓜……"

舱门彻底关上了。

警方的无人机无声地记录着一切。

空旷的铁道上，一声闷响过后，浓烟从车头冒了出来，冉冉升起，直冲天际。

尾
声

　　清脆的门铃声响起，窗玻璃上不知名的小飞虫被声波的涟漪惊动，振翅飞走。门开了，迎接来客的是一张明媚的笑脸。

　　"张大夫，您来了……"

　　"来了来了，不好意思啊，比较突然……"男子一边进门一边表示歉意。

　　"您这么忙，还破例上门给我检查，真是过意不去……"她把他请进门来，两人一起朝客厅走去。拐杖头上的橡皮垫拄在木地板上，发出轻微的笃笃声。

　　"我去沏茶……"

　　"不用麻烦了……"

　　"没事，不碍事的。"她扬起手杖笑了笑，"其实快好了，马上就能不用这玩意了……"

　　她走进厨房，张大夫自己留在客厅。他环顾着房子。洁白的墙壁，简单的装修，锃亮的木地板打扫得一尘不染。书桌上堆着课本和习题，墙上挂着一张两个人的合影。

他不由自主地走了过去。

"他不在九安，出差去了，有案子，"她端着茶盘走了出来，看到他在端详相片，"总是这样……"

"你……那事怎么样了？"

"有点吃力，先追上高三水平再说考大学的事吧……"

"你也算名人了吧？"张大夫转头笑了一下，走过来接过茶盘，"大学就不能照顾一下？"

"哪有啊，不过是中央 12 台的节目，没人看。"她笑着连连摆手，"再说我也什么都没干。经武才是真英雄。为了救我，两次差点死掉……"

"你们……"张大夫喝茶被烫了一下，然后马上示意没事，"挺好的？"

"挺好的，上次复查说彻底没事了。医生都说他的命可真硬 ……"她一边斟茶，一边历数两人最近的活动，"我们去了海南，去了庐山，还有峨眉山，照了好多照片……"

"不过呢，我们现在该吵架还是吵，"她捂着嘴笑了起来，"他老是忙，没法陪我。我不住校，朋友不多，临考试还是会紧张，只好冲他闹小脾气。好在吵到最后，他都让着我……"

她看着墙上的照片，用手轻轻整理着额发，嘴角荡漾着幸福的微笑。

"还有一点，他受不了我老叫他段河……"

张大夫抬起头，定定地看着她。

"你现在是怎么看段河的事情的，"他扶了扶眼镜，打开本子，拿起了笔，"李若颜？"

"对对，赶紧开始治疗吧，"李若颜清清嗓子，正襟危坐，"对了，这是最后一次了吧？"

"这个……差不多吧……"张大夫咳嗽了一声，"还要……评估一下……"

"从哪开始讲呢……"她歪着头回忆着，"你想问我是不是还觉得自己见过一个叫徐猛的人？"

张大夫点点头。

"你想问我是不是还认为他睡一觉就会变成另一个人？"

"对。"

"你想问我是不是还坚持，段河、杨九荣、庞凤伟，还有其他几个人，都被徐猛附身，搭救过我？"

"对。"

"你想问我是不是还坚持认为，是徐猛附身到化名段河的李经武身上，单枪匹马打垮了恐怖分子，受伤差点死掉？"

"你还想问我，是不是还认为是徐猛在李经武身上昏死过去之后，附身到杨千里身上，引爆了炸弹，跟其他恐怖分子同归于尽？"李若颜的眼中开始闪现泪花，"他救了我，救了李经武，救了那么多人……"

房间里沉默了许久。

"对，你还这么觉得吗？"张大夫扶了扶眼镜，郑重地看着她。

李若颜点了点头。

"是。就算一辈子被当成精神病，我也这么认为……"

张大夫无奈地摘下眼镜，揉了揉鼻梁。

"若颜，咱们认识时间不短了吧？"

"挺久了，"她的眼神变得柔和，"当时我还没出院，就是你来给我做心理辅导。你一直陪伴着我，鼓励着我，我才能有今天……"

"那我以朋友的身份说一句，"他又戴上眼镜，"无关紧要的事，不用太较真。"

她愣了一下。

"作为心理医生，本来不该说这话：人人都有点妄想，人人都有点迷信。这个，不影响生活。"尽管周围没人，他还是压低了声音，"你就是服个软，承认了，又怎么样……"

她看着大夫，低着头想了一下，最终开口。

"你让我说谎？"

"我让你向前看。过去的事，真的假的，有那么重要吗？重要的是你得救了，李经武得救了，你们相爱，你在准备重返校园。多么美好的生活在等着你……"

李若颜用手指玩弄着发梢，久久没有回应。

"这就对了……"张大夫以为她是默认，松了口气，"下次再有人问，你就这么说……"

"结束了？"她抬起头来，"最后一次疗程？"

"呃，这次结束了，"他站起身来收拾东西，"以后……还要看看，可能还要来一次，收收尾……"

她看着他，若有所思地"哦"了一声。

"那你现在不是医生身份了吧？你又成了我的朋友对吧？"

"对，不过，我得走了……"张大夫笑着点了点头。

"他的确存在……"就在他准备出门前，她忽然大声说。

"哪有那么肯定的事？"张大夫有点恼怒地转身，"你能解释他怎么附身到杨千里身上的吗？你一直不能，所以……"

"血！"李若颜忽然兴奋起来，"我已经明白了，是血。徐猛不光是能附身到移植他器官的人身上，只要输了他的血也可以。我一直没闲着，各大医院我都查过了。老康，那个老年痴呆症患者，在省人民医院大出血，接受过输血，而当场献血的，就是徐猛！"

张大夫没有回应。

"以前我只看到他用针管扎了杨千里，现在我明白了，里面有他的血……"

"那又怎样呢？"张大夫轻轻摇头，"老康死了，杨千里死了，他，也已经死了……"

"是啊，我也这么以为，"李若颜叹了口气，站起身来，在屋子里轻柔地漫步，"可是，在查那次献血的时候，我又查到了点别的……"

张大夫定定看着她。

"杨千里那件事，导致了不少人受伤。九安所有医院动用了血库。"她的眼睛里闪着奇异的光彩，"而徐猛献血的那批，也被用了……"

张大夫又扶了扶眼镜。

"他没死，他现在还活在人间，每天经历一场不同的人生，他很可能永生不死……"

张大夫几次想说点什么，但话到嘴边都找不到合适的措辞。

"这些话你千万别跟别的医生说……"最终，他只留下这句告诫，开门要走。

"我还觉得，他就在附近！"李若颜的一句话，使他停住了脚步，"他肯定找过我，找到了我，他在观察我，保护着我。比如那次，有人来我门口探头探脑，结果被打昏扔到了派出所，一查，是个经武办过的抢劫犯。还有那次，我跟经武去办事，有车失控撞过来，结果另一辆车突然出现，隔在中间……"

她说得激动起来，双颊微微发红。

"他出现得越来越频繁。我的手机不见了，总是会在第二天出现在门口。我去医院挂号，总是有人突然肚子疼，把排好的号让给我。他出现得越来越频繁，我知道，总有一天，他会变成某个我熟悉的身份，亲自来见我……"

李若颜说到这里，顿了一顿，似乎是在为一句重要的话整理情绪。

"上次疗程的时候，其实我已经改口承认徐猛不存在了，"她的声音微微颤抖，"你怎么今天又问了一遍呢？是不是因为张大夫的电脑坏了，没有及时输入病历，所以你没看到？"

屋子里的空气一下子凝结起来。他没有转身，也没有走。她的眼泪没有流出来，也没有干涸。闹钟的指针跳了一下，随即，就打响了十二点的钟声。

"好吧，"他背对着她，缓缓开口，"就算你说的是真的，又怎么样呢？他不是个鬼魂，可也不是个活人，他是个怪物……"

"可是，他救了我，我……我……"李若颜欲言又止。

"他每天都会换一个身体，永远如此，"张医生的声音颤抖着，"他就像空气，你摸不到。他就像水，你抓不住。不管你……你对他感情如何……"

空气中传来李若颜绵长的叹息。

"认识他的时候，我刚昏迷了两年，头脑还像 16 岁。所以我那时候不懂，我对他是一种什么感情……"她轻轻走到窗户前，看着窗外，草坪之间行走的男男女女，"可是现在，我爱过了别人，就明白了……"

门轴吱呀了一声。李若颜闭上了眼睛。可是最终，没有等来门合上的闷响。

"其实，他也不用害怕，"她微笑着擦拭涌出的眼泪，"我就算见到他，也只想对他说几句话……"

"说什么？"他终于开口。

"认识你的时候，我是个自卑、虚荣、里外都伤痕累累的女孩，活得那么卑微，每一秒都怒火中烧，每一秒都战战兢兢。而现在，我终于不再害怕，不再害怕这个世界，不再害怕我自己。我终于可以平静地生活，感受到安全，感受到快乐……"她的声音轻柔得像是落地的丝绸，"我想说，谢谢！你给我的，比爱情要好得多……"

　　等到她转过身来，门已经不知什么时候关闭了。她咬着嘴唇犹豫了一下，最终没有挪动脚步。她只是把额头贴在落地窗玻璃上。楼下人潮汹涌，个个都行色匆匆，个个都一样。她叹了口气。叹息在玻璃上形成的迷雾消散之际，她双眼忽然一亮，惊喜地回过头。桌子上，赫然摆着一个削干净皮的苹果。

　　她捂着嘴，似乎是怕任何一丝声响会惊醒这个似幻似真的梦。她把目光又投向楼下，用火热的目光搜寻着。终于，有个背影似乎被她的目光轻轻刺中，停了下来。

　　整个世界似乎也跟着停滞。

　　李若颜屏住了呼吸。

　　铮的一声，银光一闪。一枚硬币从那人的肩头飞起。一只手高高举起，把它凌空抓住，打招呼似的在空中晃了几晃。

　　"傻瓜……"

　　泪花和笑声同时迸了出来，她捂着嘴笑个不停。

　　而他，则继续前行。

　　只是此时，身上压着的山脉，终于少了一座。

　　"若颜，"他边走边微微扬起头，闭上眼睛，沐浴在灿烂的阳光里，"我会永远守护你……"

第一部　完

后

记

　　这篇小说是 2016 年底开始动笔的。最初的创意来自于一个不那么新鲜的点子：假如一个人每次睡醒都忘了自己是谁，他该如何应对？后来细想一下，发现如何应对实在是不好设想，于是就让他去完成一个必须完成的任务，一切由此展开。

　　李若颜的角色灵感来自于某选秀比赛——没错，我在国外也看这类节目——不过后来多有变化。首先需要说明的是，男女主角的关系并不是常见的"杀手莱昂"的模式。而是两个残缺的年轻人一起成长。另外值得一提的是，这是我第一次写言情占一定比重的作品，写着写着发现明明什么都没怎么发生，字数就上了 20 万，也算是一个惊喜的发现。

　　这也是我迄今为止写得最艰难的一篇小说。除了第一次涉足软科幻领域之外，我也第一次面对一个难题，那就是把握写作、工作与生活的时间分配。简而言之，那段时间一切都好像在试图阻止我写完这篇小说。最难的阶段，只能凌晨三点起床写几个小时，然后其他事照做不误。坚持了几周，付出了一些健康上的代价——毕竟不是二十来岁的人了。但我也发现了自己在某些方面比年轻时要强一些：越是一切跟我对着干，我就越有"老子就是不认输，你们算什么东西"的动力。可能有梦想的人就像风筝，除非风停了，否则你越是往下拽，他就越往上飞得起劲。在这种不健康情绪的支持下，本文终于完稿。不敢说水平如何，但至少在这个对手不明的比赛里，我又坚持下来一局。

希望这本书能够给大家带来一定的快感。

下场梦再见。

梁柯

一稿 2017 年 6 月 17 日夜于 Mettmann

二稿 2017 年 7 月 27 日日于 Mettmann

图书在版编目（ＣＩＰ）数据

游荡者：悬命时刻 / 梁柯著 .-- 武汉：长江文艺出版社，
2018.4

ISBN 978-7-5702-0334-5

I.①游… II.①梁… III.①长篇小说—中国—当代 IV.① I247.5

中国版本图书馆 CIP 数据核字 (2018) 第 055320 号

游荡者：悬命时刻

梁柯　著

选题产品策划生产机构 | 北京长江新世纪文化传媒有限公司　北京果然杰作文化
总　策　划 | 金丽红　黎　波　安波舜
策划出品 | 魏　童
责任编辑 | 罗小洁　葛　钢　　　封面设计 | 金牍文化　　　　　媒体运营 | 张　坚　符青秧
助理编辑 | 张晶晶　　　　　内文排版 | 张景莹　　　　责任印制 | 张志杰　王会利
法律顾问 | 张艳萍
总　发　行 | 北京长江新世纪文化传媒有限公司
电　话 | 010-58678881　　　　　传　真 | 010-58677346
地　　　址 | 北京市朝阳区曙光西里甲 6 号时间国际大厦 A 座 1905 室　　　邮　编 | 100028

出　　　版 | 长江出版传媒　长江文艺出版社
地　　　址 | 湖北省武汉市雄楚大街 268 号湖北出版文化城 B 座 9-11 楼　　　邮　编 | 430070
印　　　刷 | 大厂回族自治县彩虹印刷有限公司
开　本 | 710 毫米 × 1000 毫米　1/16　印　张 | 19.75
版　次 | 2018 年 4 月第 1 版　　　　印　次 | 2018 年 4 月第 1 次印刷
字　数 | 320 千字
定　价 | 42.00 元

盗版必究（举报电话：010-58678881）
（图书如出现印装质量问题，请与选题产品策划生产机构联系调换）